ANNIE DEGROOTE

Auteur, femme de spectacle, chroniqueuse à la *Voix du Nord* puis à France Bleu, marraine d'un géant de Flandre, Annie Degroote a signé de nombreux romans et ouvrages qui sont, pour la plupart, des hommages littéraires et historiques à sa région natale des Hauts-de-France. Ainsi : *Les Filles du Houtland* (2000), *La Splendeur des Vaneyck* (2004), *Les Amants de la petite reine* (2005), lauréat du prix Les soleils de Nucéra, *Les Perles de la Moïka* (2013), ou encore son dernier titre, *Nocturne pour Stanislas* (2017), tous parus aux Presses de la Cité. Elle a reçu plusieurs prix littéraires dont le Grand Prix des Lettres de la Société des arts et des lettres de la ville de Lille, puis en mai 2015 la Médaille d'Or de la Renaissance française pour le rayonnement culturel, et, en 2016, la Rose d'Or des Rosati. Elle vit à Paris.

Retrouvez toute l'actualité de l'auteur sur :
anniedegroote.com

ou sur sa page Facebook :
www.facebook.com/**annie.degroote1**

NOCTURNE
POUR STANISLAS

DU MÊME AUTEUR
CHEZ POCKET

LES FILLES DU HOUTLAND
LES AMANTS DE LA PETITE REINE
LES JARDINS DU VENT
NOCTURNE POUR STANISLAS

ANNIE DEGROOTE

NOCTURNE POUR STANISLAS

PRESSES DE LA CITÉ

MIXTE
Papier issu de sources responsables
FSC® C003309
FSC www.fsc.org

Pocket, une marque d'Univers Poche,
est un éditeur qui s'engage pour la préservation
de l'environnement et qui utilise du papier fabriqué
à partir de bois provenant de forêts gérées
de manière responsable.

ISBN 978-2-266-28693-0
Dépôt légal : janvier 2019

Si l'on pouvait, maille par maille,
fabriquer du bonheur
Je tricoterais nuit et jour
Pour vous.

Jacqueline Degroote,
à ses enfants et petits-enfants

… A toi, avec tout notre amour

Les masques sont silencieux
Et la musique est si lointaine
Qu'elle semble venir des cieux...

Alcools, Guillaume APOLLINAIRE
(1880-1918)

Est criminel tout ce qui a pour effet
de déraciner un être humain
ou d'empêcher qu'il ne prenne racine.

L'Enracinement, Simone WEIL
(1909-1943)

PRÉLUDE

« Venez ce soir, vous y entendrez Chopin. »

Chopin, je l'ai dans la tête depuis l'enfance. Ce nom seul me transporte. Pourquoi ? Pourquoi lui, en particulier ? Mon grand-père aimait passionnément le compositeur. C'est peut-être la seule chose dont j'étais certaine, enfant, à son sujet. Je ne l'ai pas connu. Mort depuis si longtemps. A mes rares questions le concernant, la famille restait évasive. Aujourd'hui, j'ajouterais « sur la défensive ». Une obscure sensation de non-dits emplissait certains silences, alourdissait certains regards. Seule ma grand-mère maternelle l'évoquait par quelques mots succincts : « Un homme bien », « un artiste méconnu », « des yeux si profonds », « une démarche ! ». Ma mère, elle, n'en parlait jamais et pour cause, elle venait de naître au moment du décès de son père. Longtemps, j'eus l'impression d'une histoire inachevée. Je m'étais mise à divers instruments, pour sa mémoire, sans grande illusion sur mes aptitudes, mais dès que je tentais alors, dès que je tente aujourd'hui, de jouer Chopin, dès que j'entends ses mazurkas, ses polonaises, je me sens incroyablement proche de mon grand-père, Stanislas Dabrowski.

Surtout depuis ce fameux jour de printemps 2004, et de cette étrange invitation. En l'acceptant, j'étais loin d'en mesurer son incidence sur notre vie. Loin de penser que mon départ vers Lille allait me rapprocher de mes racines polonaises. Des années plus tard, je me dis que l'âme de mon grand-père a guidé mes pas. Chaque famille recèle ses secrets, ses démons. Se taire, minimiser les drames, ne pas dévoiler, ni susciter de questions. Rien n'a changé depuis la nuit des temps. Mais il suffit parfois d'un grain de sable pour enrayer le bel ordre établi, faire s'effriter sa trompeuse carapace. Un vent qui viendrait balayer les habitudes, rendre audibles les chuchotements obscurs. Ce vent subversif, c'était moi.

J'étais alors âgée de vingt-cinq ans…

1

Lille, début du printemps 2004

Je suis venue au monde un soir d'octobre 1978 tandis qu'une rumeur joyeuse se répandait dans toutes les paroisses des alentours : « Le nouveau pape est polonais ! »

— Un miracle, proclama ma grand-mère.

Où était le miracle ? L'élection du pape Jean-Paul II, originaire de sa région de Pologne, ou la naissance de la petite Anne-Sophie ? Les deux dans l'esprit de la Polonaise.

Anne-Sophie. Nantie de ce prénom double par ma mère, qui y voyait une certaine grandeur, je préfère le surnom que me donne ma grand-mère : Hania, Anne en polonais.

— Il résonne comme un conte slave.

Mon patronyme, Koslowski, évoque la Pologne. Enfant, je n'échappais pas au refrain habituel :

— Tu es polonaise ?

— Non, française ! répliquais-je, irritée.

Mon embarras s'émoussa. Les noms d'origine étrangère abondent en France. On en oublierait presque la consonance polonaise. Peu à peu, mon agacement se mua en un sentiment de fierté.

La France est mon pays, *La Marseillaise* est mon hymne, et la Pologne, mon rêve.

Pays de cœur, que je découvrais par les traditions culinaires, les danses, la chorale, les fêtes. Le film poignant de Roman Polanski *Le Pianiste*, sorti presque deux ans auparavant, m'avait bouleversée à un point inimaginable. Le regard terrifié de l'acteur était devenu celui de mon grand-père, de ses compatriotes assassinés, de sa terre meurtrie. C'était aussi le pays de mon inspiration, de mon univers mi-français, mi-slave, que je transportais déjà dans mes dessins et mes peintures. Je ne me sentais pas encore pleinement l'héritière de ces Polonais émigrés, mais rêvais d'y emmener ma grand-mère Wanda. Une partie de sa famille vivait au « pays ». Un voile recouvrait ses yeux couleur ciel en évoquant sa petite sœur.

— Je ne la reverrai sans doute jamais.

— Je ne…

— Quand on a une petite sœur, il ne faut pas la perdre de vue. Je suis une enfant unique.

Wanda soupirait, puis la lumière revenait sur son visage rond et avenant.

— Je t'ai, toi, tu es mon soleil.

Mon enfance heureuse, je la dois à ma grand-mère. Petite fille, je passais la majeure partie de mon temps chez elle.

De famille ouvrière, plutôt brillante à l'école et bosseuse jusqu'au bac, j'avais suffisamment glandé en fac, puis dans une école d'art. Je gagnais ma vie comme hôtesse d'accueil dans l'hôtellerie. En attendant, me disais-je. En attendant quoi ? Sympathique comme job, mais rien à voir avec mes aspirations.

Tout ça pour une histoire d'amour décevante, des griffures au cœur, un garçon qui m'avait pourri l'existence pendant cinq ans. J'avais perdu mes illusions, et assez de temps à croire à de vaines promesses. Je lui manquerais un mois, six au plus.

Tout ça pour rester auprès d'une mère dépressive. Pour tenter de l'aider. En vain. Après maintes tergiversations, je m'étais enfin décidée. Lille était proche, mais assez lointaine pour échapper à « l'influence nocive » de ma mère, selon les termes redoutables de Wanda.

Ma mère m'aimait, je le constatais avec soulagement dans un geste tendre, je le devinais dans son regard, ses mines désolées. Un sourire timide, dans ses bons jours, un sourire qui s'éteignait vite ou se transformait en rictus. Jamais violente, parfois excessive ou repliée sur elle-même et son mal-être. Elle était si triste. C'était déprimant pour l'enfant, puis la jeune fille que j'étais devenue, et je filais, invariablement, retrouver la joie de vivre, les rires, les chants d'une grand-mère compréhensive, profondément croyante, gaie, en dépit d'un veuvage précoce.

Faute de pouvoir m'appuyer sur mes parents, Wanda était mon pilier, mon soutien, ma bienveillante conseillère. Cette femme ne m'a jamais dicté sa loi. Elle avait peu fréquenté l'école, mais prenait soin d'employer les mots justes, les tournures françaises, comme elle tenait aux bonnes manières, à la politesse, et à une propreté impeccable dans son logis. Pour l'honneur des « anciens » et « pour remercier », disait-elle. Je ne cherchais pas plus loin. C'était ainsi, et c'était bien. Sage, apaisante, joyeuse et si tendre. Je pensais avec candeur que sa vie avait été douce, sans aspérités. Des yeux si lumineux ne pouvaient avoir côtoyé les ténèbres. Je ne soupçonnais pas les affres qu'elle avait endurées, j'ignorais que sa joie de vivre venait d'abord d'une énergie farouche, d'une espérance sans faille, et que l'expression « une volonté à toute épreuve » lui convenait parfaitement.

Wanda ne voyait que le bien-être de sa petite-fille. Sa liberté. Repliée sur des frustrations inconnues, incurvée sur une tristesse insondable, ma mère ne me parlait pas. Ou si peu. Mon père était un brave homme, courageux, mais qui m'exaspérait. Il semblait avoir baissé les bras dans son foyer. Par pudeur, ou lassitude. Et moi, je me sentais impuissante, et en colère. Mais, grâce à Wanda, je n'étais pas entachée par la profonde et mystérieuse mélancolie qui minait maman.

— Tu as besoin de vivre sans nous.

— Je suis anxieuse pour maman. Elle est si mal dans sa peau, tellement insatisfaite…

— Elle sait que tu l'aimes, tu ne peux rien faire d'autre pour elle, sinon suivre ta voie, ton destin. Tu dois saisir toutes les opportunités qui s'offriront à toi dans le domaine de l'art. Tu es curieuse, ton imaginaire est fertile, tu as l'âme d'une artiste. Ne laisse pas s'éteindre ta lumière.

Je devais changer de vie. Wanda avait raison. Afin de m'inciter à partir, elle s'était liguée avec l'une de mes voisines dans la cité, Juliette, douée pour les relations, comme Wanda pour le bonheur.

Ma grand-mère en avait fait sa complice. Elle la connaissait, comme moi, depuis l'enfance, et l'accueillait journellement pour le goûter. N'ayant pas connu la sienne, Juliette aimait ma grand-mère. Mais qui ne l'aimait pas ?

Elle adorait encore plus ses spécialités polonaises. En classe, nous étions deux Françaises du Nord, avec deux noms aux consonances étrangères, héritages de grands-parents immigrés. Un cousinage en quelque sorte, et nous nous en amusions. Mais contrairement à moi, elle ne traînait pas de « boulet familial », rien ne freinait son ambition. Elle avait réussi avec facilité le concours d'entrée à l'Ecole supérieure de journalisme de Lille. Elle était sûre d'elle et de ses compétences. Des miennes aussi, et cela me faisait du bien. Juliette s'était installée à Lille, et elle me proposa de devenir sa colocataire. En réalité, elle m'hébergeait gracieusement. Je n'avais aucune ressource financière. Mes protestations n'eurent aucun effet. Elle s'était arrangée avec Wanda qui lui préparait, en contrepartie, de merveilleuses pâtisseries polonaises.

— Ta grand-mère est la reine des gâteaux, me disait-elle la bouche pleine.

Le jour de la Saint-Nicolas, ce 6 décembre 2003, je m'étais rendue en sa compagnie, et celle de ses copains de l'ESJ, la prestigieuse école de journalisme de Lille, à l'ouverture officielle de « l'Année européenne de la culture ». Un gigantesque « Bal Blanc ». Fabuleux, dans tous les sens du terme. Une merveille pour les yeux et les oreilles. J'étais fascinée par ces étudiants bien ancrés dans la réalité, fonceurs, qui savaient ce qu'ils voulaient depuis l'enfance et ne semblaient pas douter. Ils m'intimidaient, mais j'entendais les mots de Wanda : « Aie confiance, tu as tant de trésors en toi », et je prenais sur moi qui doutais trop.

J'étais très attirée par la capitale des Flandres, alliant joyeusement l'art moderne et le baroque, cité universitaire où il faisait bon vivre, selon ses étudiants. Deux mille cinq cents manifestations, pas moins, étaient prévues dans la ville et la région : spectacles, expositions, grandes fêtes populaires, métamorphoses urbaines.

Débordante d'espoir, j'étais donc arrivée à Lille, ville effervescente, capitale européenne de la culture en cette année 2004.

Cet après-midi d'avril, après avoir déambulé plusieurs heures à la recherche d'une entreprise fantôme – un grand atelier vers lequel ma grand-mère, excellente brodeuse, m'avait dirigée –, je me rendis à l'évidence : la Maison de la broderie n'existait plus. Assez habile de mes mains, je comptais trouver là l'argent indispensable à mon installation lilloise. J'étais désappointée, et… soulagée, je l'avoue. Je craignais de me sentir à nouveau prisonnière d'un métier de « substitution ».

J'appelai Wanda. Ma grand-mère me prodigua, comme à son habitude, des paroles d'apaisement et m'incita à ne pas me décourager.

— Ne rentre pas à Douai. Garde confiance, et profite de ta liberté, Hania, profite !

Rassérénée je rentrai à pied chez cette amie qui m'hébergeait.

Un mot était glissé sous la porte.

J'allais le poser machinalement sur son bureau lorsque je m'aperçus qu'il m'était destiné. Je ne m'étais pas fait d'autres relations que les copains de l'ESJ. Après avoir balbutié que je venais de ma « petite Pologne » dans les mines, j'étais devenue leur « petite Polonaise ». Connaissaient-ils seulement mon nom de famille ?

Etait-ce une erreur ? Le billet m'était bien adressé : Anne-Sophie Koslowski.

La sibylline invitation était succincte.

Venez ce soir, vous y entendrez Chopin.

Qui était cette Lilloise, une certaine Wilhelmine Berriez, qui m'invitait sans me connaître, et venait de me toucher au plus profond de mon être ? Comment savait-elle que j'adorais Chopin ?

La musique était omniprésente dans ma vie. Alors que la plupart des jeunes de mon âge se déhanchaient, joyeux, sur des airs actuels, je mettais en boucle un *Nocturne* de Chopin sans oser l'avouer à quiconque.

Cette soirée arrivait à un moment opportun.

Hanter tous les musées de la métropole lilloise, à commencer par Rubens aux Beaux-Arts, m'extasier devant certaines « Métamorphoses » des rues de la ville, orchestrées par des artistes de renom, avaient été mes priorités. Sur place depuis une quinzaine de jours, je sortais peu le soir, parfois dans l'un de ces cafés du Vieux-Lille, où les copains de Juliette se réunissaient fréquemment pour le verre de vin blanc de l'« after-work », concept récent.

Je relus la mystérieuse invitation.

J'hésitai. Je grimaçai dans le miroir, fus tentée de tout envoyer en l'air et de rester confinée dans le petit appartement. La curiosité fut plus forte que ma vieille timidité d'adolescente combattue sans relâche, ce trop-plein d'émotions qui me submergeait sans prévenir. Je ne connaissais personne ?

Soit. Il était temps de faire connaissance.

Je me changeai, ôtai mon vieux jean, mon pull tout pluché, mes tennis, et les troquai contre des talons hauts et une tenue plus appropriée à une soirée dont j'ignorais tout. « Serai-je seule, ou en compagnie d'autres invités ? »

Après une large inspiration pour me donner du courage, j'enfilai mon manteau et pris mon sac.

2

La nuit était tombée, et je me sentais bien seule sur ce grand boulevard, en direction de Roubaix et Tourcoing.

Se dressait devant moi une vaste demeure bourgeoise à colombages et tourelle, revêtue de brique. Une allure anglo-normande.

M'étais-je trompée d'adresse ?

De vagues lueurs dansaient au travers des interstices des volets clos. La maison n'était pas franchement hospitalière mais, en m'approchant du portail, j'entendis des clameurs, des éclats de voix, de la musique.

Une légère contraction dans la gorge me rappela que j'ignorais où je mettais les pieds, un creux dans l'estomac que la faim me tiraillait.

Etais-je imprudente ? Au diable ma timidité !

Le cœur battant, je sonnai. Le portail s'ouvrit de façon automatique. Presque aussitôt, le perron s'éclaira. Une silhouette féminine se détacha de l'obscurité.

M'attendait-elle ?

— Entrez, Anne-Sophie ! Bienvenue à la résidence Berriez ! s'écria une voix jeune.

Elle appartenait à une femme d'environ soixante-dix ans, grande et mince, très élégante, avec toutefois, un petit brin de fantaisie dans la tenue. Elle plissa les yeux pour mieux me voir, me fixa d'un regard clair bordé de rides, sourit, et me serra la main avec chaleur. Elle poursuivit, pour rompre sans doute le malaise qu'elle ressentait chez sa jeune visiteuse.

— Je suis Wilhelmine Berriez, la maîtresse de ces lieux ! Résidence, c'est plus sympathique que château, non ? Jadis, on appelait la maison le château. Mon mari était un capitaine du textile, mais je ne me suis jamais sentie l'âme d'une aristocrate, acheva-t-elle en riant. Venez, je vous ai promis Chopin…

Toujours intriguée par cette invitation, je me sentis poussée par le bras de Wilhelmine vers un hall monumental, haut de plafond, à l'escalier majestueux qui s'ouvrait sur un grand salon résonnant de chants et de musiques slaves.

— La maison est un peu trop vaste. Je n'utilise pas la moitié des pièces, alors je loge de jeunes locataires en mal de chambres, dit-elle, enjouée, pour meubler mon silence embarrassé.

Une imposante cheminée sculptée, un piano à queue noir agrémentaient le fond lambrissé de l'immense salon. Une pièce accueillante. Rien de vieux ni de sombre. Des murs blancs, des fauteuils et divans de couleurs claires, moelleux et modernes, des lieux visiblement rénovés. Le contemporain et l'ancien se côtoyaient avec bonheur. Intimidée, je sentais mon cœur cogner. J'avançai vers les invités. Une bonne vingtaine. La plupart étaient jeunes. Peu coutumière de ces grandes soirées, me mêler à ces inconnus était une épreuve. Un petit groupe de trois musiciens-chanteurs des pays de l'Est entonnait des mélodies traditionnelles. Une longue table recouverte d'une nappe blanche regorgeait de petits-fours, blinis, assortiments de crudités, charcuterie, un festival de saveurs.

— Entrez, faites comme chez vous, Anne-Sophie, servez-vous au buffet. Et je vous présenterai à mes invités.

« Cette Lilloise était-elle d'origine slave ? »

A peine m'étais-je posé la question que Wilhelmine m'apporta une coupe de champagne, choqua son verre contre le mien et porta un toast :

— A votre venue à Lille.

— Comment… ?

La maîtresse de maison s'était déjà tournée vers ses hôtes :

— Mes amis, je suis particulièrement heureuse d'accueillir dans nos murs Anne-Sophie Koslowski. Une artiste, elle aussi !

Pourquoi « particulièrement » ? pensai-je, étonnée. Qui lui a parlé de moi ? Je songeai brutalement que je devais peut-être l'invitation à ma colocataire, la « complice » de Wanda, qui m'encourageait à sortir et profiter de Lille.

Quand on pense au loup… Au même instant, un homme assez grand, d'une trentaine d'années, s'avança vers moi.

— Anne-Sophie…

— Oui…

Je restai sur ma fâcheuse défensive.

— Je crois que nous avons une amie commune, Juliette.

— En effet, et vous êtes ?

— Pardon !

Il sourit et son visage austère, voire janséniste, s'illumina, laissant apparaître une fossette à la joue, éclairant deux yeux clairs, non dénués de charme.

— Michal. En fait, je suis son boss à l'antenne.

Je savais que durant ses études, lors d'un stage dans une station régionale de télévision, elle s'était, très vite, rendue indispensable. Stupéfié par son esprit d'à-propos, sa spontanéité et son style, son « boss » désirait l'employer à temps plein.

— Un Polonais comme toi ! m'avait-elle confiée.

— Le monde est petit.

— Ils ne vivent pas tous à Douai et Lens !

Mais elle postulait sur Paris, et cela, il l'ignorait. Mon amie semblait prête à tout pour se faire un nom dans le journalisme, elle avait un mystérieux copain. Elle ne souhaitait pas s'appesantir sur le sujet. Etait-ce lui ? Non, elle aurait été présente. A moins qu'ils ne se voient en cachette. Ça y est, mon imagination s'envolait.

Je sortis enfin de mon mutisme.

— Je ne m'attendais pas à une telle soirée.

Je lui désignai Wilhelmine en conversation avec un jeune convive devant le buffet. Oubliant son âge, j'admirais son aisance naturelle, une espèce de désinvolture innée que je lui enviais.

— Vous la connaissez bien ?

— Depuis cinq ou six ans. Son mari, Pierre Berriez, est décédé. Il était plus âgé qu'elle. Aujourd'hui, une rue de Lille devrait porter son nom, et il est question qu'il reçoive une médaille à titre posthume. Il a sauvé des gens pendant la Seconde Guerre mondiale, paraît-il. On l'a découvert très tardivement. J'ai chargé votre amie de faire un reportage sur elle et ses souvenirs avec son mari.

— Elle a une classe folle…

— Lorsque je fis sa connaissance, elle était plus réservée. Veuve, elle ne s'est pas enfermée dans la solitude et la tristesse, elle a réagi avec courage.

— Une femme forte.

— Elle a commencé à accueillir des marginaux, des étudiants et des musiciens. En réalité, ses chambres d'hôte, elle ne les fait presque pas payer… Certains ont vu cela d'un mauvais œil. Une femme âgée hébergeant des jeunes gens. Ce n'était ni sain ni moral. Elle n'en a pas tenu compte. Elle a perdu peut-être quelques « relations » dans le beau monde, mais avouez qu'elle a bien fait, notre Wilhelmine. C'est une femme incroyable !

— Pourquoi cet engouement pour les musiciens slaves ?

A peine avais-je prononcé ces mots que Michal me proposa d'aller me chercher une assiette.

— Avec plaisir ! lui répondis-je.

— Michal ! Tu es prêt pour ton concert ? intervint Wilhelmine.

J'étais surprise, vaguement confuse. Ainsi, c'était lui, le pianiste qui allait interpréter Chopin. Qui l'avait amené vers moi ? Le hasard ?

— Ainsi Michal, vous êtes polonais et pianiste.

Je souris bêtement.

— Vous semblez surprise. Je suis français. Issu d'une famille polonaise. Comme vous ?

— Oui, comme moi. Mon grand-père était pianiste. Il adorait Chopin. Vos parents viennent des mines, eux aussi ?

— Mon grand-père était l'un de ces Polonais qui ont transité par la Westphalie, en apportant la presse polonaise à Lens. Leur installation fut plus rapide et moins compliquée que ceux qui sont venus de Silésie et Cracovie.

— Comme mes grands-parents.

— Lorsque j'étais môme, mon grand-père m'a raconté comment, à la Libération, il a participé à une revue. Il faisait partie d'une cohorte de jeunes gens qui ont relancé un grand journal polonais en le distribuant le midi. Le *Narodowiec*, le « National » en polonais.

— Oui, je sais.

— Pardon, vous parlez peut-être mieux polonais que moi. Il fut lancé en 1909 par Michal Kwiatkowski – dit « le Tigre ». Le dernier numéro de ce journal est paru en 1989. En 1978, mon père et mon grand-père ont contribué à la publication relatant l'élection du pape Jean-Paul II. J'en suis très fier, et me sens riche de ces deux cultures. J'ai vu mon grand-père tellement enthousiaste dans la presse.

Les musiciens slaves s'arrêtèrent de jouer. Wilhelmine prit la parole :

— Ce soir, Michal va nous interpréter deux valses de Chopin, la *Valse opus 18* dite *Grande Valse brillante*, et la *Valse opus 42*, puis la *Mazurka opus 24*. Mais pour débuter, voici le *Nocturne n° 1 en si bémol mineur*.

« Mon préféré. »

L'artiste se mit au piano. Plus de brouhaha, de rires, de cliquetis de verres, de bruits d'assiettes. L'atmosphère s'apaisa, le temps fut aboli. Tous les regards convergèrent vers Michal. Tous se laissèrent submerger, emmener vers les rêves et les rivages du grand maître. Concentré, le souffle en contrôle, le pianiste posa ses mains sur les touches, ses doigts virevoltèrent avec dextérité. Des mains longues et souples faisaient vibrer les notes, caressaient les phrases musicales. Chopin nous frappe au cœur, sa musique est amour. Avec lui, l'âme du musicien se donne dans ce qu'il a de plus intime. En l'écoutant, je me rappelais les paroles de ma grand-mère : « Les anges existent, ma chérie, ils nous parlent par la musique. »

C'était magnifique. Le pianiste était talentueux. Son regard était habité par la musique. Peu importait qu'il soit professionnel ou amateur, il portait en lui une vraie sensibilité. Il possédait aussi une réelle maîtrise du métier. Le don se perd vite sans le travail, j'en savais quelque chose. Très émue, je ne pus retenir des larmes. Elles coulaient, silencieuses. En cet instant, je surpris le regard de Wilhelmine posé sur moi. Confuse, je m'essuyai rapidement les joues constellées de larmes et lui offris mon plus beau sourire, pour la remercier.

Applaudi avec beaucoup de chaleur, le pianiste se dirigea vers nous :

— C'était merveilleux, Michal, merci ! m'exclamai-je avec spontanéité.

— Ce soir, un sentiment de trac s'est greffé insidieusement dans mon esprit avant de jouer. Je me suis dit : serai-je à la hauteur de ce que mon petit public attend de moi ?

J'éclatai de rire :

— Eh bien, je peux vous assurer que vos silences, vos respirations, la moindre note, furent tous très justes. A aucun moment vous n'avez trahi le compositeur !

— Voilà donc une connaisseuse ! Anne-Sophie…

— Appelez-moi Hania.

— Hania, vous permettez ? Vous portez sur le visage la mélancolie slave, avec un rire qui s'égrène comme les notes d'une mazurka.

Je m'empourprai de plaisir.

Wilhelmine vint vers nous.

— Ce petit orchestre slave, puis Chopin. C'était si beau, madame !

Et je lui posai enfin la question qui me tenait à cœur.

— Vous êtes d'origine polonaise ?

— Appelez-moi Wilhelmine. Non, mes aïeuls sont tous français. Mais j'aime cette musique. Pourquoi avoir choisi Lille, Anne-Sophie ?

— L'une de mes amies y habite. Et Lille a la réputation d'être très dynamique.

— Si vous ne savez où vivre…

— Pour l'instant, je suis en colocation.

Le « pour l'instant » n'échappa pas à Wilhelmine.

— Eh bien… un jour, peut-être ? N'hésitez pas, j'ai des chambres d'hôte. Je peux vous en proposer une.

Elle venait de toucher un point sensible. L'appartement de mon amie était exigu, nous nous gênions l'une l'autre. Je sentais qu'il me faudrait loger ailleurs, mais avec quel argent ?

— Merci, madame… Wilhelmine. Il me faut d'abord dénicher un travail, gagner l'argent nécessaire à une véritable installation.

— Vous êtes férue d'art contemporain, de peinture, et vous dessinez admirablement, m'a-t-on dit…

— Qui vous a dit ?

Silencieuse, elle garda un petit sourire énigmatique. Je n'osai insister et poursuivis :

— Je suis attirée par le dessin de mode. J'aimerais créer des modèles pour les maisons de couture, mais la peinture est effectivement l'une de mes passions.

— Vous aimez la Renaissance italienne, les maîtres flamands, Bruegel ?

— Oh oui ! Et Bosch. Je représente des personnages fantastiques et fantasques. Inspirée par les fêtes polonaises, j'introduis souvent une petite touche slave.

— Cela doit donner un caractère original à votre univers.

— Je ne sais pas…

Je rougis, je m'étais emballée, portée par ma passion.

— J'ai hâte de voir vos peintures. Vous me les montrerez ?

Elle n'attendit pas ma réponse.

— Ecoutez, j'ai une idée. Vous devriez rencontrer mon petit-neveu, Anton. Il est copiste. Il gagne beaucoup d'argent, s'il peut vous prendre dans son atelier ou sa galerie, ne serait-ce qu'à mi-temps, cela vous permettra de suivre toutes les voies artistiques que vous désirez. Lui n'en a pas saisi l'occasion. Il était doué, pourtant… Mais chacun son chemin, c'est un copiste riche et renommé, et encore jeune.

— Il n'est pas là ce soir ?

— Je ne les rencontre guère, son père et lui.

Un voile de tristesse assombrit son visage l'espace d'un instant. Me trompai-je ? J'eus l'impression que l'atmosphère autour d'elle s'alourdissait, tranchait avec la joie, la musique aux accents slaves du salon. Elle se reprit très vite et déclara d'un ton presque impérieux en s'éloignant :

— Je l'appelle.

Un autre invité s'avança vers nous. Il se tenait à l'écart, m'observait du coin de l'œil. Epiée, une femme le ressent aisément.

— Vous me présentez, Michal ?

— Charles Berriez, dit-il en le désignant. Charles, voici Anne-Sophie Koslowski.

— Vous êtes…

— Le fils de Wilhelmine.

Ils ne se ressemblaient guère. Ses bajoues, son ventre proéminent, sa voix un peu molle ne supportaient pas la comparaison.

— Votre mère est extrêmement gentille de m'avoir invitée.

— J'espère surtout que vous reviendrez, à présent que vous connaissez la maison.

Il me fixait avec une intensité gênante.

Wilhelmine dut surprendre son fils, car elle revint précipitamment vers nous, les sourcils froncés.

— Charles, tu es bien trop vieux pour faire du charme à notre jeune Anne-Sophie. Excusez-le, il est veuf…

Elle l'entraîna par le bras. Je saisis leurs premières paroles :

— Des nouvelles de ton cousin ?

— Il ne daigne toujours pas venir.

— Il m'inquiète. Quand comprendra-t-il que je n'ai…

Le reste de ses paroles s'évanouit dans le brouhaha ambiant. Oui, en dépit de la belle atmosphère créée par son hôtesse, de leur vie douillette, querelles, anicroches, soucis familiaux ne devaient pas manquer. Ils ne faisaient pas exception à la règle.

— Vous êtes venue en voiture, Anne-Sophie ? me demanda Charles.

— Non, en métro.

— Je peux vous déposer.

Je ne pus m'empêcher de lancer un regard vers Michal. Mais il venait d'être agrippé par le bras, accaparé par une étudiante enthousiaste, qui le félicitait avec force épithètes, à grand renfort de qualificatifs. Un peu théâtral. J'enviais secrètement son aplomb, mais restais prudente. Aucun désir de séduire le copain de mon amie. Si toutefois c'était lui. Et en avais-je envie ? Je m'emballe trop dès qu'il s'agit d'un artiste, un pianiste de surcroît, qui venait de me charmer avec Chopin. Et cette idée saugrenue de lui confier mon surnom, celui que je réservais à ma grand-mère et mes plus proches amies.

— Avec plaisir, Charles.

Le coup de fil de Wilhelmine fut couronné de succès. J'avais rendez-vous dès le lendemain dans la galerie d'Anton, son petit-neveu.

3

Spécialisée dans les reproductions de tableaux de maîtres, la galerie d'art était située dans un quartier sud de Lille-Moulins que je venais d'arpenter quelques jours auparavant afin d'y découvrir une « Maison Folie ».

Ce projet de « Lille 2004 » était installé depuis mars dans une brasserie du XVIIIe siècle. J'adore cette réhabilitation de lieux anciens pour les artistes. Faubourg des Malades au XVe siècle, les nombreux moulins construits au XVIIIe siècle lui offrirent son nom. Ce fut ensuite un quartier de filatures et de tissage. Des maisons ouvrières demeuraient. Il abritait une population de plus en plus jeune, et certains ateliers étaient reconvertis en médiathèques et espaces culturels. Après la soirée chez Wilhelmine Berriez dans sa grande bâtisse ancienne, je m'imaginais découvrir la vitrine d'une antique boutique à la façade de bois et de brique, comme il en existe, restaurées, dans le Vieux-Lille. Une clochette tinterait lorsque je pousserais la lourde porte de chêne.

Rien de tout cela. La galerie se tenait bien derrière des murs de brique et de bois, mais aussi de verre. Elle s'insérait dans une usine textile rénovée. Un espace moderne, lumineux. Anton, le propriétaire, avait bon goût. En revanche, sa personnalité n'eût pas détonné dans les siècles passés. J'ouvris la porte de verre. Etait-ce lui ? Il me sembla assez jeune. Je me rappelai qu'il n'était que le fils du neveu de Wilhelmine Berriez. Son gilet brodé sous sa veste de velours, l'allure déliée d'un danseur, tout en lui évoquait le dandy. Il était de ceux qui détestent les vêtements souillés ou défraîchis et ne portent que des chaussures de cuir admirablement cirées. Je le trouvai en grande conversation avec un couple d'acheteurs potentiels.

— C'est une copie ? Incroyable ! On ne voit pas la différence avec le vrai tableau ! s'exclamait la cliente, la comparant à la photo représentant l'œuvre d'un maître hollandais.

Son compagnon, lui se taisait, se contentant de petits rictus de faux connaisseur, et se balançait d'une façon qui se voulait désinvolte. De toute évidence, cet achat ne concernait que sa femme. Peu intéressé. Non convaincu. Je compris très vite que le copiste l'énervait.

— Il me semble qu'elle est plus petite que l'original, non ? minauda la cliente.

— Nous avons l'obligation, chère madame, de changer les formats de manière signifiante. Voyez au verso.

Il retourna la toile, prit délicatement la main de sa cliente et la dirigea vers une inscription de conformité. Son audace confondit le mari, qui en resta bouche bée.

— Cette estampille est ma marque de fabrique.

— Je comprends maintenant pourquoi vous ne signez pas ! s'écria-t-elle, les joues empourprées.

— Chérie, ce serait un faux dans ce cas, affirma le client, agacé.

Le vendeur ne lui prêta aucune attention et joua de son charme. Il offrit à « Chérie » un sourire irrésistible :

— Etre copiste n'est pas tricher. C'est un art dans lequel nous devons nous oublier.

— Comme les maîtres verriers ! s'exclama-t-elle. Notre maison possède des vitraux, n'est-ce pas, chéri ?

— Je ne pense pas qu'il soit utile de…

— Achetons-le !

Le mari capitula, non sans un soupir et une moue révélateurs. Il lui passait un caprice.

— Tu sais où le mettre au moins ?

Pour toute réponse, elle lui jeta un regard noir, se retourna vers le copiste, l'air victorieux, et conclut l'achat.

Le mari sortit son carnet de chèques.

— Vous êtes certain que l'on ne peut le taxer de faux ?

— Le métier de copiste est légal, répondit Anton irrité, et je ne reproduis aucune œuvre protégée. Le consentement de l'auteur ou des ayants droit est quasi nul. Les droits seraient exorbitants.

— C'est la raison pour laquelle nous ne voyons ici que des œuvres anciennes, dit la cliente en exerçant son charme, des œuvres exécutées de main de maître par vous ! Merci, monsieur…

— Van Dyck, Anton Van Dyck.

— Comme le peintre flamand ? demanda le mari, stupéfait.

— Eh oui !

Il enveloppa avec soin son œuvre.

— Je porte le prénom d'Anton en hommage à notre illustre ancêtre, disciple de Rubens, et fait chevalier par le roi d'Angleterre.

Il retint sa cliente au moment où ils prenaient congé :

— Si vous pouvez m'envoyer une photo. J'aime voir où sont installées mes modestes peintures…

Ainsi c'était bien lui, le neveu de Wilhelmine, marchand d'art et copiste. Je m'étais contentée d'écouter en faisant semblant de ne m'intéresser qu'aux œuvres, admirant secrètement son savoir-faire, son bagou, même si l'individu m'exaspérait un peu. Il avait le don de plaire, du charisme. Sa façon d'être élégante, un charme un peu désuet, son sourire enjôleur, des pupilles sombres qui vous transperçaient. S'était-il offert ce pseudonyme ? J'avais omis de demander à Wilhelmine le nom de famille de son neveu.

Le marché de la copie semblait très prisé. Qui donc avait les moyens de s'offrir un vrai Rembrandt ?

Je me tenais près de l'entrée, j'entendis la cliente murmurer en fermant la porte :

— Un descendant du maître Van Dyck, tu te rends compte !

Je sentis sa présence derrière moi. Je restai en contemplation devant une toile.

— Vous êtes intéressée par cette peinture, mademoiselle ?

Je me retournai et répondis par une autre question :

— Ainsi vous êtes un descendant du célèbre peintre Van Dyck ?

Il s'acquitta d'une très légère courbette :

— Pour vous servir, mademoiselle…

Je n'aimais pas ce ton mielleux. Je me sentais déstabilisée, il était trop, trop dandy, trop beau linge, trop sûr de son pouvoir, de son charme, de son évidente aisance financière, tout en lui respirait le narcissisme et une espèce de suffisance.

Pourtant, je lui tendis la main, lui offris un sourire chaleureux.

— Je suis Anne-Sophie Koslowski.

Son sourire s'évanouit.

— Ah oui ! La petite protégée de Wilhelmine…

— Protégée… c'est un peu rapide, nous nous sommes rencontrées hier soir.

Je regrettai aussitôt ma franchise. Maladroite.

Contrairement à ce que je subodorais de lui, il me parla sans ambages, oublia les formules de politesse.

— Ma tante a insisté pour que je vous reçoive. Je n'ai besoin de personne.

Je n'attendis pas la suite.

— Je ne vous dérange pas plus longtemps.

— Attendez !

Il m'observa de son regard pénétrant, me jaugea sans concessions.

— Je pourrais vous engager à mi-temps, pour tenir la galerie, m'assister, cela me ferait des vacances, après tout… Pour l'exécution de copies, c'est autre chose…

Même s'il paraît, selon ma tante, que vous êtes très douée en peinture.

Les affirmations de Wilhelmine me paraissaient excessives. Elle n'avait pas vu le moindre de mes gribouillages.

— Vous, monsieur Van Dyck, vous êtes doué. Vos reproductions sont remarquables.

— Merci.

J'étais sincère, mais j'en rajoutais, je voulais la place.

— C'est le maître qui porte votre main. Vous savez saisir son esprit. Vous êtes un peu comme un médium.

Son visage se détendit.

— L'image me plaît.

Sa voix s'était adoucie.

— Vous avez un book d'artiste ?

Je sentis mes joues s'empourprer. Comment n'y avais-je pas songé ? Quelle idiote ! Quel manque de professionnalisme !

— Je vous l'apporterai dès demain.

— Bien, je vous prends.

Comme petite main pour tenir sa galerie ou faire des livraisons. Mais je n'avais pas le choix, cet emploi tombait du ciel, et si je ne restais qu'un ou deux mois, je l'utiliserais à bon escient. Observer le travail d'un copiste devait être passionnant. Cet homme possédait un réel talent. Pourquoi reproduisait-il des œuvres ? Pourquoi n'en créait-il pas ? Déjà mille questions affluaient en mon esprit.

— Vous pouvez commencer rapidement ?

— Demain ?

— Très bien.

Quelques instants plus tard, je revenais dans le centre et marchais dans la ville le cœur léger. J'étais quasiment sauvée. En restreignant mes dépenses, je pouvais m'en sortir. Une nouvelle fée était-elle apparue dans ma vie ? J'avais dans la tête une berceuse polonaise que me chantait ma grand-mère. Cette décision de travailler auprès d'Anton allait être le point de départ d'un véritable sćisme.

Je l'ignorais encore.

4

L'après-midi était propice à la promenade. Un mois d'avril doux et ensoleillé. Les hirondelles au rendez-vous. J'en profitai pour rendre visite à Wilhelmine et la remercier. Son initiative avait porté ses fruits. Je venais directement de la galerie où Anton m'avait guidée parmi ses « œuvres », initiée à quelques techniques du métier. Trois matinées où sa patience, son élégance m'avaient fait regretter mes a priori. Feuilletant mon book, il s'était même extasié devant deux de mes peintures. Je n'en demandais pas tant, mais cela m'enchantait et me confortait dans mes projets. Je restais toutefois sur la défensive quant à sa sincérité. Anton possédait deux talents : celui de copiste et celui de plaire à sa clientèle. Lorsqu'il effectuait une vente, je l'écoutais, avec, cette fois, l'oreille attentive d'une apprentie.

Je découvris de jour la « résidence Berriez ».

Cette haute demeure, dont la silhouette m'avait impressionnée dans la pénombre, était une maison de maître. Elle en imposait. Mais était-ce dû à la végétation printanière qui l'entourait, au soleil venant caresser les bourgeons, elle me sembla plus accueillante. Et j'ignorais encore son vaste parc à l'arrière de la propriété. Après avoir sonné, l'un de ses locataires, un étudiant dégingandé, un peu lunaire, au regard fatigué derrière ses lunettes, dénotant une soirée trop arrosée ou de harassantes heures de travail, me conduisit vers la maîtresse de maison. Elle lisait dans un fauteuil de jardin, sur une terrasse face à la verdure et à des arbres centenaires. Les oiseaux s'égosillaient, heureux, comme je l'étais devant cette renaissance. C'était de toute beauté. Des massifs de giroflées ponctuaient les allées. Je humai leur parfum suave. Plus loin, assis sur un banc de pierre sous un grand saule pleureur, un jeune musicien jouait du bandonéon.

— Anne-Sophie ! s'exclama-t-elle en posant son livre. Quelle heureuse surprise !

— Je suis venue pour vous remercier, madame Berriez.

— Wilhelmine ! corrigea-t-elle en me souriant, visiblement ravie de ma visite. Attendez, je devine la suite…

— Oui, Wilhelmine, votre neveu m'a engagée à mi-temps dans sa galerie, et cela m'enlève une épine du pied.

— Oh ! J'en suis heureuse !

Etait-elle sincère sous sa mine étonnée ? Je n'ignorais pas qu'elle avait insisté pour qu'Anton m'engage. De là à le contraindre à le faire… Je subodorai une maîtresse femme, sous ses dehors conviviaux, sa grâce captivante.

— Asseyez-vous. Un verre de jus de fruit ? Je viens de presser les oranges.

Elle me servit sans attendre ma réponse.

Je pris place dans le second fauteuil, après en avoir ôté le roman qu'elle lisait. Je le posai sur la table. C'était *Rebecca* de Daphné du Maurier. Je songeai qu'il convenait à la demeure.

— Je le relis, me confia-t-elle en me tendant le verre. Ma maison n'a rien de Manderley, mais le parc, toutefois modeste, m'y fait penser, ajouta-t-elle en me regardant droit dans les yeux.

— Merci… Wilhelmine… Je ne connaissais pas ce prénom.

Je sentais mon cœur battre un peu trop vite. Ma timidité remontait à la surface. Et je n'osais plus aborder le sujet qui me perturbait. Ce n'était pourtant qu'un détail, mais ma curiosité me paraissait déplacée.

Elle me répondit sans se départir de son sourire mi-malicieux, mi-énigmatique. Oui, c'était peut-être cela. Ce sourire. Il me rendait gauche.

— Je vous l'accorde, ce n'est pas très courant. C'était le prénom de ma grand-mère paternelle, morte de tuberculose. Elle était belge. Vous savez, une baie dans l'Antarctique, découverte par un Belge, porte mon prénom (elle éclata de rire), enfin, plutôt celui de la reine de Hollande. Je n'y suis jamais allée. L'Antarctique ! Dommage… J'aime les voyages.

— Difficile d'accès ! Et vous êtes allée dans les pays de l'Est, la Pologne, la Russie ?

— J'aime les voyages, répéta-t-elle, j'aime enjamber les frontières, mais je n'ai pas eu cette chance. Je compte bien me rattraper !

Je devinai alors, sous ce masque de femme mûre, les traits d'une enfant espiègle.

— Et vous, Anne-Sophie, vous voyagez ?

— Trop peu, moi aussi.

Je n'osai lui avouer que je n'étais guère sortie de France.

— En Pologne ?

— Jamais, même si ce pays m'est très familier. Ma grand-mère le fait vivre au travers de ses traditions…

— Je comprends, acquiesça-t-elle, la voix grave.

— Je désire l'y emmener.

Son sourire s'éteignit.

— Elle a de la chance de vous avoir.

— J'ai de la chance ! Le bonheur irradie autour d'elle. Elle est merveilleuse, elle…

— Elle est donc polonaise ?

— Oui. Elle y a laissé de la famille. Une sœur. Et les parents de mon père y sont également, ils sont repartis dès la chute du communisme.

Elle posa sa main sur la mienne. Je lui souris.

— Appelez-moi Hania, c'est le petit nom que me donnent ma grand-mère et mes amis.

— Hania, répéta-t-elle.

— Je suis sans doute trop curieuse, Wilhelmine, mais une question me trotte dans la tête depuis la soirée.

— Allez-y !

— D'où tenez-vous votre engouement pour la culture slave ?

— Vous désirez savoir pourquoi je reçois des hôtes et des musiciens de l'Est ?

Je hochai la tête. Pourquoi cette question m'importait-elle ? J'essayais peut-être de comprendre la raison de mon invitation.

— Eh bien, je vais vous le dire, Hania. J'étais dans le métro, il y a cinq ans de cela… Un jeune garçon est monté. Il a interprété magnifiquement des mélodies slaves sur son accordéon. Cet étranger n'avait pas plus de quinze ans. Trop intimidé pour croiser le regard des passagers, conscient de les importuner dans leurs rêveries ou leurs lectures. Je l'écoutai. Un silence quasi religieux unit les voyageurs. Un instant, il leva les yeux vers moi, ils semblaient affolés. Il émit un faible sourire, les larmes lui vinrent aux coins des paupières. Il les baissa pour dissimuler son trouble. Il était à la fois plongé dans sa musique – une douce ballade traditionnelle – et malheureux de devoir tendre la main. C'était évident. Il acheva, rouvrit les yeux. Je lus sa panique. Je réprimai sottement l'envie de l'applaudir. Il n'était pas de ces enfants élevés à mendier. Lorsqu'il passa entre les voyageurs, certains détournèrent les yeux pour cacher leur propre malaise. Je lui donnai quelques euros, non, pardon, c'étaient des francs à l'époque. Je ne fus pas la seule, Dieu merci. Parfois, après une petite pièce, un sourire bienveillant, un échange de regards, on se dit qu'on n'a pas changé le monde, non, mais que cet instant fut précieux. Il le fut. Pour moi. Je m'en rendis compte trop tardivement. Il me remercia. Sortit de la rame. Au dernier moment, je voulus le rattraper. La porte s'était refermée sur moi. Je me sentais nulle. Alors, deux ou trois jours de suite, je refis le même trajet, pour le retrouver.

— Vous l'avez recherché ?

— J'étais veuve depuis peu. Seule dans cette austère bâtisse, je la trouvais vieillie, et morbide. Oui, morbide. L'impression d'être isolée dans un mausolée, une demeure sans vie, oh certes respectable, impeccable, rien n'y traînait, tout y était bien rangé, propre, trop propre, figé. Le silence de la maison m'assourdissait. Je ne voyais plus que ténèbres et ombres dans mon petit château, l'ombre de mes parents, de tous ces êtres disparus. Une nuit, je finis par entendre leurs pas dans les couloirs. J'eus peur de devenir folle. Etait-ce la maison des morts, de mes morts, ou n'était-ce pas moi qui l'étais déjà ? N'avais-je vécu que des années stériles ? Et je découvris toute l'inutilité de ma vie durant tant de temps. Qu'avais-je fait pour le monde ? Rien.

Je me souviens qu'en cet instant précis, je songeai que Wilhelmine avait un enfant, Charles, qu'il avait joué dans les allées fleuries de ce parc de rêve, qu'une maison pareille, j'en aurais bien voulu dans mon enfance. Il me semblait qu'elle exagérait, et je n'appréciai pas trop cet étalage de confidences envers une jeune femme dont elle ignorait l'existence une semaine auparavant.

— Sortir, bouger, voir du monde, croiser des regards était une question de survie. J'étais désorientée. Repliée dans mon cocon douillet depuis si longtemps, j'avais perdu mes repères. Qu'allais-je dire à ce jeune étranger ? Je ne savais trop. Qu'il était excellent, que je reconnaissais son talent, que je compatissais à sa douleur ? Que je culpabilisais de ne pas lui avoir donné davantage, témoigné plus d'humanité ? Je crois surtout que je me sentais proche de lui. C'est un comble de prononcer ces mots, je trouve même cela indécent. Vous n'êtes pas de cet avis ? Ce jeune inconnu était peut-être seul au monde. Je n'en savais rien. Nos vies étaient aux antipodes, j'étais née dans la dentelle, ce qui n'était visiblement pas son cas, mais nous étions liés par une même perte de repères. Nous étions proches et il ne le savait pas. Voilà ce que je me disais. Tout était peut-être faux, mais peu importait. Il me fallait, coûte que coûte, le revoir. Parfois, quand l'on est dans une impasse, désespérée, soudain, tout bascule et la vie nous fait signe, à nouveau.

— Vous l'avez retrouvé ?

— Oui. Le quatrième jour. Cette fois, je descendis de la rame avec lui. Je l'engageai à jouer pour une petite soirée que je préparais. En réalité, l'idée de ces soirées me vint en l'accostant. C'est à partir de ce moment que j'ai recherché ces artistes et les ai aidés à ma manière. Vous l'avez vu d'ailleurs, Tomek fait partie du petit orchestre que vous avez entendu.

— Le jeune accordéoniste !

— Oui. Ils se produisent régulièrement. Il a vécu un long moment chez moi. Il est resté dans la région. Aujourd'hui, il a un travail, et une jolie fiancée. Vous voyez, Hania, j'ai eu la chance de naître dans un milieu favorisé, dans un pays de rêve pour de nombreux étrangers, oui, de rêve. Je ne m'étais jamais posé ces questions avant cette rencontre. Il a fallu que je sois seule, que je remette ma vie en question. Du haut de mes soixante-treize ans, avec mes modestes moyens, je tente de lutter contre ces frontières que sont les barrières sociales. Et l'âge ! A nous d'abolir aussi celle de l'âge… C'est déjà assez désolant de vieillir, non ? Que l'on ne vienne pas me dire le contraire ! J'aime unir jeunes et aînés, sans cette frontière absurde et invalidante. Ce sont de très jeunes musiciens, Chopin, Mozart et les autres… qui ont réuni les peuples, toutes générations confondues. La spiritualité, la culture, l'art transcendent les frontières. Bon, il est temps d'arrêter ces petits raisonnements à quatre sous. Entrons, voulez-vous, l'air se rafraîchit. Je vous fais visiter la maison ? Vous verrez (elle me prit affectueusement par le bras), ce n'est pas Manderley mais elle est grande !

En effet, la demeure était très vaste, plus impressionnante sans les chants, les rires et le brouhaha de la soirée.

— Montons.

Au premier, une dizaine de chambres se répartissaient de chaque côté d'un immense couloir.

— Il est trop étroit et long, n'est-ce pas ?

Elle me parlait tout en m'ouvrant des portes, et n'hésitait pas à solliciter un avis que je ne me sentais pas le droit de donner.

— Je n'ai que trois locataires actuellement.

Elle me fit entrer dans deux chambres inhabitées. Chacune était de la taille du petit deux-pièces, ravissant certes, mais exigu, de mon amie.

— Si vous acceptez de venir loger ici, l'une de ces deux chambres avec cabinet de toilette sera la vôtre.

Elle ne s'attarda pas sur une réponse éventuelle, et m'emmena dans la tourelle, essentiellement occupée par un billard. Sa sollicitude, ses gestes familiers à mon égard me dépassaient. Elle allait un peu trop vite, et cela me gênait. Je n'étais pas certaine d'accepter sa proposition.

— Tout cela est très XIXe, j'en conviens, mais rassurez-vous, il n'y a pas de Mrs Danvers, finit-elle par dire devant mon mutisme, faisant une fois encore allusion au roman de Daphné du Maurier. Je n'ai qu'une employée qui me sert à la fois de cuisinière et de femme de chambre. Mes jeunes locataires m'aident pour effectuer quelques bricoles et réparations.

Nous redescendîmes.

— Depuis la mort de mon mari, j'ai détapissé des tissus tendus sur les murs, trop vieux, trop laids. Ce sont de petits changements, il y a encore fort à faire. Venez.

Et là, dans la bibliothèque, je sus que j'allais accepter sa proposition.

— C'est ici que nous nous réunissons avec mes jeunes locataires et discutons littérature et art, ils viennent également y travailler.

Lovées toutes deux dans les fauteuils, dans cette pièce lambrissée de chêne, aux éléments de marqueterie qui agrémentaient les murs, aux fenêtres à vitraux cloisonnés, au sol en parquet paré d'un tapis oriental, elle s'ouvrit sur sa famille. Elle m'impressionnait toujours, mais comment dire ? Une étrange relation s'installait entre nous deux, qui nous jaugions mutuellement.

— Vous étiez, enfin, votre mari était dans le textile à Lille ?

— Tout a commencé avec mes parents, les membres fondateurs de l'entreprise. Mon grand-père était mineur et partait d'Hazebrouck en Flandre, vers la mine, à pied d'abord, puis à vélo avant l'aube, ensuite il s'est installé dans les corons, il est mort à soixante ans d'épuisement sur les marches de l'hôtel de ville, où il venait se faire remettre une médaille de bon ouvrier méritant.

— Vos grands-parents étaient belges ?

— Ma grand-mère, Wilhelmine, l'était, mon grand-père non, même si à l'époque, dans la région de la Flandre française, on parlait flamand. Leur fils a juré de ne pas être comme son père, il a quitté le coron pour l'agglomération lilloise, et a réussi à s'enrichir avec le textile florissant. Il a surtout épousé une héritière du textile, ma mère. La voici…

Elle me désigna un grand portrait de femme, que j'avais remarqué en entrant dans la bibliothèque. Elle était très belle. Ses sourcils épilés, ses lèvres très rouges, ses vêtements dénotaient les années 1930. Une silhouette longiligne sous une robe longue et vaporeuse en mousseline. Sa coupe à la garçonne, ondulée, sous un fin diadème portant un bijou, lui donnait le côté sophistiqué des stars d'Hollywood. Un léger sourire énigmatique et malicieux. Le même sourire… Wilhelmine ressemblait à sa mère.

— Elle est magnifique !

— Oui, acquiesça-t-elle, émue. J'en étais très fière. Elle était l'élégance, la délicatesse et l'énergie incarnées. Une détermination sans faille, et pourtant tout en elle était doux, sa voix, son regard, ses gestes, ses mains…

Je songeai à ma pauvre petite maman égarée dans ses rêves et ses frustrations. Elle s'imaginait parfois en héritière. Ma poitrine se serra. Wilhelmine n'en eut pas conscience.

— Elle fut une meilleure mère que moi…

Cette allusion à son fils Charles me gêna pour lui. Certes, ils semblaient bien différents. Tenait-il son côté balourd de son père ? S'il avait souffert d'un manque de disponibilité ou de tendresse, il ne l'avait pas montré en me reconduisant après la soirée. Il était évident qu'il admirait sa mère.

— Mes parents furent de grands bourgeois industriels. Respectable, conventionnel, mon père avait le culte du travail, un vrai sens de l'honnêteté et de la dignité. La famille de maman était du grand monde. Sa dot servit à monter l'usine.

— Elle avait l'air très moderne, peu conventionnelle…

— Oui, elle adorait suivre la mode ! Mais contrairement à ce que l'on pourrait penser en contemplant son portrait, elle n'hésita pas à retrousser les manches et travailla aux côtés de mon père durant vingt ans. Ce qui explique peut-être qu'ils n'aient eu que deux filles. La filature se situait à Roubaix. De nombreux Anglais, Belges, Norvégiens sont venus s'installer par ici dans les années 1930. Mes parents achetèrent cette maison, qu'ils surnommèrent le « château ». Notre famille n'était pas nombreuse, mais la grandeur de la maison allait de pair avec la renommée de mes parents. Nous avions deux jardiniers, une cuisinière, deux femmes de chambre, un chauffeur. Ma sœur et moi y avons passé notre enfance. Mon mari et moi n'avons eu qu'un fils. Mais comme mes parents, nous étions reçus et recevions.

— Vous êtes née ici ?

— Oui. Nous eûmes droit à la meilleure éducation, nurse anglaise, et je vous en passe… Le soir, notre mère ne manquait jamais de venir nous embrasser, et pourtant, nous avions peur avant de dormir. La maison était trop grande pour nous, petites filles, notre imagination courait vite…

— Vous avez une sœur.

— J'avais, elle est morte très jeune.

— Je suis désolée.

— Elle n'a pas survécu à la naissance de son fils Jean… Le père d'Anton. Durant la guerre, notre petit « château » ne fut pas réquisitionné comme certaines maisons de maître par la Wehrmacht, mais après-guerre, il fallut la restaurer. A l'époque, le tramway, qui est en travaux ces temps-ci, était gratuit pour les Allemands. Mon père fut prisonnier en Allemagne, dans des conditions très éprouvantes. Les moins costauds étaient emmenés vers les camps d'extermination. Après la guerre, revenu dans le Nord, il était trop abîmé pour reprendre, seul, la direction des usines. Il s'est allié aux Berriez de l'agglomération lilloise. Et voilà, j'épousai le fils héritier, Pierre. Lorsque le mari de ma sœur et le mien succédèrent à notre père et s'emparèrent des rênes de l'entreprise, ils nous écartèrent, ma sœur et moi. Autant notre mère faisait équipe avec notre père, autant nous, ses filles, devions tenir notre rang. Nous sommes devenues les parfaites gouvernantes de maisons opulentes, et ne devions pas nous mêler de leurs affaires… Nous étions en 1950, pas en 1968… acheva-t-elle avec une once de regret dans la voix.

Elle se tut, me fixa d'un regard scrutateur.

— Hania, vous me ferez le plus grand plaisir si vous acceptez de prendre une chambre chez moi.

Elle ajouta, me sentant hésiter :

– Le prix n'est pas un problème. Vous n'aurez qu'à m'apprendre des recettes polonaises !

Je n'osais lui dire que la cuisine n'était pas mon fort. Peu importe. Les recettes me semblaient un prétexte. Pourquoi avait-elle envie de me prendre chez elle, de me connaître ? Je n'avais rien dit de ma vie. Et ma curiosité à son égard n'était pas assouvie.

5

Dans le train – Pâques 2004

Je n'avais pas revu mes parents depuis mon installation à Lille. Un mois venait de s'écouler. Quarante kilomètres jusqu'à Douai. C'est loin d'être un exil. Ridicule. Je me sentais assez nulle. Tant de jeunes de mon âge profitaient du programme Erasmus pour effectuer leurs études en Europe, ou découvraient l'Australie, les Etats-Unis, s'éloignaient de leurs familles pour un an, voire davantage. Occasions d'expériences inoubliables. Mes propres cousins avaient saisi ces opportunités. Moi, rien. Engluée dans des prétextes fallacieux, une frilosité malsaine, entraînée malgré moi dans la spirale maladive de ma mère. Je m'étais forgé un handicap.

Le train était bondé. J'étais coincée au milieu d'étudiants qui rentraient pour Pâques dans leurs familles. Tandis qu'ils s'entretenaient de leurs partiels ou de leur avenir, je songeais à mes ancêtres polonais et à tous ces autres immigrés, qui parcouraient à pied des milliers de kilomètres, traversaient des pays entiers avant de rejoindre une terre d'accueil, de survie.

Je n'avais pas suffisamment questionné Wilhelmine Berriez. Qui l'avait renseignée sur ma passion pour Chopin ? Interrogation que je jugeai vite absurde. Tous les Polonais ne l'aiment-ils pas ? Mon grand-père l'admirait tellement. Son premier fils se dénommait Frédéric, comme le compositeur. En France, il avait tenu à franciser les prénoms de ses enfants, par respect pour leur pays d'adoption. Ma mère s'appelle Louise. Rien de polonais a priori, mais elle est née en France.

Une étudiante, installée en face de moi, interrompit mes pensées.

— Tu es dans quelle fac ? me demanda-t-elle en souriant.

— Je ne suis pas en fac…

— Ah ! Et tu habites Douai ?

— Oui.

Ma retenue freina son élan. Elle se tourna vers ses amies et m'oublia. Toujours cette satanée timidité.

Sur ce court chemin, je me replongeai dans mes réflexions. Les questions de Wilhelmine concernant ma famille me faisaient prendre conscience de mon ignorance. Des interrogations affluaient à mon esprit sur l'exode des Polonais. Durant mon enfance, les immigrés dont on parlait venaient du Vietnam, on les nommait les *boat people*. Les demandeurs d'emploi étrangers devenaient des *sans-papiers*, vivaient dans des bidonvilles, puis le *Black, Blanc, Beur* prit son envol avec son apothéose lors de la Coupe du monde de 1998.

Mais eux, ces ancêtres polonais ? Mon pays était-il devenu rapidement leur pays d'adoption ? Que gardaient-ils au cœur ? Joies, peines, griseries, solitude, colères, bonheur, nostalgie, regrets, déchirures ? Comme la plupart des jeunes de ma génération, celle des années 1980, je croyais que « leur » intégration était une parfaite réussite. Leitmotiv d'aujourd'hui, du reste. Cette approche idyllique ne cachait-elle pas une réalité plus sombre ?

Avaient-ils toujours vécu dans les mines ? Vers les années 1970, avec le pétrole, la crise de la sidérurgie, les puits s'étaient arrêtés. Je n'ai jamais connu les fosses Gayant et Notre-Dame, de Waziers.

J'étais une gosse des corons sans avoir connu la mine, une enfant de Pologne sans être allée dans le pays. J'éprouvai soudain un immense sentiment de honte. Je ne savais rien ! Rien, sinon que mon grand-père, Stanislas Dabrowski, adorait Chopin.

Par la vitre du train, les terrils, ces monts de débris caractéristiques des mines, ponctuaient la plaine de leurs pentes verdoyantes. Véritable réserve naturelle pour les herboristes, les écolos, les amoureux de la nature. C'en était fini du « pays noir ». La plupart des anciens corons étaient abandonnés, trop sensibles aux affaissements miniers, au sol marécageux. Ce nom étrange de Waziers où j'habitais à proximité de Douai tient sa signification des étendues marécageuses. Explication de la bouche d'une grand-mère polonaise, très appliquée à bien comprendre le français, jusqu'aux noms propres.

Certains corons avaient totalement disparu. Comme ces hommes au visage noirci de charbon, ces gueules noires, épuisés par leurs longues heures dans l'obscurité et la chaleur presque irrespirable des galeries profondes, mais qui offraient à leurs femmes inquiètes le visage d'un homme douché, changé, et satisfait du travail accompli. Mon père, mes oncles n'étaient pas mineurs, et j'en avais beaucoup plus appris sur ces hommes courageux en allant au centre historique de Lewarde, qui fêtait ses vingt ans en cette année 2004. Un voyage dans les entrailles de la terre, galeries reconstituées, avec pour guides d'anciens mineurs passionnants.

Les cités pavillonnaires, comme la nôtre, comme celles que je voyais par la fenêtre, étaient debout, même si les hommes ne partaient plus à la mine depuis longtemps. Même si, chez moi, on n'en parlait guère. Dans nos corons, plusieurs nationalités se côtoyaient. Polonais, Italiens, Marocains, Algériens, Belges, Français. Une vraie tour de Babel. Toutes ces communautés réunies pour la mine. C'était naturel pour moi. Aujourd'hui, je trouve cela très beau.

Des vieux y demeuraient, vivant dans la crainte d'être transplantés ailleurs, au cas où la ville chercherait à se débarrasser du coron. Des veuves vieillissaient dans la cité, aux côtés d'autres veuves et de leur vaste église polonaise.

C'était le cas de ma grand-mère. Mes six premières années s'étaient déroulées dans un petit deux-pièces d'un lotissement du « dehors », à l'entrée de Douai. Heureuse sans doute, insouciante certainement, l'appartement ne me semblait pas minuscule. Je dormais dans la chambre des parents, et c'était parfait. Pour moi.

C'est peut-être là que ma mère a commencé à vivre dans ses frustrations, ses fantasmes… A rêver d'une autre vie.

Petite fille, j'accomplissais fréquemment le trajet à vélo pour embrasser ma grand-mère à Waziers. Lorsque nous avons emménagé dans la maison actuelle de la cité Clochette, accolée à celle de ma grand-mère, elle me parut aussi vaste qu'un palais.

Oui, quarante kilomètres suffisent pour se poser des questions. Soudain, une idée cruelle me traversa l'esprit : revenir habiter près de grand-mère – la petite Louise y avait passé son enfance – avait été pour ma mère un moyen de se débarrasser de moi. Car je vécus davantage chez Wanda.

« Non, je suis ingrate, injuste. Maman va m'accueillir avec chaleur. »

Enfant, je ne me souciais de rien. Même si ma grand-mère disait toujours :

— La France, c'est la rue. Chez nous, ma chérie, c'est la Pologne.

Et toute la maison respirait la Pologne. Et sa Pologne transpirait de joie de vivre, grâce à la musique, aux repas dansants, aux associations et aux fêtes.

Pourtant, que connaissais-je de son pays ? Un peu de la langue, des pratiques culinaires, des chants. Mes premières « vraies » Polonaises, je les avais vues sur les pochettes de disque de Wanda. Elle m'emmenait lors des fêtes et me costumait en jolie poupée. Avec ma jupe brodée, mes fleurs et mes rubans dans les cheveux, je virevoltais de plaisir. J'ai toujours aimé danser. Je suivais des cours de danse auprès de madame Ladska et des cours de piano avec une voisine polonaise. J'ai tout arrêté lors de mes révisions du bac. J'aurais pu reprendre, je ne l'ai pas fait. Rien d'autre que des traditions.

La Pologne, pour moi, c'était Wanda. Elle demeurait le principal lien avec le pays de mes ancêtres. Mais que savais-je réellement de leur flux migratoire, des va-et-vient nombreux qui les avaient guidés entre nos deux pays ? Autant que je me souvienne, on ne parlait jamais politique chez nous. Etait-ce une règle de ne pas critiquer le pays d'accueil ? Mais ce n'était plus un pays d'accueil, ils y vivaient depuis si longtemps. En voyant défiler les terrils par la fenêtre du train, des expressions, des anecdotes me revinrent à l'esprit. La Pologne ne m'était pas inconnue. Elle palpitait au travers de ces indices endormis, mais bien gravés dans l'inconscience de l'enfance. A moi de les en extirper.

— Tu ne descends pas ? me lança l'étudiante, en saisissant son sac.

Je réalisai alors que nous étions arrêtés.

— Oh merci !

Je lui souris cette fois, et me levai précipitamment. Le wagon était vide. Je sortis, accueillie par le carillon de Douai.

Je me sentais plutôt fière de ma belle cité flamande des siècles passés, fière de son beffroi, célébré par Hugo, flanqué d'une multitude de petites fenêtres et de tourelles, dentelle scintillante qui se dresse depuis le Moyen Age. Fière de ma cité à Waziers, fière de ma région. La mal-aimée. Terre d'accueil pour la « Petite Pologne » de mes ancêtres. Tant de fois détruite, martyrisée, méprisée, oubliée, se relevant toujours, comme ses géants. Aujourd'hui que les clichés tendent à se dissiper sinon à disparaître, je persiste à la défendre… J'arrête, l'enthousiasme que j'y mets ne manquerait pas d'attiser les railleries de mes amis.

En 2002, un projet insensé mais ô combien magnifique était né : faire classer le bassin minier au titre de Patrimoine de l'Humanité. Ce défi était incroyable. J'espérais de tout cœur qu'il soit accepté, en dépit des voix humiliantes qui se moquaient ouvertement. Le classifier, au même titre que le Mont-Saint-Michel ou Versailles me paraissait fou. Fou et merveilleux. Et la cheville ouvrière de ce dessein incroyable était le courageux maire de Loos-en-Gohelle, près de Lens, là où se dressent les plus hauts terrils d'Europe. Le terril, c'est ma pyramide, mon Everest, mon volcan islandais. Le chevalement, cette haute structure construite sur l'ouverture du puits, c'est ma tour Eiffel.

Le temps était clément, la douce lumière du soleil printanier irradiait au travers de gros nuages joufflus. Je n'étais guère chargée, je décidai de me rendre à pied dans ma cité, attenante à Douai. Je passai la très belle porte moyenâgeuse dite « de Valenciennes ». Je m'y arrêtai, avec l'impression de la voir, de l'admirer pour la première fois. L'« effet distance » sans doute. J'inhalai le délicieux parfum de l'herbe coupée. J'avais hâte de revoir ma grand-mère, mes parents, mais marcher me permettait de réfléchir à mon attitude face à une mère si imprévisible et déstabilisante. Je me fis un film. Je l'imaginai me guetter à la porte, se précipiter vers moi pour m'embrasser.

La cité Clochette, n'est-ce pas un joli nom ? Cité-jardin, à l'aspect résidentiel, aux maisons construites en recul de la chaussée, et à distance du carreau de la mine, afin de limiter les poussières et fumées.

Paternalistes, les compagnies eurent à cœur de préserver la santé de leurs ouvriers. Ma cité n'a rien des premiers corons, aux rangées de maisons serrées les unes contre les autres, au confort restreint.

C'est la plus jolie des cités minières. Là, je suis carrément chauvine, mais il est vrai que certaines sont moins aérées que la nôtre, même si depuis les années 1980, on a restructuré et rénové les anciennes cités. Nos maisons jumelles, coquets pavillons de brique, à la toiture aux deux pans brisés, au porche en demi-lune comportent chacune un jardin et un petit potager.

Grâce à ma grand-mère Wanda Dabrowska[1], notre maison était, chaque printemps, la plus fleurie du quartier. Enfant, j'en étais pétrie d'orgueil. La jeune femme que j'étais devenue éprouvait toujours cette pointe de fierté devant ces beaux parterres. « Il y en a autant que chez Wilhelmine Berriez. » Tentais-je par cette réflexion de me rassurer en ce qui concernait ma famille ? Le potager arrière accueillait lui aussi des bouquets colorés.

— On aime les fleurs chez nous, surtout les capucines, déclarait Wanda.

Chez nous, entendez « en Pologne ».

De nature enjouée et pas le moins du monde râleuse, elle lâchait en un soupir :

— Avant, les corons, c'était l'entraide. Aujourd'hui, c'est… la vie moderne. Mais il faut faire avec son temps, n'est-ce pas, ma chérie ?

1. Il existe des terminaisons différentes en Pologne (comme en Russie) pour les noms de famille portés par les hommes ou par les femmes, ainsi Dabrowski devient Dabrowska pour Wanda.

Et son sourire illuminait mon monde.

Je l'ai rarement entendue se plaindre. Sauf peut-être vis-à-vis des « nouveaux ». Ces voisins étaient là depuis ma naissance. Ils resteraient les « nouveaux ». Des Algériens, grâce au regroupement familial des années 1970. Elle les trouvait bruyants, mais elle leur reprochait surtout de ne pas entretenir leur jardin. Choc des cultures. Rien n'a changé.

6

Waziers

Ma mère ne m'attendait pas à la porte, et mon père n'était pas rentré d'un gros chantier. Il est dans le bâtiment. Deux motifs de fierté lui tombèrent dessus le 18 octobre 1978 : son prénom, Karol, identique à celui du cardinal Wojtyla, archevêque de Cracovie, qui devint pape au huitième tour de scrutin ; et moi sa fille Anne-Sophie, née après huit heures de « travail » pour maman. J'aime mon père. Il m'agace, mais je l'aime.

L'accueil de maman ne fut guère chaleureux. Elle était dans l'un de ses mauvais jours, à se torturer l'esprit, remuer des idées noires, à se claustrer dans un calvaire inconnu.

Embrassades furtives. Elle ne bougea pas de son divan. A quoi m'attendais-je ? Qu'un mois de séparation change tout ?

Je ne pus m'empêcher de la comparer à Wilhelmine Berriez. Maman était beaucoup plus jeune, mais si éteinte, souvent inabordable. Aucun éclat dans ses yeux, hormis les moments où d'inaccessibles rêves, reflets de ses désirs insatisfaits, tournoyaient dans sa tête et la maintenaient hors de l'eau. Mais alors son regard ne m'était pas destiné, il portait au loin, très loin. Oisive, elle effleurait sa vie. Je ne l'ai jamais vue travailler. Le ménage, un peu. Le minimum. Elle avait toutefois des moments de grande activité, où elle remuait surtout de l'air, puis se murait dans le silence. Une espèce d'hystérie cachée.

Je constatai le résultat de mon absence. Une colère sourde monta en moi. Mon retour comptait si peu ? Je me mis en devoir de faire la vaisselle, ranger du linge qui traînait, mettre une machine en route. Une gamine, une gamine paresseuse. Voilà ce qu'elle était, Louise Koslowski !

Quelle que soit la cause du mal-être de maman, elle n'avait pas réagi aux infortunes comme Wilhelmine. Refusant de sombrer, cette dernière avait transformé son deuil en accueil.

Je l'admirais déjà.

Après avoir achevé le ménage, prise de panique à l'idée de repartir aussi démunie que je l'étais un mois auparavant, je pris une chaise et m'installai à ses côtés. J'allais entamer le dialogue lorsqu'elle m'adressa enfin la parole, d'un air maussade.

— Ne me regarde pas, je suis laide aujourd'hui.

— Mais non, maman, tu es belle.

Elle se leva, fit un tour sur elle-même.

— J'ai mis une jolie robe, tu as vu ? Pour toi.

Emue, mon cœur se mit à battre plus fort. Et, regrettant ma colère rentrée, je l'embrassai sur la joue.

— Je n'ai pas pris un gramme depuis des années. Une vraie femme du monde, tu ne trouves pas ?

— C'est vrai, maman.

Ses rêves de grandeur. Toujours. Elle était maigre et frisait l'anorexie. L'expression de son visage s'altéra. Elle me serra violemment les doigts. J'étais décontenancée. Je ne m'habituais pas à ses sautes d'humeur.

— Reste près de moi, je ne me sens pas bien.

— Qu'as-tu ? Pourquoi cette nervosité, maman ?

Mot malheureux. Je me mordis les lèvres. Trop tard. Elle lâcha ma main, s'énerva.

— Tu me crois folle, hein ?

— Non, calme-toi !

Elle se leva brusquement.

— Je vais chercher un verre, tu veux un verre ?

— Il est tôt, maman…

— Je suis une alcoolique, c'est ça ? C'est ton père qui va au bistrot, pas moi.

— Mais papa travaille, là…

— Oui, je vois ton regard, il est plein de reproches… Ah, je crois que je vais être malade.

— Etends-toi. Je reste là, maman.

Un sentiment trop familier d'inconfort commença à m'envahir comme à chaque fois que ma mère se plaignait.

— Tu restes par pitié.

Son ton devint glacial. Son regard lourd de griefs.

— Mais tu me laisses tomber maintenant. Ton père aussi me laisse tomber.

— Tu es injuste, maman, il a son travail, et le soir, tu le rabroues.

— Tu prends toujours sa défense…

— Maman, ça suffit !

L'autorité dont je fis preuve me surprit. Je me révoltais contre l'enfant soumise que j'étais jusqu'alors. Très tôt j'avais compris que je ne devais pas être une source de conflits supplémentaires dans le couple de mes parents. Prendre sur moi, rester modérée, calmer le débat, encaisser en silence par peur de chagriner davantage ma mère, disparaître pour pleurer dans mon coin. Assez, j'en avais assez de cette crainte d'envenimer une situation déjà pourrie. A la moindre contrariété, maman se réfugiait dans une prétendue douleur physique, un épuisement, qui lui donnaient sans doute bonne conscience et l'écartaient peut-être d'un mal plus souterrain. Inconnu de sa fille. Quel monstre la hantait ?

— J'ai bientôt vingt-six ans, tu t'en souviens ? Il était grand temps que je parte, dis-je avec virulence, que je trouve un travail…

— Tu en avais un…

— Grand temps que je vive ma vie !

— Et la mienne, tu y as pensé ?

— C'est terrible ce que tu dis, tu t'en rends compte ou pas ? C'est tellement égoïste !

Elle se tut un instant, déconcertée par ma riposte, et d'une voix lasse que je connaissais trop bien :

— Va voir ta grand-mère, je vais dans ma chambre.

— Maman !

— Ne prends pas cet air supérieur avec moi.

Elle haussa les épaules, et me tourna le dos :

— Va-t'en, je te dis, je préfère rester seule.

— C'est bon !

Je claquai la porte.

J'expirai un soupir encombré de larmes. Allait-elle devenir méchante ? Me repousser, me rabrouer, reprocher sans arrêt mes absences ? Mon père se réfugiait souvent au café avec ses copains, tandis qu'elle se repliait sur elle-même, que je me sentais alors l'âme mélancolique, comme l'étude de Chopin, si justement appelée *Tristesse*, écartelée entre honte de mes parents et culpabilité de ce sentiment.

Je savais qu'en franchissant le seuil de ma grand-mère, tout serait différent. De l'autre côté du mur était le Paradis, la couleur, la tendresse, le bonheur. Wanda avait proposé d'abattre le mur de séparation entre les maisons jumelles comme le faisaient de nombreuses familles. Mon père avait décliné l'offre. Pour leur intimité peut-être. Le pauvre, en avait-il trouvé avec maman ?

Mes parents se disputaient sans cesse à propos d'argent. Ma mère blâmait mon père pour ses piètres conditions de vie. Et leur fille en éprouvait un nébuleux sentiment de misère. En leur présence, le quotidien était triste, poussif, lugubre. Je ne voyais ni un couple ni même une camaraderie.

J'avais grandi avec le désir de ne pas être confrontée à ce que je croyais être de la pauvreté chez nous. C'était faux. Nous n'étions pas riches, mais nous ne manquions de rien. Du moins en ce qui concernait l'essentiel. Le salaire de mon père ne devait pas être fabuleux, tout compétent fût-il dans son domaine. Il s'était allié avec mon oncle Victor, son beau-frère. Ensemble, ils avaient créé une petite entreprise qui marchait bien, au prix de gros efforts, d'heures non comptées.

Et je réalisai, un peu tard, que mon père avait dû s'astreindre à de sérieux sacrifices pour assurer mes études en fac, puis dans l'école de design et dessin, laquelle était onéreuse. J'avais glandé. Quelle ingratitude de ma part ! La petite bourse allouée ne couvrait pas tous les frais. Nous n'étions pas assez pauvres, sans doute. Tous les mois, il avait mis de l'argent de côté pour mes études.

J'ai de beaux souvenirs avec lui. Il s'est toujours occupé du potager. Notre jardin était assez grand, sans clôture entre les maisons siamoises. J'accompagnais mon père, pour chercher de l'herbe et des pissenlits pour les lapins. Je l'aidais aussi à désherber. C'était un de mes grands plaisirs. Dur à la tâche, il n'accordait pas de temps au mal-être de sa femme qu'il ne s'expliquait pas. Mariée avec un homme bien, humble et travailleur, l'aimait-elle ? L'avait-elle jamais aimé ?

Ma pauvre maman immature était-elle capable d'amour ?

Dès que je passais le porche de Wanda, ma mamie, ma *Babcia*, le bonheur entrait dans ma vie. Chez moi étaient le silence, les disputes, la morosité, que je ne comprenais pas plus que papa.

Chez elle étaient la lumière, l'affection, la tendresse, les disques de l'orchestre de Stéphane Kubiak, les chansons de Lucy Adam qu'elle entonnait, les bons petits plats, la couleur des broderies. Wanda la tendresse. Wanda, ma merveilleuse grand-mère.

Une délicieuse odeur de saucisse fumée, la *metka*, et celle, prégnante, du chou me parvinrent aux narines en franchissant le seuil. Ma grand-mère faisait le meilleur *bigos* du quartier, la fameuse choucroute polonaise, avec oignons et champignons. Enfant, je venais faire mes devoirs près d'elle, installée sur un coin de la table de la cuisine, et, mon travail achevé, je dessinais, humant les effluves alléchants se dégageant des plats qui mijotaient.

Les épouses de mes deux oncles revenaient de l'église, avec deux grands paniers d'osier remplis d'œufs décorés, de nourriture, pain, sel et branche de buis. Le prêtre les avait bénis. Après une prière en famille, ils seraient distribués à tous avec des vœux.

Wanda n'avait pas manqué un office durant la semaine sainte. Pilier de notre famille, elle s'affairait dans la cuisine afin de tout achever à temps pour les deux jours de fête. Elle offrait un vrai festin à la famille après la messe solennelle du dimanche.

Agneau pascal, viandes rôties, fumées, œufs, charcuteries, pâtisserie maison seraient au menu traditionnel.

Elle m'attendait avec des gâteaux. Et si j'ai toujours préféré le dessin à la cuisine, je suis gourmande. Mes « petites madeleines » n'étaient pas le café, la chicorée ou les frites comme bon nombre de mes copines du Nord.

Non, c'étaient le *placek*, un gâteau brioché, qu'elle emplissait de crème vanille ou garnissait de raisins, et des *paczki*, beignets farcis de marmelade de prune. Je ne pouvais résister. J'étais redevenue polonaise.

Tout était plus net chez elle. Elle me montra son dernier ouvrage, comme si elle m'avait quitté la veille, puis elle m’installa dans le fauteuil en face d’elle avec une assiette de gâteaux.

— Bien, raconte-moi tout. Ta vie à Lille.

Je souris au mur foisonnant d’icônes. Je ne m’étais pas aperçue qu’elles étaient si nombreuses. Elles côtoyaient la statuette de la Vierge noire, posée sur un guéridon. Autour d’elle, des images de sainte Barbe et de sa préférée, sainte Kinga, une duchesse de Cracovie qui acheva sa vie dans un couvent et fut canonisée par Jean-Paul II. Je relus, brodé au coton rouge sur une étoffe blanche, ce proverbe polonais :

Gdzie czystosc panuje, najlepiej smakuje, « Où règne la propreté, tout est meilleur ».

Et je contentai sa curiosité.

7

Pâques 2004

Les cloches appelaient à la grand-messe de Pâques. Pour l'occasion, nous étions tous endimanchés, mes parents, mes oncles et tantes, trois de mes cousins, et leurs deux enfants. Je ne dérogeais pas à la règle. Deux autres cousins vivaient à l'étranger. Je les croisais parfois à Noël mais nos liens s'étaient desserrés. J'étais la seule petite-fille que Wanda ait réellement élevée, et, fait plus rare dans les familles polonaises, enfant unique. Ce qui ne nous empêchait pas d'être nombreux lors des fêtes et commémorations. Entre Polonais et enfants de Polonais, les attaches sont solides. Une seule et grande famille.

Je songeais pour la première fois à nos identités. L'influence de Wilhelmine ? Etions-nous tous français ? Enfants d'émigrés, mes parents avaient acquis la nationalité française, mais les autres ? Ma grand-mère, mes oncles, mes cousins ?

Nous nous étions donné rendez-vous sur le parvis de l'église Notre-Dame-des-Mineurs, « notre église », comme on l'appelle ici. Massif, au décor de brique rouge, érigé par la Compagnie des mines d'Aniche pour les Polonais venus dans les années 1920, cet immense vaisseau fut construit selon les plans d'un illustre architecte, Louis-Marie Cordonnier.

Wanda arborait avec fierté ses broderies et sa ferveur. Du temps de mon grand-père, tenait-elle le porte-monnaie ? Elle était un modèle d'antan, une femme d'autrefois. Elle montrait toujours un visage lumineux. La foi lui traversait le corps, animait son âme et ses traits. Elle était belle. Ma mère, elle, affichait un visage sans vie. Elle n'avait fait aucune remarque sur ma nouvelle coiffure, plus courte, plus moderne, et qui selon Juliette, mettait en valeur mes yeux en amande. Ses compliments restaient souvent coincés dans la gorge. Son air désabusé, « absent », me rendait malade. Je me reprochais mon manque d'indulgence à son égard. Elle avait fait l'effort de venir. Pour faire plaisir à mon père, et ma grand-mère, tous deux croyants, ou peut-être par habitude, par superstition, pour obéir à un rituel familial…

— Ça va, maman ?

— Oui, ça va, maugréa-t-elle, les lèvres serrées, agacée par ma demande. Arrête de me regarder comme ça, je sais ce que tu penses.

Pathétique, pensai-je. Elle n'était pas « absente », mais dans sa tête, rien ne fonctionnait. Et mon départ à Lille n'avait rien arrangé. Je la sentais plus distante, brutale, à mon égard. Allait-elle me faire payer ma nouvelle vie ? Un pincement au cœur me rappela mes vieilles culpabilités. Non, je devais lutter coûte que coûte contre cette sensation sournoise qui montait inéluctablement en moi, évacuer cette peur insidieuse et ce pressentiment de mélodrame.

La fête de Pâques est très importante aux yeux des Polonais. Une foule, venue de toutes les communes du bassin minier, se pressait à l'intérieur de l'église. Enfant, elle me paraissait immense. Elle l'est réellement, par sa largeur et sa forme en galerie de mine. Ses vitraux aux points rouges évoquent les lampes des mineurs. Les fonts baptismaux, l'autel en pierre blanche, les hauts candélabres de style Art déco, jusqu'au crucifix, sont incrustés de mosaïques, et rappellent l'art polonais, comme le mobilier en bois et les passementeries. Ces fameuses broderies slaves destinées à l'ornement, et en décoration dans les maisons, sur les nappes, les vêtements, procuraient de la couleur à notre vie quotidienne. En cet instant, je bénis ma chère grand-mère de m'avoir initiée à ces ouvrages délicats. Je venais d'apprendre que de jeunes stylistes commençaient à investir le Vieux-Lille et faisaient honneur à la grande tradition du textile du Nord. J'espérais m'introduire dans ce milieu et créer des modèles.

La lumière est saisissante dans cette église. Je ne me lasse jamais de contempler le vaste plafond arrondi. Toujours impressionnée.

J'aime m'y arrêter lorsqu'elle est ouverte, je goûte son silence, cette atmosphère si sereine, propre aux lieux de culte. Notre prêtre est polonais, bien entendu, mais il n'est pas n'importe quel Polonais. François Wojtyla est le cousin de Karol Wojtyla, le pape Jean-Paul II, leurs grands-pères étaient frères. Un autre motif de fierté pour la communauté polonaise de Waziers.

On se pressait sur les bancs. Une affluence bien supérieure à celle du reste de la France. Il n'existe plus de quartier strictement polonais dans les cités, mais « nous » étions en majorité parmi les fidèles, et « nous » étions reconnaissables à nos vêtements « du dimanche » et aux tenues brodées.

Je me rappelai soudain la « déclaration de guerre » d'une camarade de primaire :

— Mon père dit que les Polonais sont des culs-bénits.

Réprimer le désir de la gifler. J'étais trop bien élevée. Ce fut le seul comportement agressif à mon égard. C'est peut-être de ce jour que je me sens l'âme polonaise. Ce besoin de les défendre. On ne m'a jamais traitée de « sale Polak ». Mon oncle Frédéric, lui, ne s'en est jamais remis. A chaque rencontre, il m'en parlait. En classe avec les enfants de mineurs à l'école Chopin puis l'école Copernic, il voulait être considéré comme un Français. Une génération plus tard, j'étais française, à l'école française, et revendiquais volontiers mes origines polonaises, ma double culture.

Les cloches sonnèrent la fin de l'office. La fête débuta au centre social et culturel, l'ancien patronage de la cité. Nos géants étaient de sortie : Andréa la « cafut », trieuse de charbon, bon pied bon œil depuis 1948, son mari, épousé « sur le tard » et le petit nouveau, l'Zeph, qui depuis trois ans représentait les mineurs vêtus du lin blanc des pionniers du XIXe siècle. L'après-midi se déroula dans la joie des retrouvailles.

Wanda me réjouissait avec son accent. Son français, lui, était irréprochable. Elle prenait soin de chacun avec la même gentillesse.

Victor, le plus jeune de mes oncles, était dans le bâtiment. Il avait recruté mon père pour travailler à ses côtés. Heureux que son associé soit devenu son beau-frère. Il déployait son contentement sous son nez en trompette, et une petite bedaine apparue avec l'âge. Deux de ses trois enfants étaient mariés, l'un avec une « Franco-Polonaise » au langage polonais-français-patoisant assez jubilatoire, l'autre avec une jeune Dunkerquoise, qui ne comprenait pas encore le polonais mais avait initié toute la famille aux moules et autres crustacés. Les frites s'étaient glissées depuis longtemps dans les foyers. Et les harengs marinés étaient communs à nos deux peuples.

Frédéric, lui, restait toujours aussi droit et sec. Cinquante-quatre ans jalonnés de cheveux blancs, un visage grave creusé de rides et de plis d'amertume qui accentuaient son air sévère. Je l'aimais bien malgré tout. Il était mon parrain, et cela tisse des liens particuliers. Il avait deux garçons, qui vivaient au loin, l'un en Espagne, l'autre aux Etats-Unis. Il voyait peut-être en moi la fille qu'il n'avait pas eue. Si Wanda m'avait enseigné la broderie, Frédéric, lui, m'avait appris le dessin. C'est lui qui guidait ma main lorsque je m'amusais à le copier, à dessiner. C'est également lui qui emmena sa filleule dans cet admirable couvent de la Renaissance flamande devenu musée de la Chartreuse, à Douai. Ses collections furent certainement à l'origine de mon engouement pour la peinture.

Le lundi de Pâques resurgissait une vieille coutume polonaise : le Smigus-Dyngus, qui signifie « aspersion ». Il s'agissait de se faire arroser d'eau par la famille, des voisins, voire des inconnus. Interdiction de se fâcher ! A Pâques, l'agneau symbolisait le Christ, les œufs le renouveau, et l'eau la purification. En voyant ma grand-mère qui l'enseignait au tuyau d'arrosage à ses deux arrière-petits-fils, me revint l'image d'une petite fille ravie, chahutant avec ses cinq cousins, qui la poursuivaient pour l'asperger. Ces enfants-ci couraient à leur tour, en riant, dans le jardin à l'arrière de la maison.

— D'où vient cette coutume barbare ? me demanda, en plaisantant, ma cousine dunkerquoise. Tu le sais, toi ?

— Oui, j'en connais l'origine. Elle date du baptême du prince Mieszko avant l'an mille, qui a marqué le début du christianisme en Pologne.

— J'ai tout à apprendre !

— Dans les siècles passés, intervint Wanda qui gardait un œil vigilant sur son petit monde, les jeunes gens se poursuivaient dans les villages. Plus une jeune fille était aspergée, plus elle était aimée. Il lui fallait alors rendre cet hommage aux garçons, en leur offrant des œufs décorés.

— Tu as dû être sérieusement trempée, Babcia !

Son visage rosit.

— Elle est belle, notre tradition. On l'a perpétuée dans les mines. C'est joyeux, n'est-ce pas, mes enfants ?

— Oui, mais ils sont trempés ! Ils vont attraper froid ! s'exclama ma cousine, les lèvres infléchies en un sourire affable mais suffisamment inquiète pour se précipiter à l'intérieur et leur chercher des serviettes.

— Ils sont si heureux, sourit Wanda. Cela leur fera de beaux souvenirs.

Le visage de ma grand-mère rayonnait d'une joie enfantine. Chère Wanda qui me contait des légendes polonaises, depuis le jour, où petite fille, je m'étais exclamée :

— Wanda, c'est un nom bizarre. Pourquoi tu t'appelles Wanda, ma Babcia ?

Elle tenait son prénom de la princesse Wanda de Cracovie, qui s'était jetée dans la Vistule pour échapper au mariage avec un prince allemand. Grâce à son sacrifice, elle avait évité la soumission à son peuple. Wanda était fêtée la veille de la Saint-Jean, aussi la nommait-on parfois Janina, plus chrétien.

— J'ai toujours préféré garder Wanda. Même si en France, on le déforme un peu. Il faut le prononcer avec douceur, comme tu le fais, ma chérie, en prononçant le n…

— Babcia, tu as le nom d'une princesse ! Tu es une princesse !

Rouge d'excitation, je n'allais plus rien ignorer des contes de fées européens. Ma mère, elle, ne m'en racontait jamais, et un soir où je lui en réclamais, elle avait prononcé lentement, avec amertume : « La vie n'est pas un conte de fées, inutile de se mentir ! »

Le sourire de Wanda s'éteignit lorsque je lui annonçai mon départ pour Lille.

— Tu nous quittes ?

— Oui, mon train à prendre.

— Tu es bien là-bas ?

— Oh oui !

— Alors, c'est bien. Suis toujours ton cœur. C'est ton meilleur guide. (Son timbre de voix se fit rassurant.) Je suis contente pour toi, *moja kochana*[1].

— Merci, Babcia. Je vais chercher mes affaires et reviens t'embrasser.

Mon sac était posé sur une chaise du salon. La fête de Pâques avait été une parenthèse enchantée. J'avais oublié l'affliction de maman dans les gâteaux et les traditions ; sur le guéridon, une photo d'elle, petite Louise de cinq ans, blottie entre ses deux grands frères, Frédéric et Victor. Son sourire pétillait, ses yeux riaient. Une blondinette aux joues rondes marquées d'une petite fossette. Une enfant radieuse, insouciante, pleine de vie. Ma poitrine se serra.

A quel moment était-elle devenue cette femme tour à tour éthérée ou accablée, sur la défensive, aux yeux infiniment tristes ? Que de fois l'avais-je enviée d'avoir des frères, songeant : Elle n'est pas contente, en plus… Que lui faut-il ?

Que s'était-il passé ? On ne change pas à ce point sans drame. Elle n'avait connu ni guerre ni exil. Une enfant des Trente Glorieuses. Il faisait bon vivre ici. Etait-ce son mariage ? Pourquoi n'avoir pas divorcé dans ce cas ? Chacun en eût été libéré, sinon heureux. A cause de la religion ? Maman ne pratiquait pas, ne me paraissait pas croyante. Je ne comprenais pas ce malaise qui l'engloutissait. Elle n'en donnait

1. Ma chérie.

aucune raison. Si blessures il y eut, elles n'étaient pas cicatrisées, mais entretenues au tréfonds.

Allais-je rester toute ma vie avec ce point d'interrogation ? Le jour de mes vingt ans, alors qu'elle avait négligé mon anniversaire, j'avais questionné Wanda.

— C'est la vie, ma petite-fille.

Réponse insatisfaisante. Ce constat défaitiste contrastait avec le tempérament de ma grand-mère, mais je ne voulais pas alourdir davantage cette journée d'anniversaire que je souhaitais joyeuse. Ensuite, je crois bien m'être habituée aux humeurs de maman.

Je lançai un baiser à l'image de la petite fille, et partis embrasser les miens.

— Déjà ? déplora une nouvelle fois Wanda.

— Mon train n'attend pas. (Je lui souris.) Mais j'ai encore cinq minutes, Babcia, je peux te poser une ou deux questions ? Elles concernent votre arrivée en France. Je me rends compte que je ne sais rien.

— Que veux-tu savoir ? me demanda-t-elle, en fronçant les sourcils.

— Grand-père…

— Quoi ? répliqua-t-elle d'une voix cassante, inhabituelle, qui me déstabilisa.

— Pardon… Il y a un problème, Babcia ?

— Aucun.

Une minuscule pulsation des paupières clamait le contraire, mais elle se radoucit.

— Que veux-tu savoir ?

— Il est né en Pologne ?

— Oui.

Elle parut soulagée. Le froncement de sourcils disparut.

— Ton grand-père avait deux ans quand il est arrivé en France, avec sa famille.

— Pourquoi sont-ils partis de Pologne ?

— Dans les années 1920, on manquait de mineurs dans le Nord, avec tous les hommes morts dans les tranchées. On recrutait dans les mines. On procurait des maisons, un emploi, un fixe, et même une protection sociale. La Pologne, c'était la privation. C'était mieux, la France, il faisait moins froid. On mangeait bien…

Elle s'interrompit et s'esclaffa.

— Quoique… on consomme autant de pommes de terre et de bière qu'en Pologne.

Elle répondait avec complaisance à mes questions. M'étais-je abusée sur de prétendus non-dits ? J'aurais dû les lui poser des années auparavant. Je n'osais pas. Elle était si pudique sur sa vie personnelle, sur son mari. Mon installation à Lille, ma détermination avaient-elles libéré quelque chose en elle ?

Elle poursuivit d'un air grave :

— Le travail dans les mines était très honorable, mais épuisant. Un labeur de forcené. Les parents ont tenu à ce que leurs deux fils apprennent vite le français, qu'ils travaillent bien à l'école. Stanislas fut tête de classe, ajouta-t-elle avec fierté.

— Et toi, Babcia, tu étais déjà en France ?

— Non. Stanislas m'a rencontrée à Cracovie. Nous nous sommes mariés là-bas.

— Il était reparti en Pologne ?

— Oui, avec sa famille, après la Seconde Guerre mondiale, pour rebâtir le pauvre pays en ruine, et retrouver son père. Une longue histoire… (Elle émit un bref soupir.) Il est revenu ensuite en France, et je l'ai rejoint avec nos deux petits garçons, Victor et Frédéric. Au début, ce ne fut pas aisé. (Sa voix baissa comme pour murmurer un secret.) Je ne parlais pas un mot de français. Il faut du temps pour assimiler une langue. Les formules de politesse par exemple sont différentes. Je m'adressais à mes parents à la troisième personne. Tu te rends compte ? C'est la tradition. J'ai abandonné cette tournure de phrase au profit du tutoiement plus simple.

— Mais alors on ne dit pas « je t'aime, papa, je t'aime, maman, je t'aime, ma Babcia » ?

Elle m'embrassa tendrement.

— Tu vois ce que l'on perd !

— Et maman… ?

— Elle n'était pas encore née.

— Et elle n'a pas connu son père. Il est mort de quoi exactement ?

Un grand-père est censé être âgé, mais à la naissance de ma mère, l'année de son décès, il n'avait pas trente-cinq ans.

Wanda soupira.

— On te l'a déjà dit.

Oui, je l'avais maintes fois demandé, mais on changeait de conversation, ou l'on me répondait succinctement : « le cœur »…

— Le cœur.

Elle ajouta, plus bas :

— C'était un tendre, au cœur fragile, qui se croyait invincible. Mais pourquoi me demandes-tu ça maintenant ?

J'aurais juré avoir perçu un nouvel agacement. Une tension discrète. Etais-je allée trop loin ? Estimait-elle en avoir déjà trop dit ?

— Nous en reparlerons, Babcia ?

— Pourquoi toutes ces questions ?

Je la rassurai.

— J'aimerais t'emmener en Pologne cet été.

Elle ouvrit de grands yeux, arbora un large sourire.

— Mais cela coûte cher, *moja kochana* !

— Tu aimerais ?

— Oui, bien sûr, mais…

— Tu as une petite sœur là-bas, m'as-tu dit, il est temps de la revoir, tu ne crois pas ? Et ce sera une belle découverte pour moi.

— En fait, hésita-t-elle, ce n'est pas vraiment ma sœur…

— Non ? C'est bien elle qui a envoyé ma jolie petite poupée cracovienne ?

— Oui. C'est ma petite sœur de cœur. En réalité, elle est la petite sœur chérie de ton grand-père.

— Tu peux me raconter ?

— C'est une longue histoire…

— Elle a quel âge aujourd'hui ?

— Elle avait quatre ans de moins que ton grand-père, elle a… (elle réfléchit) soixante-quatorze ans aujourd'hui.

— Et où vit-elle ?

— Près de Cracovie.

— Grand-père avait d'autres frères et sœurs ?

— Un grand frère, il aurait eu quatre-vingt-deux ans… Reparti en Pologne dans les mines de sel, il est décédé.

— Je ne comprends rien à ces allers-retours. Ce ne devait pas être si simple. La Pologne était située derrière « le mur ». Vous ne pouviez pas être libres de vous déplacer facilement.

La Pologne des années 1950 ne me semblait pas un modèle de liberté.

— Oui. C'est un peu compliqué…

— Tu me racontes ?

— Tu dois aller reprendre ton train, chérie, ton parrain t'attend pour te ramener à la gare.

— S'il te plaît !

— L'histoire est longue. Très longue, souffla-t-elle en m'embrassant.

Elle n'avait jamais autant parlé.

8

Vers Douai...

Durant le court trajet en voiture, j'étais partagée entre une obscure tristesse de quitter ma grand-mère et une délicieuse sensation de liberté à l'idée de rejoindre Lille et ma nouvelle vie. Mon oncle et parrain Frédéric me surprit désagréablement en me conseillant de façon abrupte de ne pas côtoyer ces Lillois.

— Tu les connais ?

— Tous des bourges.

Et il n'aimait pas les bourges, lui qui vivait grâce à leurs projets de maisons. Je décidai de ne pas répondre, mais de l'aiguiller vers mes propres interrogations :

— Tu es arrivé petit en France ?

— A six ans, Victor en avait seulement quatre.

— Et vous êtes devenus français ?

— On s'est fait naturaliser à dix-huit ans.

— Maman aussi ?

— Louise est née en France.

— Ah oui, droit du sol. C'est vrai...

J'éprouvais de la tendresse envers mon parrain. Mais le ton qu'il employait parfois ne me plaisait pas. Son amertume m'agaçait. Pourquoi cette rage au cœur ?

— Tu as vraiment souffert à l'école ?

— On ne se mélangeait pas. Certains camarades d'école, des Français, nous trouvaient maniérés, parce que nous n'utilisions pas le chti qu'ils employaient depuis toujours. On avait la réplique facile, le « Polak » appelait une réaction, on lavait l'affront en batailles rangées, on renvoyait la balle avec un flot d'injures polonaises, ça se terminait par quelques empoignades.

— Tous les jours ?

— Dieu merci, non ! On avait des copains français qui étaient gentils. Mais une ou deux fois l'an suffit, on n'oublie pas. Etre méprisé, dans une région qui l'est aussi, c'est beaucoup, tu ne trouves pas ?

— C'est injuste, acquiesçai-je. En classe, je n'ai jamais été en proie aux vexations.

— Tu es jolie comme un cœur. A l'école c'étaient les petites Polonaises qui réglaient les différends, les Français craquaient devant elles. Et toi, tu es de la quatrième génération, si l'on compte mes grands-parents. Tu es bien intégrée.

— Que racontes-tu ? Je n'ai pas besoin d'intégration. Je suis française.

— Oui, tu ne peux comprendre. Tu es juste une descendante… Tu es venue au monde française. Moi pas. La première année fut difficile. A notre arrivée, papa eut juste le temps de franciser nos prénoms avant de mourir. Je l'ai à peine connu.

— Crise cardiaque, c'est ça ?

— Maman fut merveilleuse. Elle ne se laissa pas abattre. Elle apprit le français avec moi, me fit répéter encore et encore mes leçons, elle m'épaula sans relâche, réussit à me faire faire des études supérieures. Tout en préservant nos coutumes, elle chercha à s'intégrer.

— Elle avait raison, être intégrée n'est pas nier ses racines.

— La France nous acceptait. Nous ne devions pas lui tourner le dos ni nous enfermer dans un ghetto.

— La cité n'en était-elle pas un ?

— Dans les années 1920, c'était un véritable « village polonais », qui s'ouvrit peu à peu, avec l'enseignement du français, la camaraderie qui se créait dans la mine, l'attrait de la culture française… Mais dans les années 1950, il restait des préjugés. Quand les Arabes sont arrivés dans la classe, je n'étais plus le Polak, j'ai dit ouf…

— Les enfants ne sont pas particulièrement tendres entre eux ! Aujourd'hui, ce doit être d'autres insultes envers d'autres enfants venus d'ailleurs. Une génération d'immigrés chasse l'autre. Mais pour toi, c'est loin, tout ça. Tu n'es pas allé à la mine.

— Les puits fermaient les uns après les autres…

Aurait-il aimé descendre au fond, être l'héritier de ces mineurs fiers de leur âpre métier ? Il avait fait des études d'architecture. Il était aisé. Il avait fait ce que l'on appelait encore à son époque un mariage mixte en épousant une Française. Je le soupçonnais pourtant de n'avoir pas réussi dans son métier comme il le désirait. Il m'en donna confirmation.

— Ce fut difficile pour payer mes études. Et aujourd'hui, je n'ai même pas mon propre bureau.

— Il n'est pas trop tard…

— Tu m'as vu, avec mes cheveux blancs, je suis plus proche de la retraite que du début de carrière. Je suis certain que c'est mon nom qui m'a évincé.

— Ton nom ?

— Je n'ai pas oublié le « sale Polak », ni les réflexions à propos de mon père.

— Quelles réflexions ?

— Rien… De la jalousie sans doute… Les enfants sont méchants entre eux. Voilà, ma chérie, on est arrivé.

— Tu m'accompagnes sur le quai ? J'ai encore cinq minutes.

Il en avait trop dit, ou pas assez. Je réitérai ma question.

— Quelles réflexions, à propos de grand-père Stanislas ?

— Rien…

Je le sentais embarrassé.

— Dis-moi enfin… Il buvait ?

— Qu'est-ce qui te fait croire ça ?

Son ton agressif m'effraya. Je venais peut-être de toucher une corde sensible.

— Ah oui, fit-il, sarcastique, c'est la fameuse expression : « saoul comme un Polonais » ! Dans les années 1920, quand les Polonais comme son père venaient en éclaireurs, vivaient seuls dans des pensions, des auberges, peut-être… Ça peut se comprendre… Les Polonais aiment la vodka. Il y avait parfois des bagarres dans les bals. Mais cette expression vient d'un malentendu, au détriment de notre peuple.

— Raconte !

— C'était à l'époque de Napoléon. Des jeunes Polonais s'étaient engagés, dans l'espoir que l'Empereur rétablisse l'indépendance de leur pays. A l'issue d'une terrible bataille, les ennemis espagnols s'enfuirent, terrorisés. Devant les héroïques Polonais, des généraux français, jaloux, firent observer que ceux-ci étaient ivres. L'Empereur leur répondit : « Alors, messieurs, sachez être saouls comme des Polonais ! »

— Et ce fut déformé par la suite…

— Leur mémoire fut avilie. Non, mon père ne buvait pas.

— Tu me disais que ton nom t'a évincé. Uniquement parce que tu étais un fils de Polonais ? C'est dur…

— Et surtout l'enfant d'un meneur…

— D'un mineur ? répétai-je, peu certaine d'avoir bien compris.

Il souffla, se mordit la lèvre inférieure.

— Oh et puis zut ! Tu es assez grande.

— Bientôt vingt-six ans, je crois oui.

— Certains l'accusaient d'avoir été un meneur.

— Meneur ? De quoi ?

— De grèves. Un agitateur. Mais c'est faux, tout ça.

— Il fallait être courageux pour mener des grèves, non ? Oh je vois ton visage, parrain, il y a autre chose…

Sa mâchoire était serrée. Son regard offensif.

— Etre un meneur lorsque l'on est « étranger », cela ne pardonne pas. Les gens ajoutaient qu'il était alcoolique et violent. Mais maman ne l'a jamais cru, et moi non plus. Quoi qu'il en soit, pour en revenir à ma carrière, on a préféré et nommé comme associé un Français de souche. Papa, lui, fut architecte, à Cracovie. Il participa à la reconstruction de la Pologne.

— Quoi ? (J'étais stupéfaite.) Il n'était pas mineur ?

— Lorsqu'il est revenu en Pologne, après la guerre, et que maman l'a rencontré, il faisait des études universitaires. Il devint architecte. Peu de temps… Il revint en France… Le dessin, ma belle, on le tient de lui.

J'aurais aimé en savoir davantage, mais je n'eus que le temps de sauter dans le train et de lui lancer un baiser affectueux. Les portes se refermèrent.

Impossible d'en savoir plus… En guise de réponse, des dizaines de questions se bousculaient dans ma tête. Je décidai de consigner dans un carnet les informations piochées. Les pièces d'un puzzle que j'allais assembler au fil de ces quelques semaines. Si, de nos jours, l'intégration polonaise était parfaitement réussie, il n'en avait peut-être pas été ainsi pour les premières générations. Du fait des silences des miens sur leurs origines, je m'étais imaginé une adaptation tout en douceur.

Mais l'émigration n'est-elle pas toujours une violence, un déchirement, avec ses interrogations, ses craintes, ses espoirs ? La terre d'asile sera-t-elle accueillante, hostile ?

Les dernières paroles de mon parrain, surtout, martelaient mes tempes : mon grand-père avait été accusé d'être un incitateur de grèves, alcoolique et violent. C'était sans doute l'explication de ces silences familiaux. Un portrait peu flatteur. Il était trop tard pour interroger ma grand-mère. Cependant, il n'avait pas été mineur, mais architecte en son pays. Pourquoi revenir en France quand on a un métier de rêve à Cracovie ? Une autre image de lui, plus complexe, se dessinait…

9

Lille

Les préventions de mon oncle concernant la famille Berriez n'eurent aucun effet. Dès le soir de mon retour, j'annonçai à ma colocataire ma décision de vivre chez Wilhelmine. Elle fit mine de regretter, mais je la devinai soulagée. Nous étions aux antipodes l'une de l'autre. Ma fantaisie, je la mettais dans mes peintures, je l'étais moins dans la vie. Son foutoir m'incommodait, et sans doute étais-je trop sage pour elle. J'avais été la bienvenue, c'était une amie après tout, mais la promiscuité dans un petit espace n'est pas aisée.

Je repris mes matinées à la galerie. Anton m'emmena le 15 avril à l'inauguration de la « Maison Folie » du quartier de Wazemmes. Je dois avouer qu'il se révéla un délicieux compagnon de sortie. Une ancienne filature réhabilitée avec bonheur en lieu de répétitions, de spectacles, d'expositions et de résidences d'artistes. Je me sentais galvanisée. Une maison slave réunissant peintres, brodeurs, musiciens s'imposait à mon imaginaire. Wanda avait raison. A me frotter à la jeunesse d'une ville dynamique et créative, je retrouvais l'ivresse de l'inspiration. Je fourmillais d'idées. Avais-je hérité des troubles de l'humeur de maman ? Non, mon euphorie n'était pas maladive, elle ne serait pas suivie de dépression. Une confiance toute nouvelle coulait dans mes veines. Le vent printanier m'insufflait des envies. Je renaissais à la vie, aux projets de mon âge, et si je n'oubliais pas les soucis familiaux, ils ne m'obsédaient plus. En remettant les pieds à Lille, je songeais à mes parents de façon plus détachée. Je ne voulais plus me mêler de leurs disputes, du malaise ambiant, trop envahissant. C'était leur problème.

Anton appréciait ma compagnie à l'heure du déjeuner lorsqu'il s'installait, en blouse blanche, devant un chevalet et prenait ses pinceaux. Il oubliait alors sa suffisance et n'était plus qu'humilité face aux maîtres. Je suivais les gestes lents de sa main, admirais sa superbe habileté et sa dextérité, et je m'amusais à l'imiter.

L'exercice de la copie demandait de la ténacité afin de développer son don d'observation, une précision extrême dans les détails, l'utilisation de techniques anciennes. Et des heures et des heures passées à exécuter un Bruegel ou un Raphaël. Etre fidèle à l'esprit du créateur. Il était difficile de devenir riche. Célèbre, n'en parlons pas ! La fortune d'Anton était, sans nul doute, familiale. Il semblait heureux de la reconnaissance que je lui accordais, rassuré surtout. Sous son manteau clinquant d'impertinence et d'orgueil, se dissimulait une grande fragilité. J'allais en avoir la confirmation lorsqu'il me convia à me rendre chez lui, afin de rencontrer son père, collectionneur d'art.

— Vous aimez tant les œuvres d'art, la visite devrait vous intéresser…

Il murmura :

— Ne le dites à personne, mais nous possédons un vrai Van Dyck !

La journée était agréable. Elle se prêtait à la marche et sans doute aux confidences.

Je n'ignorais plus son goût pour l'époque victorienne, Oscar Wilde, le monde perdu des bourgeois en haut-de-forme, cape et gants de soie, du XIXe siècle, celui des cannes à pommeau doré, des effleurements de mains, de l'efflorescence des nantis, des valses envoûtantes de Chopin.

— Pour Chopin, je ne vous contredirai pas…

— Ah, ces grands bals, sous le décor enchanteur des candélabres !

— Bals des apparences…

— Certes, mais quelle classe !

— Je ne me vois pas me tortiller sur une chaise en attendant que mon carnet de bal se remplisse ! Revenir au temps où les femmes ne se mêlaient pas d'intervenir dans les discussions et devaient rester ignorantes, ça non !

— Quelle impétuosité ! Vous avez raison, Anne-Sophie, ce n'est que de la nostalgie, mais avouez que ces robes de tulle, de dentelle, ces basquines s'évasant sur les crinolines, alors là, cela valait la peine de créer des robes, mais aujourd'hui, avec cette mode ?

J'esquissai un sourire.

— Vous verrez, vous verrez… lui répondis-je.

— J'aime quand vous êtes sûre de vous, Anne-Sophie, cela vous va bien…

En approchant du Vieux-Lille, nouvellement restauré, je m'étonnai qu'Anton se soit implanté dans le quartier sud.

— Moulins n'est plus excentré de nos jours, mais branché. Les jeunes s'y sont déplacés.

— Une ville en mutation constante… Vous avez toujours voulu peindre ?

— Dès mon enfance.

— Une vocation. L'influence de votre glorieux ancêtre, peut-être…

Je m'attendais à un exposé concernant ses rapports avec le peintre Van Dyck. En guise de réponse, il leva le regard vers la « Vieille Bourse ».

— A chaque fois que je traverse la Grand-Place, je m'extasie devant une telle merveille.

— Pourquoi le choix de la copie ?

Question brûlante. Pour moi. Notre balade s'y prêtait.

— Mon père ne voulait pas d'un saltimbanque comme fils… Bref, pas d'artiste dans la famille. J'ai tenté la fac de droit, puis j'ai tout remis en question. Je suis resté dans le quartier de Moulins. Comme vous pouvez le constater, Anne-Sophie, les échanges culturels et artistiques n'y manquent pas.

Je ne lui avais pas encore donné mon diminutif de Hania. Il me semblait qu'Anne-Sophie correspondait à la galerie, à son milieu, à notre vouvoiement, à son propre personnage de dandy.

— Votre père a donc capitulé, en ce qui concerne la peinture…

— Plus ou moins, être galeriste est différent. Cela se rapproche du métier d'antiquaire de mes parents... Et je gagne de l'argent avec mes tableaux de maîtres.

— Un copiste renommé dans toute la France !

— Et même au-delà ! ajouta-t-il avec un sourire triomphant. Pour être sincère, c'est ma petite revanche.

— Votre père craignait pour votre avenir.

— Si vous le croyez, répondit-il d'une voix étrangement sourde.

Mes derniers propos étaient ridicules. Pourquoi excuser ce père que je ne connaissais pas, qui lui avait interdit de suivre la filière qu'il souhaitait ? En cet instant, je n'eus pas un a priori très favorable sur la personne que j'allais rencontrer.

Nous approchions de chez lui. Mis en confiance par nos rapports devenus amicaux, ou inquiet de ce que j'allais découvrir, Anton s'épancha sur sa famille. Je sentais un besoin de se confier. Que je sois cette personne à laquelle il osait se livrer me déconcertait et me réjouissait à la fois. Sa grand-mère, la sœur de Wilhelmine, était morte très jeune, me confirma-t-il, en mettant son père au monde. Veuf, son grand-père fut particulièrement sévère vis-à-vis de son fils Jean. Il l'éleva de façon très conventionnelle pour « entrer dans le moule », selon les termes d'Anton, n'acceptant pas la moindre fantaisie. Il l'éduqua selon les codes bourgeois du grand monde du textile.

— Du XIXe siècle, précisa-t-il, avec une légère grimace. Pourtant, c'est curieux... Je conserve un tout autre souvenir de mon grand-père. Avec moi, Paul-André, c'était son prénom, ne manquait pas d'excentricité, il m'emmenait au cirque, me montrait les chevaux. J'avais une dizaine d'années. Nous allions parfois dans un manège où il m'enseignait les bases de l'équitation. C'était un cavalier hors pair. Nous y allions en cachette de la famille. C'était notre secret. Je n'en ai jamais compris la raison. Mais je sentais mon père jaloux de notre complicité.

— Il ne l'a jamais emmené ?

— Cela m'étonnerait. Je tiens l'amour des chevaux de mon grand-père.

— Nous tenons tous des choses de nos aînés. Les chevaux, Chopin…

— Cela vous dirait, Anne-Sophie, de m'accompagner voir un spectacle équestre ? Le théâtre du Centaure doit se produire à Lille.

— Avec plaisir, Anton. Votre grand-père n'est plus là ?

— J'avais quinze ans lorsqu'il décida de partir vers une retraite inconnue, où il est décédé. Nous y sommes presque.

J'appris encore que ses parents étaient divorcés. Antiquaire réputé, son père avait abandonné la boutique à son ex-femme. Elle y était son assistante.

— C'est mieux ainsi, constata Anton avec philosophie. Ma mère vivait sous son emprise. Mais la soumise s'est rebellée. C'est elle qui a demandé le divorce. Aujourd'hui, elle jouit de sa liberté, et nous nous voyons fréquemment.

— L'emprise de votre père ?

— Oui… Il peut être étrange parfois. Enfin, je souhaite que vous ne le voyiez pas dans l'un de ses mauvais jours. Je ne pense pas, ce matin, il était bien.

— Et vous habitez chez lui ?

— Par commodité, nous avons chacun un étage. J'avoue que la demeure me procure parfois la sensation de vivre au siècle dernier. Il ne manque que les hennissements et le bruit des sabots sous les fenêtres…

Il émit un soupir nostalgique.

Il s'arrêta devant un portail en fer forgé surmonté d'un fronton en pierre sculptée.

— C'est ici ?

J'étais époustouflée par la magnificence de la demeure. Un très vaste hôtel particulier, et princier, de la rue Royale. Le collectionneur était fortuné. Je pensai à mon oncle Frédéric : « des bourges ».

— Il fut offert dans la corbeille de mariage de mon arrière-grand-mère. C'est l'ancienne maison d'un maître drapier du XVIIIe siècle[1]. Elle en était une des descendantes.

— Elle est splendide.

— Attendez de voir l'intérieur…

J'entrais pour la première fois dans une cour d'honneur, je fus très impressionnée. Le « château » de Wilhelmine, spacieuse maison bourgeoise, perdait de son opulence. Et lorsque nous entrâmes dans l'immense vestibule décoré de portraits, je me sentis rougir comme une débutante.

— Que je vous prévienne, Anne-Sophie. Mon père, Jean, m'a nommé Anton, en hommage au peintre. Cela m'amuse, mais lui prend tout cela très au sérieux.

1. Guillaume Tresnel, personnage des *Silences du maître drapier*, de l'auteure.

Engoncé dans une moralité plutôt rigide, solitaire, il s'est trop renfermé, il est devenu misanthrope avec l'âge. J'espère que cela ne vous choquera pas.

— Ne vous inquiétez pas.

Je n'avais plus qu'une envie : fuir !

M'attendais-je à un vieux barbon bourru et grisonnant ? Jean Van Dyck était un bel homme, dans la cinquantaine.

Père et fils se ressemblaient, mais Anton, tout mondain fût-il, n'arborait pas cet air de déférence propre à un esprit de caste. Jean l'affichait avec ostentation. Il me déplut aussitôt.

Nous l'interrompîmes dans une partie d'échecs avec un inconnu. Je crus d'abord à l'une de ses relations amicales, mais découvris qu'il s'agissait de son majordome. Prévenant, révérencieux. Le style anglais. Il ne dépareillait pas dans cet environnement. Je le trouvai un peu âgé pour la tâche. Dégarni, les cheveux blancs, le visage émacié, je lui donnais environ quatre-vingts ans.

Jean leva un regard vers nous, me dévisagea avec un air inquisiteur et méfiant, fronça les sourcils. De toute évidence, il ne m'attendait pas. Je reprochai intérieurement à Anton de ne pas l'avoir prévenu.

— Nous reprendrons la partie plus tard, Noël.

Et Noël s'effaça, silencieux, non sans m'avoir jeté un regard appuyé.

Anton me présenta comme une élève dont il était très fier, ce qui acheva de m'agacer.

— Vous jouez aux échecs, Anne-Sophie ?

— Non, monsieur.

— C'est mon père qui me l'a appris. Je n'ai jamais pu faire rentrer les règles dans la tête de mon vaurien de fils.

Anton dédaigna le sarcasme. S'il plaisantait, Jean était de ceux qui ont l'humour glacial.

Il sonna.

« XIXe siècle », oui.

Le majordome nous apporta le thé, qu'il servit avec style, puis, de façon tout aussi étonnante, il s'adressa à Anton avec familiarité. Jean remarqua ma confusion. Mon visage trahit trop souvent mes pensées.

— Noël est dans la maison depuis des décennies. Il m'a connu à l'âge de six ans. Et a vu naître Anton.

Jean fut cordial.

Rien dans ses manières ne pouvait expliquer le malaise que je ressentais en sa présence. Quoique… Son fils était un dandy, un esthète parfois maniéré, mais dans notre nouvelle amitié, il se révélait beaucoup plus simple. Lui me paraissait arrogant. Il parlait avec condescendance, et je ne supportais pas cette manière d'être, cérémonieuse et guindée. Je ne l'avais pas ressenti avec Wilhelmine. Pour la première fois de ma vie, quelqu'un me faisait comprendre que, pour lui, il existait deux mondes, et je n'étais pas du sien.

Son salon, comme le reste de la maison, débordait d'objets et tableaux. Un véritable musée. Je pensais que ce n'était peut-être pas l'art qu'il aimait, mais l'accumulation, et me sentis aussitôt injuste. Un collectionneur doit avoir une vraie caverne d'Ali Baba. C'était le cas. Je fus surprise de l'ordre y régnant, et j'espérai que Noël n'ait pas à frotter chacun des bibelots. Jean me fit découvrir son antre avec le contentement de l'héritier, et son sourire en coin. Il déplaça de quelques millimètres une montre ancienne qui ne devait pas être à sa place – collectionneur maniaque –, dit avoir récupéré les tableaux de famille, manuscrits anciens, cannes aux pommeaux précieux. Il s'approcha d'une commode au décor foisonnant, soutenu par des cariatides.

— Ce bahut-crédence à deux corps superposés est anversois. Il aurait appartenu à Rubens.

Son sourire irradia lorsqu'il me montra avec une fierté sans égale leur tableau du maître flamand Antoine ou Anton Van Dyck. Un autoportrait. Admirable. Je m'étais préparée, documentée sur ses œuvres, et avais passé au moins une heure à les contempler, grâce à l'ordinateur d'un étudiant logeant chez Wilhelmine.

Il se targua, comme je le savais déjà, d'être un descendant du maître. Il me fit tout un chapitre pompeux sur la vie de son ancêtre.

Le peintre baroque, né en 1599 à Anvers, était devenu le portraitiste de Sa Majesté d'Angleterre, après avoir réalisé plus de huit cents tableaux, et avant de mourir en 1641 près de Londres.

— Le nôtre, nous le gardons précieusement.

— Vous ne le prêtez pas à des musées, pour des expositions ?

— Jamais, répliqua-t-il avec force.

Prudente, je revins à leur illustre ancêtre.

— Il eut une nombreuse descendance ?

J'avais la désagréable sensation d'apparences trompeuses. Me voyait-il venir ? Il répliqua d'une voix sèche.

— Il n'a eu qu'une fille, mademoiselle Koslowski, mais il était le septième enfant d'une grande famille, laquelle était dans la soierie. Nous ne descendons donc pas en ligne directe, mais de sa fratrie.

— Oui, ajouta Anton, et père préserve le nom. Il en est, pourrait-on dire, le légataire spirituel.

— C'est vous, Anton, qui reprendrez le flambeau.

J'étais ahurie de la transformation du fils face à son père. Durant ma visite, il se comportait comme un petit garçon obéissant et bien élevé, un garçon redevable, entretenu.

— Vous permettez que je l'admire à nouveau, monsieur Van Dyck ?

— Je vous en prie.

Je dus rester plus d'une minute à le contempler, perdant la notion du temps, car c'est Anton qui se rappela à moi, pour prendre congé.

En sortant, j'aperçus Noël qui m'observait derrière une porte.

10

J'étais venue avec ma valise, et Wilhelmine m'avait accueillie avec un enthousiasme sincère, comme une enfant de la famille. Celle de ses protégés et artistes. Le soir même, nous nous retrouvâmes tous dans le grand salon autour de la musique slave. Des reportages en Belgique retenaient Michal à Bruxelles. Je n'osai pas y inviter Anton. J'attendais le moment opportun.

Charles s'agitait autour de moi, comme au premier soir chez les Berriez. Je m'en amusais, ne me projetant pas le moins du monde avec un homme de plus de cinquante ans, un veuf de la génération de ma mère, qui plus est affublé d'un ventre proéminent. Je ne recherchais pas un père, même si le mien manquait parfois à l'appel.

En revoyant Charles, je me rappelai les paroles échangées avec sa mère et dont j'avais saisi quelques bribes :

« Des nouvelles de ton cousin ?

— Il ne daigne toujours pas venir.

— Il m'inquiète. Quand comprendra-t-il que je n'ai… »

Je décidai de questionner Charles, mine de rien, lorsqu'il prit lui-même les devants.

— Vous travaillez chez Anton, m'a dit maman ?

— Oui, à mi-temps à la galerie. J'ai fait la connaissance de votre cousin Jean…

— Il vous a reçue ? (Il semblait décontenancé.) Il est vrai que l'on ne peut vous fermer la porte, chère Anne-Sophie.

Je sautai sur ces paroles flatteuses pour en savoir davantage.

— La porte vous est donc fermée, Charles ?

Il esquiva la question.

— Il jouait aux échecs je suppose.

J'inclinai la tête en signe d'approbation.

— A mon avis, mon cousin devient fou. Anton m'a confié son inquiétude. Confiné dans son antre, son père est non seulement austère mais il fuit le monde.

Je me demandai si Charles n'exagérait pas un peu. Jean ne m'avait pas paru si rigide et misanthrope, mais j'étais une femme et, lors de ma visite, il m'avait semblé qu'il mesurait son pouvoir de séduction.

— C'est la raison pour laquelle il ne vient pas aux fêtes de sa tante ?

Charles hésita, me dévisagea avec attention. Eprouvait-il le besoin de s'épancher ? Il m'apporta une coupe de champagne, me proposa de nous asseoir, et me fit certaines confidences.

Je savais par Wilhelmine que son fils n'était pas dans le textile, mais visiteur médical. Il circulait beaucoup en France. Enfants, les deux cousins étaient très proches. Jean adorait venir chez sa tante, lui qui n'avait pas connu sa mère. Et Wilhelmine était très affectueuse avec son neveu. Elle pleurait sa sœur. Le petit garçon retrouvait la douceur d'une mère. Les deux enfants se comportaient comme des frères. Charles admirait l'intelligence de son cousin, son aplomb, son sens de l'esthétique. Mais le père de Jean était sévère. Un jour, alors que Wilhelmine avait proposé d'emmener les garçons au cirque, Paul-André s'était violemment opposé à ce que Jean y aille. Privé des joies de la famille, il se sentit exclu et cessa de les fréquenter. En quinze ans, Charles et Wilhelmine ne l'avaient guère rencontré. Il les évitait. Ils n'ont jamais su pourquoi. Anton leur donnait des nouvelles. Jean aurait aimé que la mère de Charles le prenne chez elle, l'élève avec son fils, comme son fils, mais cela ne se fit pas. Le reprochait-il à Wilhelmine, la rendait-il responsable de toutes ses frustrations ? Quoi qu'il en soit, il devint de plus en plus irascible, difficile d'accès.

— Si bien que je n'osais plus l'affronter. J'avoue malgré tout, conclut Charles, qu'il me manque.

— Il vous a évité depuis son mariage peut-être ? Cela arrive…

— Au contraire, sa femme était un ange. Elle était douce, trop douce, obéissante. Jusqu'au moment où elle s'est rebellée.

— Le changement de notre société ? murmurai-je.

— Lequel ?

— La liberté acquise par les femmes après 1968.

— Ah ?

Ce sujet paraissait étranger à ses préoccupations.

— Elle n'a surtout pas accepté la façon dont Jean se comportait avec leur fils. Il reproduisait le modèle rigoriste de son père. Les disputes se répétèrent à un rythme effréné.

Il s'interrompit abruptement, me considéra avec un air mi-amusé, mi-enjôleur.

— Anne-Sophie, vous êtes une sorcière. Vous savez faire parler les gens… Et je ne sais rien de vous !

Une fois de plus, Wilhelmine s'affola de le voir à mes côtés. Je repensai aux propos de Charles concernant son cousin. J'avais peut-être mal jugé Jean. Il était un enfant mal aimé. Mais autre chose me trottait dans la tête. Le cirque. Oui, le cirque. Il semblait avoir son importance. Anton m'en avait parlé. A présent, Charles.

Deux jours plus tard, mon amie Juliette avait rendez-vous avec Wilhelmine pour l'interviewer sur son époux, avant la remise de la médaille posthume et la pose d'une plaque commémorative.

J'allai la trouver à son travail. Nos chemins s'écartaient l'un de l'autre. Elle partirait bientôt vers Paris ou l'étranger. J'en étais encore à chercher ma voie. Je n'étais pas faite, comme elle, pour l'antenne, le micro, la caméra. Mais à Lille, je me sentais dans mon élément. En approchant des studios de télévision, je me dis que j'allais peut-être y apercevoir Michal. Il était d'origine polonaise, comme moi… Avais-je donc le désir de me dénicher un Polonais pour me rapprocher du pays de mes ancêtres, ou n'était-ce pas plutôt une envie effrénée d'être dans les bras d'un homme ? D'un pianiste de surcroît ? N'étais-je pas en train de confondre amour et rêve ? Je restais une incorrigible romantique. A ce rythme, j'allais finir vieille fille. J'arrêtai ces pensées néfastes. Et je ne le croisai pas.

Sur le chemin, je racontai à Juliette ma visite chez Jean Van Dyck. Qu'il fût un descendant de la fratrie du peintre était plausible. J'en gardais toutefois un curieux malaise.

— J'ai fait quelques recherches pour mon interview, et j'ai découvert que le nom de jeune fille de Wilhelmine Berriez est également Vandyck. Le père de Jean était le frère de Wilhelmine ?

— Non, son beau-frère.

Jean porterait le patronyme de sa mère ?

— Et Vandyck s'écrit en un seul mot.

— Ce n'est pas étonnant. A la Révolution française, on a réuni les particules De ou Van des noms flamands, pour éviter les malentendus avec la noblesse.

— Et les têtes coupées ! Ils ont bien fait, répondit Juliette, pragmatique. Drôle de coïncidence, tout de même.

— Les mariages entre cousins étaient fréquents dans le passé. Et ce nom est plutôt courant en Flandre.

— Ou la mère de Jean n'était pas mariée. A moins que son père n'ait changé de nom.

— Dans ce cas, la descendante du maître flamand serait Wilhelmine !

— Reste avec moi pour l'interview. Nous en saurons peut-être davantage.

A la question de son patronyme, Wilhelmine s'exprima de façon évasive :

— Oui… Vandyck… Oui… Ma sœur est morte si jeune, ces souvenirs sont douloureux, permettez que nous changions de sujet. Que désirez-vous savoir sur mon époux, Pierre Berriez ?

Je ne voyais pas le rapport entre sa sœur et l'affiliation au peintre flamand, mais le chapitre était clos.

Elle répondit aux questions concernant son mari, et son action de « résistance » durant la guerre. Oui, il avait sauvé des personnes de la barbarie. Oui, il était jeune à l'époque. A peine vingt ans. Non, ils ne se connaissaient pas encore. Tout ce qu'elle savait, elle le tenait de lui-même.

Mais le cœur n'y était pas. Ses propos étaient froids, préparés d'avance. Aucun enthousiasme envers l'héroïsme du jeune Pierre Berriez. Aucun amour ne transparaissait. Pour la première fois depuis que nous nous connaissions, je la découvrais sur la réserve.

Je raccompagnai mon amie à la grille. Son interview était très décevante.

— Elle n'était pas coopérative.

— Je l'ai sentie distante, moi aussi. Je suis très étonnée.

— Elle n'avait pas envie de dépeindre son mari comme un héros. Je vais devoir broder, m'imaginer ce que cela pouvait être pour un jeune de cette époque… C'est une étrange famille, non ?

Je décidai d'en avoir le cœur net.

11

Je rejoignis Wilhelmine. Les grappes mauves et blanches des lilas embaumaient le jardin. J'en respirais les effluves avec délice. La fin avril se révélait superbe. Allait-on vers ces vagues de chaleur intenses et la sécheresse de l'an dernier ? Des voix commençaient à s'alarmer. La première quinzaine d'août 2003 avait été marquée par une canicule meurtrière. L'image fulgurante de cette femme emportée prématurément me serra la poitrine. Je tenais donc à Wilhelmine ?

Elle séchait furtivement des larmes au coin de ses paupières lorsque je pris place en face d'elle. J'en oubliai ma discrétion coutumière.

— Que se passe-t-il, Wilhelmine ? Je suis sans doute indiscrète…

— Ce n'est rien… me répondit-elle, l'air éreintée. Reparler de Pierre a réveillé des souvenirs pénibles que je croyais enterrés.

— Je suis désolée…

— Ne le soyez pas. Au risque de paraître insensible, j'avoue que je ne pleure pas mon époux.

Immobile, et silencieuse, je fis le pari de la confiance. Craignant toutefois qu'elle ne diverge vers un autre sujet. Mais elle émit un profond soupir et se confia.

— Tout débuta dans les années qui suivirent la guerre… Nous étions deux sœurs. Vous vous rappelez… J'étais la plus jeune. Trois ans de moins qu'Amélie. La petite sœur, qui aimait rire, fantaisiste, spontanée, inventive, mais infernale. Un « garçon manqué » dans mon enfance, avant de devenir une jeune fille coquette, romanesque et volage.

— Volage ?

— Pour l'époque. Tout est relatif. J'étais hardie mais il était hors de question que je galvaude ma vertu. (Elle sourit.) Disons que je testais ma séduction sur tous les jeunes gens des alentours. Une vraie Scarlett O'Hara ! Et cela commence comme un gentil petit conte. (Elle eut une brève grimace.) Un jour, un cirque passa. Maman nous y emmena. J'avais seize ans. Après la guerre, nous avions tant envie de rire et nous amuser. J'adorais le cirque depuis mon enfance. Tout m'y semblait tellement merveilleux. Parcourir le monde en roulotte, et m'avancer sur une piste au milieu des lumières, sous des salves d'applaudissements… Je me rêvais en funambule, dansant sur un fil, présente dans un numéro avec des clowns, écuyère faisant de la voltige, entrant dans la cage des lions avec les dompteurs, me maquillant sous les spots, changeant de costume dans une loge abritant une malle et des dizaines de robes, de chapeaux. Ma sœur et moi avions remarqué un écuyer, si majestueux sur sa monture, mais nous n'en avons pas parlé à notre mère. Et quelle ne fut pas notre surprise lorsqu'un an plus tard le cirque revint vers nous.

Il s'installa cette fois pour une année, et notre plus grand bonheur. D'un commun accord, ma sœur et moi reprîmes le chemin du chapiteau, sans notre mère. Nous réussîmes à approcher notre écuyer, à attirer son attention, puis à lui parler. Bientôt, il nous attendit. Je me suis moquée de ma grande sœur lorsque celle-ci me confia être tombée amoureuse de Paul-André Léonard. C'était son nom.

— Paul-André ? (J'étais sidérée.) Le père de Jean ?

— Oui… La sage Amélie était amoureuse d'un « saltimbanque » ! Je ne le supportais pas, je la raillais, je l'enviais. J'étais moi aussi amoureuse du beau Paul-André. « Trop petite », me faisait comprendre ma sœur. « Tu es trop petite. » C'est la seule fois où je la vis me rabaisser. Petite à plus de dix-sept ans ? Je me sentais folle de rage. Je l'aurais tuée. C'est une image, ajouta-t-elle en souriant. Ma sœur, elle, enviait mon pouvoir sur les hommes. Notre cavalier faisait partie de la grande famille du cirque, mais il était un enfant trouvé, adopté par le patriarche. Son père adoptif lui avait appris toutes les ficelles du métier, s'était pris d'une grande affection pour lui, attisant la jalousie du fils aîné. Intouchable, jusqu'à la mort du père. Dès lors, le fils le remplaça, l'écarta des numéros prestigieux. Mais quoi qu'il fasse, Paul-André était princier sur son cheval. Les spectateurs ne remarquaient que lui. J'étais capricieuse. Je voulais Paul-André pour moi. Plus tard, bien après la mort de ma sœur, il m'a avoué qu'il était plus attiré par moi que par Amélie, mais il a craint ma jeunesse, mon caractère plus libre, il a eu peur que je ne le déstabilise et le fasse renoncer à son désir d'honneurs, de richesses et de vie bien réglée. Je me serais bien sauvée avec lui. J'ai même cherché à m'engager, ma sœur m'a rattrapée à temps. Il ne voulait pas que je le suive au cirque. Au contraire, lui ne désirait qu'une chose : en sortir. Cet enfant de la balle, excellent écuyer, a vu l'opportunité de changer de statut social, de s'élever dans la société, de prendre sa revanche sur une enfance difficile, il a fui sa famille du cirque, et Amélie l'a fait rentrer dans le rang pour l'épouser. Jusqu'aux années 1950, dans notre milieu bourgeois, il fallait respecter les convenances et marier l'aînée en premier. J'en étais malade, mais j'aurais paniqué s'il m'avait choisie. Je l'aimais dans son cirque. Pas ailleurs. L'écuyer seul, sa haute stature élégante sur son cheval, me faisait rêver. Plus que la jalousie, je ne supportais pas qu'il quitte le milieu du cirque pour notre vie que je jugeais sans intérêt. Je me comportai alors de façon odieuse. Je ne les épargnais pas de mes sarcasmes, dans le but de faire capoter le mariage. Ces moqueries incessantes ont incité notre père à le faire changer de nom, à prendre le nôtre. Condition des noces. Amélie a bien cru que son mariage était à l'eau, par ma faute. Nous nous sommes fâchées. Comment faire changer de nom à un homme ? Stupéfaction, il accepta aisément. Le patronyme d'un illustre peintre y contribua, et je crois que mon père, qui n'avait eu que deux filles, était très satisfait que son nom perdure. C'est ainsi que Paul-André Léonard entra dans notre vie et devint un Vandyck. Usé par ses années de détention en Allemagne, notre père avait lié son entreprise textile à celle de la famille Berriez. Il en profita pour nommer son gendre Paul-André, qu'il devinait prêt à dominer le monde, à la tête de la filature. Il lui laissa ses parts. L'héritier des Berriez, lui, reprit celles de son père.

— Mais Paul-André ne connaissait rien au textile ?

— Un jeune loup aux dents longues. Nombreux sont les hommes propulsés à des postes de direction sans rien y connaître. Les deux nouveaux associés furent très heureux de devenir beaux-frères et de se marier… le même jour.

— Non ?

— De dépit d'avoir été supplantée par sa sœur, de rage que cet enfant de la balle abandonne le cirque pour épouser une bourgeoise, par peur aussi de rester vieille fille, la petite rebelle capricieuse que j'étais fit n'importe quoi. Durant l'année de leurs fiançailles, Pierre Berriez me courtisa, à l'ancienne, avec fleurs, petits mots doux, et demanda ma main à mon père. C'était en 1949. J'acceptai mais à une condition : j'imposai la date. Je choisis celle des noces de ma sœur. Sans le vouloir, je rendis service à mes parents. Ce double mariage allait noyer les interrogations éventuelles des invités concernant les origines de Paul-André. Mais je volai la vedette à ma sœur et sabotai sa journée de bonheur. Elle ne m'en a même pas voulu. Et moi, je l'enviais, non plus d'être avec le beau Paul André, mais d'avoir pu garder son nom. De 1950 aux années 1990, devenu plus bourgeois que ses beaux-parents, Paul-André n'eut qu'une appréhension : celle de redevenir le petit enfant de la balle. Aucune crainte. La famille du cirque lui fit payer son erreur, en lui tournant le dos.

— Il est décédé, je crois.

— Oui. Amélie, elle, est décédée trop tôt, bien trop tôt, en mettant Jean au monde. (Sa voix vacilla.) A sa mort, j'ai regretté les chamailleries avec une sœur que j'adorais. J'étais honteuse. Je mesurais toute l'étendue de ma malveillance à son égard. C'était une sainte. J'étais une petite peste. Et Paul-André avait eu raison de la choisir, plus douce, plus rangée, et d'ailleurs plus en âge de l'épouser. Il avait déjà la trentaine.

— Vous n'étiez pas responsable de la mort de votre sœur.

Elle essuya une larme.

— J'aurais aimé m'occuper du fils d'Amélie, mais Paul-André s'y opposa.

— Il craignait que Jean ne se passionne à son tour pour le cirque ?

— Oui, et surtout que je le pervertisse ! (Elle soupira.) Puis le bel édifice textile créé par notre père s'écroula.

— La crise du textile ?

— Et ma faute… En réalité, les deux beaux-frères ne s'entendaient pas. Ils simulaient pour sauver les apparences. Ils agirent toujours en rivaux vis-à-vis de moi. A partir du moment où les deux associés se séparèrent, ce fut la chute de l'entreprise. Mon neveu, Jean, a dilapidé la fortune familiale avec ses collections, il ne lui restait qu'une partie de l'ancienne usine de Moulins que son fils a transformée en galerie.

— Je pensais Jean très fortuné, cet hôtel particulier…

Elle ne cacha pas sa surprise.

— Vous l'avez vu ?

— Anton m'a emmenée rue Royale.

— Ah… Jean allait bien ?

— Je crois. Assez renfermé, n'est-ce pas ?

— C'est le moins que l'on puisse dire. Je persiste à l'inviter, sans succès. Pour en revenir à l'argent, grâce à sa femme, laquelle avait les pieds sur terre, ils en gagnèrent avec la boutique d'antiquités. Et Anton, lui, a l'air de bien s'en sortir.

— J'ignorais que l'on puisse être riche à l'ombre des grands maîtres. Mais je l'ai vu travailler. Il est doué, et il a une certaine renommée. Vous ne m'aviez pas dit que l'usine familiale était à Roubaix ?

— Nous avons possédé plusieurs filatures. Une à Moulins-Lille. Après-guerre, le textile était encore florissant.

Ce soir-là, je réalisai que Wilhelmine avait bien divergé vers un autre sujet que celui de son mari. Cette histoire avec sa sœur n'expliquait pas sa réticence à projeter Pierre sous les projecteurs, son peu d'enthousiasme à évoquer son acte héroïque. A moins que… le manque d'amour, sans doute. Cette nuit-là, je rêvai d'une Scarlett blonde au caractère explosif. Elle avait les traits de Wilhelmine…

12

Waziers, début mai

— Venez ! C'est la fête ! La fête au bandonéon.

Le début mai est une période de célébrations pour les Polonais. Le 1er mai de cette année 2004 fut un jour particulier pour toute la communauté : la Pologne faisait partie de l'Union européenne. Le traité d'adhésion signé en 2003 entrait enfin en vigueur. L'espoir fleurissait de faire sortir le pays de l'ombre. On rendait hommage au pape Jean-Paul II dont l'action avait favorisé la chute du bloc de l'Est. Le dimanche 2 mai fut la fête du drapeau blanc et rouge du pays, et celui de la Polonia, qui désigne l'ensemble des émigrés depuis la première génération jusqu'à leurs descendants, une Polonia qui apportait la joie de vivre. Le 3, la fête de la Constitution, fête nationale.

J'étais rentrée au bercail. J'adore les fêtes polonaises ! J'avais hâte d'interroger Wanda sur les rumeurs sulfureuses concernant mon grand-père et d'informer mes parents de mon installation chez Wilhelmine. Seule ma tendre grand-mère était dans la confidence.

Aussitôt arrivée, j'allai l'embrasser. J'attendis qu'elle finisse d'ajuster le bustier admirablement brodé d'une petite voisine, laquelle se tenait droite et fière dans son jupon blanc, couronne de fleurs dans les cheveux, prête pour l'essayage, prête pour les cérémonies. Je me revis, au même endroit, à l'âge de la fillette, lorsque Wanda me transformait pour la fête. Je m'imaginais alors en princesse de conte slave, et rêvais d'entrer dans les ballets Mazowsze, la troupe nationale polonaise. A présent, j'observais l'artiste qui œuvrait avec dextérité, j'admirais la concentration et le doigté de ma grand-mère, tout en regrettant secrètement de ne plus être cette enfant innocente et comblée.

Une légère appréhension se lisait sur le visage de Wanda lorsque nous fûmes seules.

— Tu crois vraiment que cet été je vais revoir ma petite Pologne ?

— Tu n'en as plus envie, Babcia ?

— Oh si, mais revenir au pays est peut-être moins simple que d'en partir.

— Tu parles d'un temps révolu.

— C'est vrai, j'oublie parfois que la Pologne n'est plus communiste.

— Européenne à présent ! Et nous n'y allons qu'en vacances.

— En vacances ! Si l'on m'avait dit un jour qu'aller en Pologne serait des vacances… En réalité, j'ai le trac, tu sais, revoir la famille et Cracovie après tant d'années !

— Tu es née à Cracovie, Babcia ?

— Non, dans un village, Chocholow, dans les massifs des Tatras, du côté de Zakopane. Oui, tout cela ne te dit rien. C'est tout au sud du pays, une centaine de kilomètres de Cracovie, à la frontière, dans les Carpates. Mon père était berger, ma mère m'apprit la broderie.

— C'est là que tu as rencontré Stanislas ?

— Non. A Cracovie. La cité de notre pape Jean-Paul II, ajouta-t-elle, les yeux brillants. J'étais attirée par la ville, je suis partie à quinze ans pour travailler comme bonne à tout faire chez de riches Cracoviens qui possédaient un vaste chalet à Zakopane où ils skiaient l'hiver…

— Déjà à cette époque ?

— Je ne suis pas du XIXe siècle, ma chérie. (Elle sourit.) C'est sur la grande place du marché de Cracovie, que je l'ai rencontré… Je me demande si elle est toujours aussi belle.

— Une des plus jolies au monde, paraît-il, la plus grande place médiévale, et le centre historique, restauré, a, semble-t-il, retrouvé son lustre d'antan.

— Tu t'es bien renseignée. Alors, elle doit être encore plus belle.

Les yeux de Wanda scintillaient étonnamment, et je me suis demandé en cet instant pourquoi je ne lui avais pas proposé plus tôt de revoir son pays.

— Cracovie fut capitale culturelle européenne en 2000. Et l'on dit aussi qu'elle est la ville des artistes. Une cité étudiante en pleine effervescence.

— Comme Lille, alors…

— Nous avons de nombreux points communs, les mines aussi, la brique et…

— La bière et la pomme de terre ! conclut Wanda.

Nous éclatâmes de rire.

— A notre époque, reprit-elle, elle dormait sous la grisaille communiste. Elle ne fut pas anéantie durant la guerre. Un proche d'Hitler, Hans Frank, une brute cynique et cruelle, s'était installé avec sa suite au château du Wawel à Cracovie. Ces assassins étaient persuadés d'être là pour mille ans. Aussi ne pouvaient-ils massacrer le centre historique, comme le fut Varsovie. Un feu de liberté couvait parmi la jeunesse et les artistes cracoviens. Stanislas en fut victime…

— Comment cela ?

— Oh, une longue histoire.

— Il faudra cesser, Babcia, de me répondre ça !

— Tu veux savoir comment j'ai rencontré ton grand-père ? dit-elle, détournant le sujet, avec un sourire espiègle.

Je hochai la tête. Elle poursuivit, l'air mutin :

— Je sortais de l'église Notre-Dame, située en face de la grande halle aux draps et de l'imposant beffroi.

— L'église… en période communiste ?

— A Cracovie, elle resta omniprésente, et fut un foyer de résistance. Cette basilique possède des chapelles, des vitraux gothiques, et surtout l'immense retable du grand Wit Stwosz.

— Qui ?

— On ne le connaît pas ici, mais à Cracovie, on disait de lui qu'il était le sculpteur du vent. Après la guerre, le retable envoyé en Allemagne fut retrouvé à Nuremberg. De la plus haute tour de l'église, toutes les heures depuis des siècles, de jour comme de nuit, un musicien entreprend la même mélodie à la trompette, *le Hejnal*, ancien signal du guetteur… Bref ! Ce jour-là, en sortant de l'église, je levais les yeux pour regarder et écouter le *Hejnal*, j'ai heurté un homme, perdu l'équilibre, me suis écroulée.

— Stanislas…

— Il m'a relevée tandis que la ritournelle s'arrêtait brutalement. Je crus dans ma candeur en être la cause, que chaque spectateur allait se tourner vers moi, horrifié. Cela le fit rire, il me conta la légende : au XIVe siècle, le guetteur qui tentait de prévenir de l'invasion des Tatars en jouant le *Hejnal* fut interrompu par une flèche lui transperçant la gorge. J'étais rouge de confusion, mais son rire fut communicatif. Il s'est excusé de m'avoir bousculée, avec une telle douceur… Ses yeux bleus baissés vers moi me transperçaient le cœur, je fus immédiatement folle de lui. Pour rien au monde, il ne devait disparaître. Aussi, sans réfléchir, avec une audace qui me dépasse encore aujourd'hui, je lui dis que, pour s'excuser, il devait m'offrir sur-le-champ un *kremowka* à la crème. Le mille-feuille préféré de Jean-Paul II, ajouta-t-elle avec fierté. Qui sait ? Il était peut-être là lui aussi ! Bref, nous nous retrouvâmes à boire des vodkas dans une cave voûtée clandestine, fréquentée par des artistes cracoviens.

— Comment était-il, grand-père, quand tu l'as rencontré ?

Elle sourit et me redit ce que je savais déjà : sa démarche et son élégance, son nez légèrement en trompette qui lui donnait un air jovial en dépit de son regard soucieux, ses magnifiques yeux bleus et sa mèche blonde en bataille. Un look de star, une couverture de revue people, qui m'avait fait fantasmer toute ma jeunesse. Le physique décrit, elle concluait par son amour pour Chopin.

Ma princesse Wanda avait rencontré son prince. Par quel sortilège avaient-ils été séparés ? Je songeai que la vie n'est pas un conte de fées. Je l'attaquai maladroitement sur le sujet qui me troublait.

— Oncle Frédéric m'a confié que grand-père Stanislas était considéré comme un meneur de grèves, c'est vrai ?

Wanda émit un profond soupir, et se laissa tomber sur une chaise. Je me traitai aussitôt d'idiote.

— S'il te plaît, Babcia, demandai-je avec plus de douceur, j'ai toujours eu l'impression que l'on me cachait des choses le concernant. J'ai raison ?

— Prends ce gâteau.

— D'accord, je t'écoute.

— Ton grand-père était un homme exceptionnel. Quand il était enfant à Leforest, son père fit partie de grévistes… C'est loin, tout ça… Mais lui, non ! Je crois que cela lui avait servi de leçon. Il était encore jeune lorsqu'il quitta Waziers, après la guerre, avec sa mère et sa sœur, en quête de son père qui avait été expulsé, et dont ils n'avaient plus de nouvelles. Son frère Roman, plus âgé, s'était marié. Il resta à Waziers, si bien que lorsque Stanislas revint en France, Roman et sa famille l'accueillirent. Il fallait une « invitation » de France, et des voisins français s'en occupèrent. Ils étaient formidables. Dès que possible, je le rejoignis avec les petits. Nous étions installés chez Roman. Dans cette maison-ci.

— Vous étiez nombreux.

— Oui, mais c'était joyeux, murmura-t-elle, nostalgique. Puis Roman et ses enfants repartirent vers Cracovie. Il fut engagé à la mine de sel de Wieliczka.

— Tu as travaillé dans la mine, toi aussi ?

— A la fin des années 1950, les mineurs et leurs familles bénéficiaient d'une protection sociale. Non, les femmes ne devaient pas pousser les berlines !

— Comme dans *Germinal*.

— C'était comme ça avant, avant nous. Ils ont toujours eu besoin de costauds pour les mines. Mon Stanislas était un bel homme, grand et musclé – Dabrowski signifie « du chêne » – mais il n'était pas fait pour la mine, contrairement à Roman.

— Il était architecte ?

Elle me fixa, fronça les sourcils, l'air étonné, interrogatif.

— Oncle Frédéric…

— Ah oui, bien sûr… Tu sais, Stanislaw, avec un w, précisa-t-elle, a son nom marqué sur le mur d'entrée de briques rouges du palais royal de Wawel avec tous ceux qui l'ont rénové, comme lui. Mon Stanislas était un homme cultivé, excellent pianiste, féru de musique et de poésie. Il se procurait des livres sous le manteau. Il me contait l'histoire de Cracovie, jadis la capitale des rois polonais, de Copernic qui fit ses études au Collegium Maius, de Marie Curie-Sklodowska, du duc d'Anjou devenu roi de Pologne, ou encore du poète Apollinaire né Kostrowicki et surtout de…

— Chopin !

— Oui ! (Elle soupira.) Mais à son retour en France, Stanislas ne trouva pas de travail dans sa branche.

— Le chômage était pourtant minime dans ces années-là, non ?

— Il était étranger.

— Mais élevé en France !

— Il avait la nationalité polonaise. Il partit chercher du travail vers Lille. On l'embaucha dans une usine textile, et je n'ai jamais su pourquoi, on le traita de meneur de grèves, et…

— A son époque, les grèves étaient plus que nécessaires, non ? Mais je t'ai interrompue, dis-je en voyant son regard se voiler.

Elle se tut un instant.

— Tu allais ajouter quelque chose, tu as dit meneur de grèves et… ?

— Alcoolique, et même brutal ! Mais c'est faux, s'énerva-t-elle, tout est faux ! Jamais je n'ai vu mon Stanislas boire, user de violences verbales ou autres, ni fomenter des grèves. Il était trop marqué par l'expulsion de son père ! C'était un homme loyal, affable, profondément honnête, qui aimait sa famille, et savait travailler durement. C'était un poète, pas une brute. Tu entends, il ne faut pas croire ces rumeurs, elles peuvent être terribles et gâcher une vie. Tout est faux !

Je devinais une grande détresse dans ses yeux et son attitude. Je ne la reconnaissais pas. Soudain, des larmes jaillirent. Recroquevillée sur elle-même, elle n'était plus qu'une vieille femme, fragile et vulnérable.

Mon Dieu non ! C'était impossible. Mon invincible Wanda au merveilleux sourire s'effondrait, secouée de sanglots qui lui coupaient le souffle. Elle, mon pilier, mon chêne, mon point d'ancrage, ma force… Le silence qui s'était fait autour du grand-père devait provenir de ces rumeurs. Du désir de les étouffer, de protéger ses enfants et petits-enfants, peut-être… Je me précipitai vers elle, l'entourai de mes bras, et l'embrassai. Elle se cramponna à moi. J'étais l'adulte, elle l'enfant.

— Je sais que tout est faux, ma Babcia. Je le sais. C'était un homme bien, et quand on aime tant Chopin, si tendre, si nostalgique, on ne peut être que quelqu'un de bien !

Je la vis enfin sourire et se détendre.

— Allez, va vite rejoindre tes parents, dit-elle en se mouchant.

— Dis-moi, ça va aller ?

— Très bien, *moja kochana* ! répondit-elle avec sa vigueur retrouvée. C'est mieux que tu le saches. (Elle éclata de rire.) Il faut parfois bousculer les vieux, tu sais. On en a besoin.

13

Je quittai Wanda, le cœur serré. Moins bouleversée par les accusations concernant mon grand-père, et le drap qui se déchirait sur ces non-dits, que par l'effondrement de ma grand-mère. Sa joyeuse nature était une carapace… qui se lézardait. Des plaies masquées, enfouies par le temps, des cicatrices rouvertes par ma faute. Le fallait-il ? J'eus soudain la vague impression de n'avoir qu'effleuré ses fêlures. Non. Mon imagination me jouait des tours. J'avais l'explication des silences autour de Stanislas. Ces rumeurs avaient de quoi démolir une famille. Je n'allais pas encore inventer de nouveaux drames.

Je revins chercher Wanda pour assister à la fête, ma mère ayant décliné mon invitation. Les flonflons de l'Harmonie envahirent les rues. Je me laissai bercer à son bras pour assister au défilé. Revêtue de son tablier brodé, un fichu couvrant ses cheveux, elle avait retrouvé son visage lumineux, ses yeux limpides, sa bonne humeur. Je remis à plus tard mes interrogations. Chansons traditionnelles au son d'un accordéoniste, d'un violoniste, concert de notre chorale polonaise, artisanat coloré, charcuterie fumée, orchestre et vodka, petites filles aux rubans dans les cheveux qui virevoltent, « poupées » rouges et vertes aux jupes aux pans fleuris, bustiers brodés, hommes en costume typique et chapeau de paille. Et là-haut, le drapeau polonais qui claque au vent, près du drapeau français. Toute la Pologne d'antan, celle d'avant les guerres, avant le communisme, sans les déchirements et la terreur, une Pologne croyante, plus vraie que nature, rêvée, idéalisée, mythifiée, mais si belle, si joyeuse.

La génération de mes parents me semblait moins sensible que la mienne aux traditions polonaises. Celles-ci avaient sauté une génération pour refleurir à nouveau avec la nôtre. Des hommes comme mon oncle Frédéric avaient surtout cherché à s'intégrer, être acceptés, devenir français. Mon père et mon oncle Victor, eux, travaillaient d'arrache-pied sans compter leurs heures.

Rentrée chez moi, j'achevai une copie, un petit autoportrait de l'ancêtre prestigieux d'Anton. Je désirais le lui offrir dès mon retour. Son avis m'importait, et je le contemplai, assez satisfaite de « mon » Van Dyck. J'aurais aimé faire aussi bien que le maître. Quelle suffisance ! Devenait-on ambitieux, voire arrogant, en exécutant des copies ? Anton avait-il la hantise de vouloir dépasser le maître ? Curieuse sensation.

Je revins prendre le café chez ma grand-mère. Mes parents m'accompagnaient. Mon père, enfin, s'inquiéta de mes journées et de mon installation lilloise. Ma mère était mutique. Elle ignorait tout de la famille qui m'hébergeait, de mon travail, de Wilhelmine. En dépit de son désintérêt, j'étais bien décidée à lui conter ma nouvelle vie.

Pour répondre à mon père sur mon emploi du temps, je parlai d'Anton, copiste talentueux qui m'avait engagée dans sa galerie. J'employais mon temps libre à imaginer, créer des modèles, à peindre, à me constituer un « book » pour les professionnels, à prendre des contacts, respirer l'air de la ville, et leur annonçai ma décision de rester à Lille. Je m'étais inscrite à la rentrée dans un atelier afin de parfaire mes connaissances en création de mode.

— Juliette va bien ? s'enquit ma grand-mère. Oh ! s'exclama-t-elle en se levant, n'oublie pas de prendre cette boîte de gâteaux pour elle !

Ma réponse déclencha l'orage.

— Merci pour elle, Babcia, elle les adore toujours autant, tu sais que je ne loge plus chez elle ?

— Où dors-tu ? demanda mon père.

Je leur expliquai ma rencontre avec Wilhelmine Berriez.

— Je lui dois mon emploi à la galerie d'Anton. J'ai rencontré son père, Jean Van Dyck, ce sont des descendants du peintre flamand.

Tout à coup très agitée, ma mère reprocha à Wanda de m'avoir mise en contact avec ces gens.

— Quoi, c'est toi, grand-mère ?

— Elle m'avait commandé des broderies… balbutia Wanda, visiblement ennuyée.

— Je comprends mieux mon invitation !

— Quoi, quelle invitation ? Elle t'a invitée ? m'interrompit ma mère avec virulence.

— Oui, et alors ?

— Tu ne dois pas les fréquenter !

— Tu les connais ?

Elle perdit tout contrôle. J'étais tétanisée. Ses cris résonnèrent dans la pièce jusqu'à ce que la voix sourde de mon père gronde :

— J'en ai assez, tu n'es jamais contente, jamais satisfaite !

Il claqua la porte, partit se réfugier au café.

Les paroles de Louise me firent l'effet d'une gifle.

— J'aurais pu entrer dans leur famille !

Wanda était blême.

— Calme-toi !

— J'aurais pu épouser Jean Van Dyck !

— Elle dit des bêtises, ta mère, ma chérie.

— Puisque c'est comme ça, je pars !

A son tour, Louise claqua la porte. Interdite, je me tournai vers Wanda.

— Tu les connais ?

— Vaguement, murmura-t-elle.

— Mais encore ?

Elle se contenta de hausser les épaules et de prendre un torchon pour nettoyer la vaisselle. Furieuse du silence de ma grand-mère – un sentiment jusqu'alors ignoré à son égard –, en colère contre les non-dits familiaux, je me levai pour rentrer à la maison. J'avais raison. Ce que je sentais palpiter au tréfonds n'était pas seulement l'effet d'un imaginaire trop fertile. Il fallait que je sache… Que l'abcès crève, enfin… Maman m'expliquerait. Elle le devait. Wanda me retint.

— Ta mère a toujours eu des idées de grandeur. Reste, Hania. Ne prête pas d'importance à tout ce qu'elle raconte…

J'étais déjà partie.

Je rejoignis maman qui faisait les cent pas dans notre cuisine. On aurait dit une furie.

En me voyant, elle s'agrippa à mon bras, le serra avec force.

— Tu loges chez cette femme ? Pourquoi, dis-moi, pourquoi as-tu choisi cette famille ? demanda-t-elle d'une voix stridente.

Elle était agitée comme un volcan en fusion qui ne tarderait pas à exploser, rejetant une lave dévastatrice.

— Je ne l'ai pas choisie… lâche-moi, tu me fais mal, maman !

— Que tu sois admise chez ces gens ! Ces sales gens, avec leur fortune, leur château bourgeois… j'en fus exclue, moi !

— Explique-toi, maman !

Mais comme à chaque fois qu'elle était gagnée par le découragement ou la déprime, elle tourna les talons, s'enferma précipitamment dans sa chambre et le mutisme.

— Maman ! criai-je derrière la porte. Tu m'ouvres ?

Elle ne répondit pas.

— Maman ! Tu m'expliques ? Tu les connais ? Que s'est-il passé ?

J'attendis un peu.

— Maman…

Je l'entendis gronder avec violence :

— Va-t'en ! Va-t'en à Lille et va demander au bourgeois, qui m'a abandonnée.

— Quel bourgeois, maman ?

— Séduite et abandonnée.

Sa voix était outrageusement dramatique. Que se passait-il en elle ?

— Qui, maman ? répétai-je.

— Jean Van Dyck.

14

Retour à Lille

Je me revois la supplier de m'ouvrir, gratter à la porte, chercher à la forcer. En vain, Louise ne céda pas, la porte non plus. Verrouillée chez elle, elle s'était couchée, et je la devinais, la tristesse des chiens battus dans le regard, recroquevillée sur elle-même, enfouie sous sa couette, ne voulant rien entendre ni voir, fuyant dans son enfer.

Je m'impatientais, les minutes s'envolaient.

— Tu me dois une explication, maman, tu en as trop dit !

Elle m'avait enfoncé des soupçons dans la tête. Le puzzle se mettait en place, cette femme hystérique et dépressive qu'était ma mère, arc-boutée sur une souffrance inconnue, le regard scrutateur de Noël qui m'avait dérangée… Je finis par tourner les talons.

Je n'eus pas le courage de repartir chez ma grand-mère, où je savais trouver un réconfort. Elle ignorait sûrement la cause du mal-être de maman. Et cette cause était en lien avec Jean Van Dyck. Ils se connaissaient, pire, il l'avait « abandonnée ». Une horrible appréhension me poignardait le cœur. Elle avait ajouté : « séduite ». Que voulait-elle dire ? J'étais en colère contre toute ma famille, contre la terre entière.

Aller chercher mon père au café ? Etait-il seulement dans la confidence ? L'avait-elle caché à tous ? Et je fis comme le reste de ma famille, je calfeutrai le secret au lieu de percer l'abcès. Ma mère m'aimait, je le savais. Je le sais, aujourd'hui, plus que jamais. Je l'ai toujours su, même en ses moments de caprice et de divagation. Mais je pressentais un drame qui l'empêchait d'être heureuse, de s'ouvrir aux autres avec confiance, de me protéger, de m'apaiser. C'était donc cela. C'était lui, Jean Van Dyck, cet horrible personnage qui entravait son bonheur.

Je repris mon sac, dévalai les rues comme une folle, en direction de la gare. Dans le train, haletante, essoufflée par ma course éperdue, je tâchai de me calmer. Pourquoi m'étais-je sauvée sans avoir obtenu de précisions ? J'éprouvais le besoin de me retrouver seule. Avait-il abusé d'elle ? Mon imagination galopait. « Et s'il l'avait abandonnée, enceinte ? Et si j'étais le fruit d'un viol ? »

Ne pas conclure trop vite. Affabuler, exagérer, Louise en était capable. Ce ne serait pas la première fois. Mon père, Karol Koslowski, était bien mon père, il ne pouvait être que mon père. Je vivais là un mauvais rêve.

A ma descente du train, je ne suivis pas le chemin de chez Wilhelmine, j'utilisai mon nouveau téléphone mobile à clapet, un cadeau de ma Juliette. Je l'appelai, lui demandai de m'héberger une ou deux nuits, puis je joignis Wilhelmine et Anton, prétextai une crève qui me clouait au lit chez moi.

— Je ne rentrerai à Lille qu'en milieu de semaine.

Quelle merveille ces téléphones portables ! Pour mentir, il n'y a pas mieux. Je ne tenais pas à revoir Wilhelmine immédiatement, je n'avais aucune envie de rester à Waziers. Je me suis couchée sans un mot. Tout me paraissait irréel. Ou si tristement véridique. Mon petit univers partait en vrille. Juliette respecta mon silence :

— Demain, je garde ma soirée pour toi, on se parle.

Après un sommeil entrecoupé de cauchemars, je m'éveillai le lendemain comme abrutie par un alcool que je n'avais pas bu, restai au lit une partie de la journée, angoissée, ankylosée, les idées embrouillées. Jusqu'au retour de mon amie.

— Bon maintenant, raconte.

— Je ne sais par quoi commencer…

— Par ordre chronologique, répondit-elle, pragmatique.

Au fur et à mesure que je lui contais les rumeurs concernant mon grand-père, je la sentis gênée. Je l'observai un instant, et c'est d'une voix cassante que je l'apostrophai, déjà assurée de la réponse :

— Tu savais.

— Des rumeurs… une fille… en classe.

— Pourquoi ne m'as-tu rien dit ?

— Une rumeur qui datait de l'époque de nos grands-parents ? C'était de l'histoire ancienne, je me suis contentée de hausser les épaules et je l'ai envoyée balader. Je suis désolée, j'aurais dû…

— Oui, enfin, peu importe. Ce n'est rien à côté de ce que je vais t'apprendre…

Je confiai à Juliette les déclarations de ma mère.

— Est-elle folle, ou s'est-elle fait abuser par ces riches ?

— Tout est faux chez ces gens ! s'exclama Juliette, encore vexée par l'interview lamentable que lui avait accordée Wilhelmine. Eh bien, quelle histoire ! fit-elle, enfoncée dans ses coussins, son verre à la main.

— Je ne sais plus que penser… Tiens, regarde !

Je sortis l'autoportrait achevé le week-end et que je désirais offrir à Anton.

— Qu'en penses-tu ?

— Tu as un vrai talent ! déclara-t-elle, le regard admiratif.

— Ouvre ton ordinateur, s'il te plaît, et trouve-moi les autoportraits du peintre.

— Pourquoi ?

— S'il te plaît !

J'observai les tableaux qui s'affichaient sur l'écran. Et m'écriai :

— Regarde ses mains, la droite toujours posée sur la gauche, et là, il montre le tournesol de sa main droite. Van Dyck était droitier.

— Oui, et alors ? demanda Juliette en bâillant. Je crois que j'ai vraiment trop bu.

— Sur la toile, chez le père d'Anton, le peintre pose sa main gauche sur la droite.

— Et ?

— Anton est gaucher.

— Voilà pourquoi ils ne le prêtent pas ! C'est un faux ! Anton est un faussaire.

— N'exagère pas ! Mais il s'est exécuté pour faire plaisir à son père, c'est un vrai toutou avec lui. Je ne le reconnaissais pas…

— Ils ne sont sans doute pas de la famille du peintre. Souvent des riches font ça, ils font croire qu'ils sont de la noblesse.

— La noblesse, il faut des blasons, on peut vérifier.

— Oui, mais là, cela remonte à si longtemps, Hania. En tout cas, tu dois aller dire deux mots à ce Jean Van Dyck, il te faut démêler le vrai du faux en ce qui concerne ta famille !

15

Réparer l'humiliation subie par maman n'était pas une tâche aisée, d'autant que j'ignorais l'ampleur des dégâts, mais la colère l'emporta sur ma réserve. Il me fallait savoir, comprendre. Etait-ce lui, cet homme, Jean Van Dyck, qui s'était inséré entre ma mère et le bonheur et ne cessait de la hanter ? Etait-il à l'origine de son mal-être ? Etais-je sa fille ? Simple supposition. Etait-elle fondée ?

Les paroles de ma mère résonnaient dans ma tête : « Va demander au bourgeois qui m'a séduite et abandonnée. » N'était-ce pas assez clair ? Ma pauvre maman meurtrie, barricadée dans sa souffrance. Un sentiment insidieux de doute s'y mêlait. Il est aisé de se tromper sur autrui, mais j'avais ressenti dès notre rencontre l'aspect cauteleux du personnage sous sa comédie du panache. De l'esbroufe. De là à recéler, manipuler, abuser les jeunes filles naïves, malmener leur réputation…

Il est facile de s'énerver toute seule, de fulminer, de « se monter la tête ». L'image est juste. J'étais en ébullition, me sentais l'âme d'un justicier, la disposition d'esprit d'une tueuse. Je volai au secours de ma mère.

J'achevai les derniers mètres en courant, songeant, haletante, que j'allais affronter celui qui était peut-être mon géniteur, un odieux personnage, fossoyeur, insecte nuisible, fantôme poisseux – les pires qualificatifs me venaient à l'esprit.

Je profitai de la sortie d'un livreur pour me faufiler par le portail en fer forgé, traversai la cour, grimpai quatre à quatre les marches du perron et sonnai, le doigt restant appuyé intentionnellement.

Noël m'ouvrit la porte, avec une expression agacée, vit passer une furie, et n'eut pas le temps de prévenir son maître.

J'étais déjà face à lui. Le regard fixé sur son échiquier, une tour dans la main, il m'ignora quelques instants. Puis il leva les yeux, impassible. Il me toisa avec arrogance. Je ne souriais plus bêtement, je n'étais plus la gentille Hania la bien élevée. Echevelée, essoufflée, les pupilles dilatées par la fureur, je devais avoir l'air d'une folle.

— On ne vous a visiblement pas inculqué les bonnes manières, mademoiselle Koslowski.

Ses lèvres étaient rétrécies en un mince trait dédaigneux. Sans réfléchir, je lui assénai cette accusation, qui ne désertait plus mes pensées :

— Si vous vous étiez occupé de votre progéniture !

Depuis la veille, je répétais cette entrevue dans ma tête. Je me voyais lui parler d'une voix assurée, ferme. Exiger des explications, et lui balancer ses méfaits avec autorité. Jamais de ce ton criard, avec ces yeux furieux, la voix tremblante. Sans contrôle.

— Expliquez-vous, m'ordonna-t-il avec le ton que j'eusse aimé moi-même employer.

Je lui lançai ce que je savais, et mes hâtives conclusions. Il connaissait ma mère, l'avait séduite, et abandonnée. Peut-être enceinte, peut-être l'avait-il violée. Et j'en étais le fruit.

Jean éclata d'un rire sardonique, une lueur terrible dans le regard. J'éprouvais de la répulsion à son égard. Mon estomac se contracta, je réprimai l'envie de vomir.

— Cette Louise est folle !

— Je ne vous ai jamais donné son prénom !

Une pause s'ensuivit. Interminable. Crispée. Il était à nouveau penché sur les trente-deux pièces de son échiquier, plongé dans son jeu, il semblait avoir oublié ma présence, et sa tête suivait le parcours des pions, sans qu'ils bougent. Seul le tic-tac de l'horloge ancienne venait troubler notre muette confrontation. Je rompis le silence, jaugeai mon adversaire :

— J'avais raison, n'est-ce pas ?

Il reporta son attention sur moi, retrouva son sang-froid.

— Je l'ai bien rencontrée, admit-il. Chez ma tante. Mais il ne s'est rien passé entre nous. Et… (il détacha chaque syllabe, sans me quitter des yeux) vous n'êtes pas ma fille. (Un sifflement moqueur lui échappa.) Cette histoire est ridicule. Vous n'êtes pas ma fille, vous comprenez ça ?

Je restai sans voix. Perdue. Que penser ? Il semblait sincère.

Soudain, son visage grimaça. Il éclata, d'une voix méprisante :

— Ah je vois ! Vous n'êtes qu'une intrigante ! Approcher mon fils, l'amadouer pour qu'il vous emploie, venir chez moi. Réclamer ma fortune, vous faire passer pour mon héritière ! Vous aviez tout manigancé ! Je comprends tout !

Ses yeux lançaient des flammes.

— Votre héritage ! (J'éclatai à mon tour d'un rire nerveux.) Mais il est faux, votre héritage, tout est faux en vous. Vous n'êtes qu'un vulgaire receleur, un menteur, qui abuse de la candeur des jeunes filles.

Face à cet homme intraitable, une impulsion soudaine me poussa à le menacer :

— Vous ne seriez pas si sûr de vous, si je dévoilais que votre fameuse toile de maître est un faux !

Furieux du chantage, exaspéré, il se leva, me prit avec force par le bras. Il me pinçait, je criais qu'il me faisait mal, il n'en avait cure, il me traîna vers la porte d'entrée. Il était hors de lui.

— Noël ! Mets-moi cette fille dehors ! Vous êtes bien les mêmes, dans cette famille de Polaks, tous des agitateurs, des profiteurs !

Bousculée jusqu'à la porte d'entrée, je me retrouvai dehors en moins de deux. Derrière le mur de la propriété, dans la rue Royale, je suffoquai. Une femme s'approcha. Je l'éloignai d'un geste péremptoire sans gratitude pour sa bienveillance. Elle partit en haussant les épaules. Je craquai. Ma mère avait-elle aussi pleuré vingt-sept ans auparavant ?

Je revins lentement vers le petit appartement de Juliette. Epuisée par cette scène théâtrale. Je m'étais comportée de façon stupide. Envahie par mes émotions. Cette sortie grandiloquente, fondée uniquement sur des suppositions : « vulgaire receleur, violeur »… Avais-je échafaudé moi-même un faux scénario ?

Où était la vérité ?

Je m'attendais à un réconfort de la part de mon amie, aux paroles sensées qui me remettraient les idées en place. Elle était absente. Un mot était posé sur mon lit.

Désolée, je pars à Paris. Je t'appelle à la sortie du train, je t'expliquerai.

Après une bonne heure d'attente passée à réfléchir, reconstituer les faits, revivre mon esclandre, réécrire dans ma tête cette lamentable entrevue avec Jean Van Dyck, revoir ses expressions, regretter mon émotion envahissante, imaginer ces dernières heures « autrement », le téléphone sonna. Je me précipitai pour décrocher.

— Tu es en reportage ?

— Non. Je viens de recevoir une réponse positive. Un job en or, je te raconterai. Mais c'est pour lundi prochain, et je dois me trouver un logement. Je ne peux faire de préavis. Je viens de quitter Michal. Il est tombé de haut. Je m'en veux, il est tellement adorable.

— Ah… Mais Paris n'est pas si loin de Lille. Ce n'est peut-être pas fini entre vous ?

— Que veux-tu dire ?

— Vous… vous n'êtes pas ensemble ?

— Tu rigoles !

— J'ai cru…

— Non. Michal est gentil, mais bon… Il a d'ailleurs été formidable pour le préavis. Tu crois que j'ai fait le bon choix pour Paris ?

Elle fit la réponse, pour se convaincre elle-même :

— Oui, j'ai fait le bon choix. Même si c'est un peu précipité. Je reviens bientôt, j'ai laissé toutes mes affaires, et j'ai tout un déménagement à effectuer.

Elle émit un large soupir.

— Et toi ? Tu as rencontré le grand méchant loup ?

Je lui rapportai l'affrontement. Mes doutes…

— Pour ta mère, je ne sais pas. Il la connaît, c'est certain. Pour le tableau, tu as fait mouche.

— J'y suis allée hors de moi. Le résultat est désastreux. Et si je m'étais trompée, Juliette ?

— Repars à Waziers. Tu dois connaître la vérité.

16

Waziers

Mon père était assis à l'entrée de la maison. Enfant, ce porche en demi-lune me paraissait immense et me donnait l'impression de pénétrer dans un château. Les épaules voûtées, enserrées comme dans un étau, il fumait. A voir le nombre de mégots amassés dans le cendrier sur le rebord en brique, il était là depuis des heures, à brûler cigarette sur cigarette. Il était mal, très mal. Et je songeai que j'étais revenue à temps pour l'aider.

Je posai mon sac, et m'installai près de lui. Jadis, il aimait venir après les repas, pour prendre l'air, sous ce porche ou à l'arrière face au potager, et je le suivais. Comme aujourd'hui, nous restions longtemps sans parler. Le visage empreint de sérieux, il finissait toujours par me confier un peu de son regard sur la vie, sur la nature, des propos anecdotiques qui étaient pour moi paroles d'évangile. Et ses commentaires sur son pays des années 1980, avec

Solidarnosc[1]. A l'époque, trop petite, je n'y comprenais rien. Mais je l'écoutais, religieusement.

Nous restâmes assis un long moment sans un mot. Il semblait vraiment malheureux. Je posai ma main sur la sienne, une large main rugueuse, une main d'ouvrier de chantier. Une larme jaillit de ses paupières. Il rompit le silence. Sans me regarder.

— Elle t'a chassée de la maison.

— Mais je suis revenue, papa.

— J'ignore ce qui lui a pris. Elle t'aime, tu sais.

Elle ne lui avait rien dit. Je l'embrassai. Petite fille, je le faisais fondre avec mes câlins. J'étais mutine alors. En grandissant, le sérieux de ma mère devait avoir déteint sur moi. Il me prit dans ses bras, et nous mêlâmes nos larmes. Sans doute éprouva-t-il la sensation de retrouver sa petite Hania. Il devint intarissable. Jamais il n'avait allongé autant de mots à la fois.

Il en avait assez d'être considéré comme un pauvre type par sa femme. Moi-même je maudissais parfois cet homme fort qui tremblait devant elle. Sa gaucherie m'exaspérait, et je culpabilisais. Pourtant, m'avoua-t-il, il n'avait jamais pu la quitter car il l'aimait et il m'aimait par-dessus tout.

Après mon départ, elle était restée confinée dans sa chambre, abrutie de somnifères et d'anxiolytiques.

— Quand je suis revenu, j'ai eu la peur de ma vie. J'ai cru qu'elle avait tenté d'en finir. Il a fallu que je la mette sous la douche, lui donne à manger décemment,

1. Solidarnosc (« solidarité » en polonais) : Fédération de syndicats polonais des années 1980, opposés au régime. Rôle important tenu par Lech Walesa.

alors, elle m'a avoué t'avoir renvoyée brutalement vers Lille. Sans raison. Elle avait refréné l'envie de courir vers toi et préféré fuir dans le sommeil.

Cajoleuse, elle lui avait demandé pardon, mais excédé par ce comportement immature, il s'était emporté. Elle ne s'y attendait pas. Elle n'avait pas perçu à quel point elle le dévalorisait par ses rêves d'une autre famille, plus riche, plus cultivée, plus en vue. Elle le torturait parfois dans un désir de se venger de ses frustrations, et se haïssait de le faire. Il savait qu'il n'était pas le mari idéal. Elle était malade, déséquilibrée, elle affabulait fréquemment, elle n'avait jamais trouvé sa place. Mais elle n'était pas une mauvaise femme.

Quand il ne fuyait pas au café, pour soulager ses propres tensions, il tentait toujours d'apaiser les désaccords, de tempérer les outrances de maman, minimiser les conflits, modérer voire ôter la violence ambiante. Je demeurais irritée. Mon univers s'assombrissait. Ma famille si simple, si claire… Qu'en était-il, en vérité ?

Quels étaient les rapports exacts avec la famille de Wilhelmine et Jean ? J'eus l'impression d'être tombée dans la gueule du loup le soir de l'invitation. Que me voulaient-ils ? Je songeai au film *Rosemary's Baby* de Polanski. Les Berriez-Van Dyck prenaient les rictus des voisins démoniaques du film. Et je voyais le visage de Wilhelmine se colorer d'une couleur maléfique. Pourquoi pensais-je à elle, particulièrement ?

A mon tour, je lui posai des questions sur leur rencontre, peut-être pour me convaincre encore que Jean n'était pas mon père… Louise avait rencontré son mari à un bal dans la salle de l'ancienne cité minière. C'est lui qui l'avait choisie. Jeune, un petit air de chien battu, complexée en dépit d'un charme et d'une grâce évidents, il n'en avait pas fallu davantage pour que le cœur de Karol fonde et qu'il se sente investi d'une mission : lui redonner le sourire.

— Complexée, pourquoi ?

— Elle était la fille de l'agitateur. Des rumeurs l'accusaient de ne pas avoir été un homme bien. Un violent. Un…

— Ivrogne ?

— Oui. A l'école, des camarades de classe l'avaient méprisée, isolée, montrée du doigt.

— Elle te l'a dit ? C'est pour ça, toute cette dépression ?

— Je l'ai appris par Wanda, avant le mariage, pour me prévenir, par honnêteté. Mais je l'aimais trop pour m'en soucier. Je songeais bêtement que mon amour la guérirait de cette blessure. Il n'a pas suffi.

Mon père n'osa m'avouer qu'elle ne l'aimait pas, pas assez.

Pour la première fois, je le regardai « autrement », non plus comme un homme timoré, mais comme un grand amoureux, peu favorisé par la vie. La honte de l'avoir sous-estimé me chauffait les joues.

Lorsque j'entrai dans la maison, maman se précipita vers moi, et me demanda pardon, l'air navrée. Elle avait pleuré. Soulagée de ce revirement, je gardais cependant une once de ressentiment.

Elle ravala ses larmes, renifla bruyamment, et m'embrassa.

— Oublie tout ça, veux-tu ?

— Maman, je ne suis pas la fille de Jean Van Dyck, n'est-ce pas ?

— Qui t'a raconté ça ? Ce n'est pas moi, quand même ?

— Non… Mais j'ai cru… Quels sont tes liens avec ces Lillois, maman ?

Elle me tourna le dos, et alluma la télévision. Fin du dialogue.

17

A peine avais-je franchi le porche de sa maison que j'entendis Wanda :

— Oh, toi, ma chérie, tu n'as pas dormi ces temps-ci, tu as une tête à faire peur. Que s'est-il passé ?

Je lui racontai tout. Les allusions et la crise de ma mère. Mon éclat chez Jean. Mon retour, le désarroi de mon père.

— Rassure-toi, *moja kochana*. Tu n'es en aucune façon la fille de ce Van Dyck.

— Je sais, Babcia, lui répondis-je. Je me suis monté la tête toute seule.

— Louise les a rencontrés deux ans avant ses fiançailles avec ton père. Bien avant ta naissance !

— Mais pourquoi est-elle allée chez eux ?

Wanda hésita.

— Je t'ai dit que madame Berriez m'avait commandé toute une parure brodée.

— C'est vrai, j'avais oublié…

— Louise est allée en personne lui remettre l'ouvrage achevé, elle insistait pour voir des gens de la haute…

— Mais il ne s'est rien passé avec Jean ? Tu en es certaine ?

— Je te le jure. Elle aurait aimé être de leur famille, elle les enviait, c'est évident, elle rejetait sa propre famille.

— Comment peux-tu en être certaine ? répétai-je, dubitative.

— Je le sais, c'est tout.

— Mais comment peut-on rejeter une famille si aimante, des êtres comme toi, comme papa, comme mes oncles ?

— Louise est souffrante… Il n'y a rien à ajouter, ma chérie.

— Si.

Je lui rapportai les paroles insultantes de Jean me jetant à la porte : « Vous êtes bien les mêmes, dans cette famille de Polaks, tous des agitateurs, des profiteurs ! »

— Il faisait allusion à grand-père Stanislas. Pourquoi ?

— C'était un homme bien. Tout ce qu'on a pu dire sur lui est faux. Je t'en ai parlé.

Allais-je encore la faire pleurer ? Il fallait que je sache. Et au risque de provoquer un nouveau désarroi, j'insistai :

— Oui… Mais qu'a-t-on dit ?

— Qu'il était effectivement un agitateur. Un homme violent, un alcoolique. Mais c'est faux, martela-t-elle avec véhémence. C'est faux !

Je croisai les bras, la regardai droit dans les yeux.

— Bon, je ne bouge pas, je t'écoute.

— C'est une longue…

— … histoire, je sais. Tu me racontes tout, Babcia.

Wanda me fixa, troublée.

— Que se passe-t-il ?

— Ce regard, si profond…

Elle émit un soupir, se mordit la lèvre, et acquiesça :

— Bien, cela prendra du temps.

— Merci.

Je l'embrassai.

Elle prit une chaise, l'approcha de la grande armoire de cuisine, y monta, tâtonna avec les doigts. Elle saisit une grande boîte métallique, dont j'ignorais l'existence.

Depuis quand était-elle là ?

Enfant, il ne me serait pas venu à l'idée de grimper sur une chaise pour chercher un hypothétique objet au-dessus de ce meuble imposant. Elle descendit, me fit signe de m'installer près d'elle. Elle s'asseyait toujours à la même place. Je lui en fis la réflexion.

— C'était la chaise de Stanislas. Je regarde ce qu'il regardait… Sa seule pensée m'inonde de lumière.

Elle ouvrit la mystérieuse boîte avec précaution. Elle contenait des papiers et…

— Des photos ! Tu avais des photos ! Tu me disais toujours que vous n'en preniez pas à cette époque…

Trop attendrie par ces souvenirs pour répondre, elle déversa et éparpilla le contenu de la boîte sur la table. Carte de séjour, contrat de travail écrit en polonais et en français, guide du travailleur étranger rédigé en plusieurs langues, images pieuses portant les mentions de « bénédiction aux mineurs », sainte Barbe, patronne des mineurs, et sainte Kinga, entourant la Vierge noire.

— Il y a une église Sainte-Kinga en sel dans les mines de Wieliczka… Tu vois, là, c'est le certificat professionnel du père de Stanislas, Stefan, arrivé deux ans avant sa famille, tu te souviens, je t'en ai parlé…

— Et là, c'est un timbre à l'image des Polonais ?

— Oui, en 1972, un timbre spécial fut édité. C'est un mineur et peintre polonais, Jusko, qui remporta le concours pour le cinquantenaire de l'immigration.

— On reconnaît bien la mine et le folklore, vous deviez être fiers !

Pour la première fois, je voyais les dates précises de l'entrée en France de mon grand-père.

Et sa photo, jeune homme. Tenant un bandonéon entre les mains.

— Celui de Stefan, son père. Il en avait hérité.

Stanislas était tel que je me l'imaginais : yeux vifs et tourmentés, une mèche rebelle. La virilité sous la finesse des traits. Magnifique.

— Pourquoi ne l'as-tu pas mise sur ta commode, Babcia ? Pourquoi m'as-tu dit que tu n'en avais pas ?

— Ta mère fut très angoissée lorsque les rumeurs se sont propagées. Elle me l'a fait enlever. Je n'ai pas osé la remettre, mais son visage est gravé dans mon cœur. Et puis ces photos sont des instants fugitifs, qui ne reflètent pas l'intensité de son être. Il est là, tu sais, Hania ; je le retrouve partout, dans la nature, dans le vent, la lumière, les étoiles, comme une relation secrète, une réalité à la frange de l'invisible. Je m'arrête parfois, je sais qu'il est près de moi, et il illumine mes vieux jours. Je vais te faire une confidence, Hania. Tu me croiras folle sans doute. Mais je reçois des signes de lui.

— Des signes ?

— Des coïncidences trop troublantes, qui n'en sont pas. Et une nuit, il a prononcé mon prénom d'une voix trop claire pour être imaginaire. (Elle esquissa un sourire.) Mon Dieu !

— Qu'y a-t-il, Babcia ?

— Je n'avais pas réalisé à quel point tu lui ressembles.

Laquelle était la plus émue, je ne saurais le dire. Wanda plaça la photo de Stanislas près de mon visage.

— Dans tes yeux, je revoyais son regard, ce regard profond qui reflète une âme à l'écoute des autres… Tu es son portrait craché… En fille, bien entendu !

Je lui souris.

— Ouf ! je n'ai pas hérité de son côté viril !

Je pris à mon tour la photo entre les mains. Ainsi je lui ressemblais…

Elle avait précieusement gardé tous les récépissés, les reçus, la déclaration de résidence, la carte d'identité des étrangers à renouveler tous les trois ans afin de pouvoir exercer leur emploi de salarié.

— Les Polonais, ma chérie, sont parfaitement intégrés, oui, de façon remarquable, et toi tu es française, mais pour préserver cet héritage, il faut que tu saches tout, car contrairement à ce que l'on pourrait penser aujourd'hui, ce ne fut pas si simple. Les premières années de la Polonia, l'émigration polonaise, furent parfois tendues.

Deux autres petites photos se cachaient sous l'amas de papiers. Sur l'une, un jeune homme tenait une ardoise sur laquelle étaient écrits : Fosse 9, une date d'arrivée, 1926, et un nom : Stefan Dabrowski.

— A l'embauche, tous les arrivants étaient photographiés ainsi.

— Cela a un côté bagnard, tu ne trouves pas ?

Wanda se contenta de sourire.

— C'est son père, Stefan ? On croirait Stanislas.

— Oui, père et fils se ressemblaient.

Sur l'autre, Stefan et ses deux garçons…

— Le petit, c'est… ?

— Oui, Stanislas, avec son grand frère Roman, et leur père.

— Il porte une casquette à l'envers, c'est terriblement moderne !

— Stanislas avait vu le cameraman la porter ainsi, lors des événements dramatiques de Leforest. La photo fut prise au moment du départ de son père.

— Quels événements ?

— Attends, n'allons pas trop vite… Pour conter l'histoire de Stanislas, il me faut revenir à son père Stefan Dabrowski, et son arrivée en France. Imagine-toi qu'entre les deux guerres, quatre cent mille Polonais vont fuir une Pologne misérable, morcelée, qui sort de cent cinquante années d'annexion. Une Pologne qui n'existe plus que dans le cœur…

18

De la Pologne à Leforest – 1926-1928

Ouvrier agricole, Stefan n'a plus de travail. Les offres d'embauche se sont raréfiées. Les campagnes sont dévastées par les occupations. Il s'est dirigé vers Cracovie, mais la ville ne peut plus rien offrir à la horde rurale venue en exode. La faire émigrer est devenu « la » solution pour résoudre le grave problème agraire.

Stefan a vu des affiches : la France manque cruellement de mineurs avec les désastres de la Grande Guerre. Traversé par le front, démantelé, dynamité, noyé, rasé, pilonné par les Allemands, le bassin minier offre un spectacle désolant. Il faut remettre les puits en marche, extraire le charbon.

Sur la pression des charbonnages, la Pologne a signé une convention avec la France en 1919.

Les conditions sont attrayantes : transport payé, garantie d'emploi, de salaire et même une prime d'embauche ! Un net progrès par rapport aux modalités d'emploi des immigrés d'avant la guerre. Aucune hésitation possible.

Stefan a résisté à cette tentation de partir, jusqu'à la naissance de son deuxième garçon, le petit Stanislas, mais la situation financière de la famille se dégrade et devient exécrable.

Il annonce cette opportunité à Maryla, sa jeune épouse. Elle est en train d'allaiter le bébé. Elle a compris, avant même qu'il n'ouvre la bouche. Ils ne se sont encore jamais quittés depuis leur mariage, cinq ans auparavant. Ils s'aiment.

Elle l'encourage à partir, elle a entendu parler de la France par une cousine qui lui écrit du Nord, il paraît que les boutiques sont bien achalandées. C'est un signe de prospérité. Il paraît que les femmes y sont belles. Elle a confiance en son homme. Et ils n'ont pas le choix. Leur survie est à ce prix.

— Je vais réintégrer le foyer parental, en attendant ton retour, ou le moment de te rejoindre. Avec leur basse-cour et leur potager, le puits dont ils ont l'usage, mes parents ne manquent de rien.

— Je te demande trop…

— Ils seront heureux de recevoir leurs petits-fils, maman va m'aider pour le bébé. Elle ne demande que ça ! En couture, je suis habile de mes mains et je vais repeindre leurs volets, faire les confitures, me rendre utile à la famille, aux voisins, aux gens de la ville, qui viennent en été. Je me débrouillerai. Tu n'as rien à craindre, mon Stefan.

— Ce n'est sans doute que l'histoire d'un an.

Il n'ose ajouter : « ou deux ». Comme tous les premiers émigrants, il ne désire qu'une chose : gagner assez d'argent pour rentrer au pays.

Première séparation. Premières larmes. Ultimes gestes d'affection. Admiration envers le courage de l'autre, son abnégation, son amour.

Le recrutement s'effectue sur place, en Pologne. Il se présente à Myslowice, s'inscrit auprès des services de l'immigration, subit les examens médicaux demandés par le pays d'accueil, montre sa dentition, se fait tâter les muscles, et comme des milliers de Polonais ne parlant pas français mais sélectionnés pour leur robustesse et leur santé, il gagne son billet d'expatriation.

Stefan Dabrowski vient du sud-est de la Pologne, adossé aux basses Carpates. Les démarches administratives achevées, il rejoint la France en 1926 par les voies ferrées. Ceux du Nord, la plupart des Westphaliens, empruntent de préférence la voie maritime par la Baltique et la mer du Nord vers Dunkerque. Ces derniers, des Polonais employés dans les mines de Westphalie, ont quitté l'Allemagne pour garder leur identité et leur langue, interdite dans la rue. Ils arrivent en famille. C'est leur deuxième émigration.

Après Prague, Nuremberg, Nancy, Stefan pose le pied à Toul, patiente une nuit en gare sur des planches de fortune. Cet arrêt est obligatoire. Plaque tournante pour la répartition, la ville ventile les convois en fonction des besoins. Arrive l'heure de repartir. Sidéré, Stefan assiste à une véritable pagaille au sein des familles présentes. Les uns ne retrouvent plus leurs bagages, d'autres courent vers leurs enfants qui se sont fait des camarades de jeu. Confusion, interpellations, excitation et soulagement, le tout arrosé de vin chaud. Des femmes se moquent du beurre blanc allemand.

— En France, ils ont du beurre jaune comme chez nous !

Certains Polonais sont envoyés dans les mines d'Auchel en camion, d'autres, comme lui, vont reprendre un train. Quelques-uns sont refusés et renvoyés à la frontière. Des papiers non conformes, des Westphaliens ayant obtenu trop vite la nationalité allemande. La guerre demeure proche encore dans le cœur des Français.

Stefan assiste à ces déchirements. Il est peiné pour ces exclus, un vague sentiment de culpabilité flotte sur ses épaules mais un apaisement le submerge lorsqu'il tâte, rassuré, un bout de papier, son contrat, qu'il garde précieusement dans une poche intérieure. Il atteste de son existence. Il est le sésame. L'espoir. Le saut dans l'inconnu.

Son contrat de travail vient d'être complété avec son lieu d'affectation : Leforest, dans la banlieue de Béthune, lequel rassemble la majorité des Polonais. La concession des mines de l'Escarpelle borde les deux départements du Pas-de-Calais et du Nord. Le nom de la localité, qu'un agent lui a traduit, lui plaît. « Leforest » lui rappelle ses forêts des Carpates, son pays de bois et de champs. Stefan y voit un signe de chance.

L'arrêt « Pont de la Deûle » est le terminus de son épuisant trajet. Il arrive directement pour descendre dans la mine, au puits n° 6, puis dès sa mise en service en fin d'année, le puits n° 10, au cœur du bois de l'Offlarde.

Stefan n'a aucune compétence en ce domaine, contrairement aux Westphaliens, que les patrons préfèrent au nouvel afflux d'émigrants venus de la campagne, qui fuient la misère. Pourtant, ces derniers sont aussi courageux que les autres, œuvrant six jours sur sept, indifféremment de jour ou de nuit, quarante-huit heures par semaine. Un travail plus harassant qu'en Pologne, car il faut se coucher dans les failles. Chaleur, humidité, Stefan ne se plaint pas. Il est d'abord rémunéré à la semaine. Il le sera à la quinzaine, quand il aura montré sa valeur.

Les avantages sont en nature : faible loyer, prise en charge des enfants et hôpitaux. Il jouit d'un contrat de travail égal à celui des Français pour la rémunération, les heures supplémentaires, les indemnités, la protection contre les maladies. Comme ses compatriotes, il ne voit pas l'utilité de cotiser aux caisses de retraite, songeant à repartir un jour.

Un monde sépare les gens du fond qui côtoient les profondeurs abyssales et les gens du haut, qui travaillent de la terre. Mieux payés, les mineurs du fond ne sont pas riches pour autant, ils font attention à tout.

Venu en éclaireur sans les siens, on le loge dans un des huit baraquements inconfortables de la cité. Logements de fortune, installés dans l'urgence, tandis que de nouvelles maisons se construisent et agrandissent le coron. Les maisons de fonction sont attribuées aux familles. Il ne se plaint pas, s'estime heureux de coucher dans un lit individuel. Il prépare ses repas, travaille sans relâche, ne fréquente les estaminets que pour jouer aux jeux de fléchettes, ou aux jeux d'adresse comme les quilles. Il prend soin de ne pas se faire remarquer. Mais dans ces baraquements, il reste un étranger. Exclu, il vit dans la précarité, dans l'attente. Une antichambre.

Le soir le ramène vers les siens. Couché, il sort son courrier, les lettres si tendres de sa femme, la photo des enfants. Il songe à Maryla et ses deux garçons, restés au loin, dans leur « Petite Pologne » du sud du pays. Il ne voit pas grandir son petit Stanislas. Il ne peut tenir le bébé dans les bras, voir ses premiers sourires, l'entendre gazouiller. Roman est le portrait de sa maman. Stanislas va-t-il lui ressembler ? Il a remarqué la fossette qui creuse sa joue ronde. La même que la sienne.

« Je te retrouve en lui », écrit Maryla.

La promiscuité engendre l'alcoolisme, rempart à la solitude, et parfois des rixes dans les nombreux cafés du village. Surtout avec les Westphaliens qui gardent un sentiment de supériorité vis-à-vis des Polonais de Silésie, de Varsovie ou de Galicie comme Stefan.

Car la première surprise désagréable ne vient pas de son pays d'accueil, ni des Français, mais de certains Westphaliens, qui les considèrent comme des Polonais de seconde zone. Venus en famille avec leurs meubles, leurs ustensiles de cuisine en fonte émaillée, logeant dans des maisons, ils exhibent leur propreté, leur relative richesse, et leur élégance qui en font des nantis face aux Galiciens arborant des costumes hauts en couleur. Ils connaissent déjà deux langues, bientôt trois avec le français, et se sentent plus cultivés. Le gouvernement a pris en charge leur voyage, leur mobilier, sous réserve que le père de famille s'engage au moins pour deux ans. Ce sera une main-d'œuvre stable et motivée, et, cerise sur le gâteau, le gouvernement compte plus ou moins secrètement sur ces étrangers plus prolifiques afin de compenser la baisse de la natalité.

Mais au fond de la mine, songe Stefan, au fond, on est tous semblables, couverts de charbon. Tous solidaires. Les frontières ne sont plus que dans la tête.

Les Westphaliens zélés provoquent la jalousie des ouvriers français. Ils sont souvent victimes de la germanophobie de Français qui ne se sont pas remis des destructions et massacres de la guerre, et qui se hérissent en les entendant parler allemand.

Il faut les comprendre, se dit Stefan, même s'il souffre d'être parfois traité, comme eux de « boche polonais ». Tous dans le même panier ! C'est une des raisons pour lesquelles il désire apprendre le français. Dans les baraquements et au fond de la mine ce n'est pas facile. Les langues et patois se mélangent, se confondent. Intimement convaincus de repartir, la plupart des mineurs étrangers ne prennent pas la peine d'apprendre le français. Ils vivent repliés sur eux-mêmes. Stefan, lui, a vite compris qu'il n'était pas là pour un ou deux ans. Il pense qu'il est nécessaire de s'intégrer. Il se montre exemplaire. Son objectif : faire ses preuves pour faire venir sa famille au plus vite. Rester discret pour respecter le pays d'accueil, fuir toute querelle, éviter les excès de boisson, ne pas se mêler des affaires d'autrui, se taire pour être accepté, proscrire la politique, s'éloigner des syndicats. Sous peine de renvoi au pays. Il a eu vent d'une première vague d'expulsion en 1923, due à des grèves.

Il n'est guère aisé de se faire comprendre. La plus grosse barrière d'incompréhension est la langue. Il se jure de la vaincre.

Et un matin…

En bas, ils œuvrent au mépris du danger. Tout à coup, les mineurs sursautent. Un énorme craquement se fait entendre. Un coup de grisou, ce gaz inflammable et mortel, a-t-il déclenché l'éboulement qui vient de se produire au fond de la mine ?

Immobiles, aux aguets, ils n'entendent pas d'explosion. La terre ne tremble pas, mais du boisage s'est effondré. Et les risques sont malgré tout considérables. A tout moment, la galerie peut s'abattre sur eux, les gaz se répandre, le manque d'air se faire sentir, et l'explosion survenir.

Stefan et ses compagnons tressaillent, mais reprennent vite leurs esprits. Ne pas rester bloqués ! La catastrophe de Courrières où plus de mille mineurs ont trouvé la mort est présente dans leur esprit. Les anciens leur ont raconté les hommes soufflés, brûlés, écrasés, l'horreur de ce matin de 1906. En file indienne, derrière le porion, ils retrouvent le chemin de la sortie, loin du fatras de ferraille et de planches cassées. Il faut remonter dans la cage, revenir à la surface, redescendre plus tard dès le danger écarté avec les secours et le matériel adéquat pour procéder aux réparations. Heureusement, il n'y a ni incendie, ni explosion, ni victimes. C'est un miracle.

Stefan ferme la marche. Soudain, il tourne le visage vers l'arrière. Il lui semble entendre une plainte qui se mêle à la bourrasque de poussière soulevée par les planches qui s'effondrent. Il revient sur ses pas, au mépris du danger, rejoint l'obscurité profonde, doit se traîner sur les genoux, puis ramper, sa lampe devant lui, pour atteindre la cloison démolie.

Un galibot, l'un de ces très jeunes mineurs, est resté bloqué. Il veut prévenir les autres, mais ils sont remontés. Le bras du gamin est coincé. Il souffre. Stefan tente une première fois de le dégager, sans succès. Il doit s'y prendre à plusieurs reprises, avec toute sa force, la bouche grande ouverte pour aspirer l'air confiné. Il réconforte l'enfant qui ne comprend pas les mots en polonais, mais se sent rassuré par la voix bienveillante de l'homme qui ne l'a pas abandonné. Des machines pompent vingt-quatre heures sur vingt-quatre pour éviter les inondations, et la chaleur au fond dépasse les 40 °C. L'air en cet endroit devient irrespirable. Le maillot de Stefan est trempé de sueur. La tête lui tourne un peu. Les secours ne viendront pas à temps. Il faut faire vite. Eviter l'asphyxie. Quand il parvient à le dégager, le jeune garçon s'évanouit.

Lorsqu'il remonte, le galibot dans les bras, Stefan est ovationné par ses camarades, toutes nationalités confondues. Désormais, il jouira d'une vraie popularité auprès de tous, les Westphaliens le respecteront comme un des leurs.

Le lendemain, il a la surprise de voir arriver dans son baraquement le père du gamin, un Français.

L'homme regarde autour de lui. Il est pris de compassion devant l'état précaire et le logement douteux du Polonais. C'est la première fois qu'il entre dans l'un de ces logements provisoires. Il s'enquiert du mineur qui a remonté son fils. Tous le désignent aussitôt. Stefan en rougit. Le silence se fait tout autour d'eux.

Les larmes aux yeux, il remercie Stefan chaleureusement.

— Tu as sauvé mon p'tit gars, je te serai toujours reconnaissant. Viens, je t'offre une tournée.

Sur le chemin de l'estaminet, le Polonais est silencieux, intimidé par ce Français qui l'invite.

L'établissement ne désemplit pas. Ils s'installent à l'une des tables de bois. Environnés de fumée, de rires, d'interpellations en ch'ti, en français, polonais, italien, ils sont assis l'un en face de l'autre, devant des chopes de bière. Ils se sourient, quelque peu embarrassés.

Dans un langage approximatif, Stefan se lance et s'enquiert de la santé de son fils.

— Bien, même pas de fracture, grâce à toi. Le médecin a dit : plus de peur que de mal. Moi je sais que tu lui as sauvé la vie. Et c'est notre petit dernier… Il n'a pas quinze ans.

Stefan est alors très gêné lorsqu'il lui propose de l'héberger.

— Chez vous ? Mais…

— Y a pas de mais. J'ai de la place. Mes aînés ne vivent plus avec nous. Et… (il hésite) je n'entends pas d'accent allemand chez toi. Mon père et mon beau-frère sont tombés sous les coups des boches. Peut-être de ces Westphaliens. Certains ont dû combattre contre nous. Je ne pourrais imposer ça à ma femme, faut comprendre, mais toi, t'es un vrai Polonais. Et un gars bien.

L'un de ses garçons a repris la boulangerie. Seul son cadet, engagé à la mine, habite chez eux. Stefan accepte, la joie au cœur. Dès lors, le boulanger ne pratiquant pas le patois du Nord, le ch'ti, Stefan fait de sérieux progrès en français, et il tient à donner des cours de polonais au jeune galibot désireux de converser avec les jolies Polonaises.

Stefan ayant deux fils, les charbonnages espèrent que ceux-ci les rejoindront aussitôt que possible. Mais il faut payer le voyage. Il n'a pas encore assez économisé. Jusqu'au jour où, en 1928, la Compagnie offre le trajet aux « femmes rejoignantes ».

Deux ans ont passé.

19

Leforest – 1928-1931
Stanislas

Je porte le prénom du saint patron de la Pologne, évêque de Cracovie, Stanislas. Je suis né le 8 mai, jour de sa célébration. Lors de notre arrivée en France, j'ai deux ans, mon frère Roman, six.

Maman sait que son tendre époux, mon père, travaille dans des conditions laborieuses, mais il a toujours minimisé les difficultés dans ses lettres. Elle est si heureuse de venir le rejoindre :

— Vous verrez mes enfants, la vie est belle en France !

Je ne me rappelle ce long périple qu'au travers du récit de mon frère, assez marqué par notre exode. Il me l'a tant conté que j'ai l'impression de le revivre comme s'il était mon propre souvenir. Il n'a pas lésiné sur les épisodes brutaux, sans doute pour m'impressionner. Dans sa tête d'enfant, il n'y avait pas de raison qu'il subisse, seul, l'inconfort et les angoisses du voyage. Je lui pardonne volontiers cette petite vengeance personnelle, sachant que mon trajet s'est effectué dans les bras et la chaleur ouatée de maman. Effrayé, agrippé à sa jupe, Roman se collait à notre mère, réclamait sa main. Maryla tentait de me poser à terre, mais je me mettais à pleurer. Je réintégrais aussitôt mon nid douillet. Roman était furieux contre moi, et m'aurait bien jeté sur les rails.

Il me raconta l'entassement dans une charrette vers la gare. Puis le banc de bois de troisième classe, la longue semaine dans les trains, une route à pied, harassante elle aussi. Enfin, au bout du chemin, à l'horizon, une apparition ensoleillée, un bonheur : la silhouette de notre père, venu à notre rencontre, accompagné d'une dizaine de ses amis.

— Tout le coron vous attend ! s'exclame-t-il.

Roman, lui, est plutôt malheureux de devoir s'adapter à ce pays où il ne comprend pas le moindre mot… C'est pourtant lui qui y restera le plus longtemps…

Petit, je m'adapte et adopte aussitôt ce nouvel univers. J'apprends la langue sans problème et cette terre d'asile devient tout naturellement mienne.

En attendant notre habitation, qui n'est pas encore achevée, nous devons loger dans le baraquement collectif, mais le boulanger, qui s'est pris d'amitié pour papa, décide, pour le bien-être de notre famille, d'en loger trois de plus. Quelques semaines plus tard, nous obtenons une petite maison de la cité du bois, faite pour quatre pensionnaires. Maisons doubles, toutes semblables à l'extérieur comme à l'intérieur, comportant chacune une cheminée, deux pièces en bas, et deux chambres à l'étage, cave à charbon et tonneau de bière.

Pas de salle de bains, mais un grand baquet métallique fait office de baignoire dans la cuisine, et nous attendons notre tour avec impatience, c'est un moment privilégié avec maman qui est si douce et joyeuse. Papa, lui, dispose de douches à la mine. Pas de toilette dans la maison, mais dans un petit appentis au-dehors. Quelle importance, nous n'avons encore jamais connu mieux.

Cet emménagement n'est pas non plus présent dans ma mémoire, mais je sais que j'y ai vécu les plus beaux moments de ma petite enfance.

Mon frère Roman me raconta qu'un jour, peu de temps après notre installation, je jouais dans la rue et je voulus rentrer. Mais je me suis trompé de maison ; elles étaient toutes identiques. Je suis arrivé penaud chez nous, raccompagné par la fille aînée d'une voisine, qui ne manqua pas de le colporter à toute la rue. C'était plutôt l'apanage des ivrognes rentrant des estaminets dans la nuit !

Plus tard, lorsqu'il nous faudra quitter Leforest, je me souviendrai du terril, encore chaud avec les courants ascendants, si proche de notre maison. Cette petite montagne noire que j'escaladais avec mes jeunes camarades les soirs d'été, quand les mineurs et les wagonnets l'avaient désertée, et que le soleil ne s'était pas encore couché. Nous en revenions plus noirs que nos pères, fiers de nos écorchures, pour nous prendre parfois de belles torgnoles. Je me rappellerai l'église Saint-Nicolas en brique, la confiserie Jean où ma mère m'emmenait pour me récompenser de mes bonnes notes à l'école, le kiosque à musique où j'accompagnais l'harmonie municipale en tapant dans les mains, le boucher qui passait dans la cité avec sa camionnette et provoquait une véritable émeute devant son étal. Je me remémorerai la joie de tasser le chou avec mes petits pieds bien lavés, dans le tonneau à l'arrière de la maison, la fierté de chercher avec mon père des pommes de terre et de la paille pour les bêtes. Et près de l'église, le château de style Renaissance, le château Royaux, la tuilerie et le château Blanc, décors de mes premiers rêves d'architecture…

Notre maman Maryla travaille pour la mine, au tri. Elle nous laisse aux bons soins d'une voisine âgée, jusqu'à la venue de la petite sœur, Hélène, née en France en 1929, tout juste neuf mois après notre arrivée. Elle arrête le tri et brode, raccommode, coud, confectionne des robes, des corsages, des pantalons pour les voisins. Nos besoins sont modestes, nous sommes heureux.

Chaque samedi, le garde des mines frappe aux portes. Signal du nettoyage du trottoir et du ruisseau. Toutes les femmes sortent, obéissent sans rechigner. Cette corvée fait partie des règles du savoir-vivre. Le képi du garde impressionne les enfants que nous sommes, mais aussi les grands. Tout uniforme rappelle la police, la crainte d'être expulsés. Des gendarmes patrouillent la nuit à cheval. Maryla est toujours la première à participer aux corvées collectives, celles de l'eau, de la lessive des vêtements de travail. Elle tient aussi le jardin et le potager. Nous ne manquons pas de légumes. Et j'imite mon frère Roman lorsqu'il nourrit les poules et les lapins.

Le dimanche, nous fréquentons assidûment l'église, les hommes revêtent leur plus beau costume, une chemise blanche, les cheveux gominés, parfumés, tandis que les Français cultivent leur jardin. C'est un vrai sujet d'étonnement que leur tenue négligée le jour du Seigneur. Ils ne s'habillent pas davantage pour leur repas du dimanche, moment sacré pour les Polonais. Ce jour-là, notre famille invite les cousins de maman qui vivent à Waziers près de Douai, ou nous nous rendons avec des voisins à la nouvelle église Millénium construite à Lens. Nous aimons, comme les gens du Nord, faire la fête aux ducasses, organiser des pique-niques délicieux, à la Saint-Jean d'été, après la messe et la procession. C'est alors un autre cortège, moins solennel, celui de poussettes, carrioles, vélos aux sacoches remplis de provisions. Ces déjeuners sur l'herbe sont une occasion pour nos parents de rire et de danser, et pour nous de chahuter sans se faire gronder.

Notre cité n'est pas située au centre de Leforest. Dans les baraquements se créent les premiers commerces polonais. Maman se fournit chez les « compatriotes », dans les épiceries, charcuteries, crémeries… Dans ces commerces, on trouve le pain de seigle noir, le fenouil et tous les autres ingrédients pour faire de la bonne cuisine. De nos maisons identiques, se dégagent les effluves des *metka*, *parowky* et autres dizaines de saucisses fumées, et la bonne choucroute du pays. Je comprendrai plus tard que les Charbonnages ont décidé de recréer dans la cité une vraie « petite Pologne ». Déracinés, les immigrés risquent de se tourner vers le communisme, une force de désorganisation morale. Il faut l'éviter à tout prix. Par l'intermédiaire de la « mission catholique », les Compagnies font venir les prêtres polonais vénérés chez nous. Entretenir la foi chrétienne auprès des Polonais est aisé, vu la ferveur et la piété de notre peuple.

La scolarisation au primaire, et en français, pour l'école publique étant devenue obligatoire, des cours du soir en polonais se mettent en place. Les écoles privées des Houillères, elles, favorisent l'enseignement de la langue polonaise.

Les associations se multiplient. Des Polonais s'inscrivent dans des associations françaises mais l'inverse est impossible. Le fils aîné du boulanger ne peut entrer avec notre père dans son association de gymnastique. Papa ne comprend pas ce genre d'exclusion. Toute forme d'injustice le heurte. D'un côté comme de l'autre.

Les femmes préparent la gamelle, tartines au saindoux, viande froide. Le soir, mon père Stefan donne à ses enfants ce qui reste de son casse-croûte – le briquet – qui a pris la chaleur de la mine, et que l'on appelle le « pain d'alouette ». La petite sœur, Hélène, il l'appelle son alouette.

Tout n'est pas rose, non, chacun travaille d'arrache-pied. Dans la cité, proche de la fosse, la boue colle aux semelles, l'extérieur des maisons et les rideaux sont vite noircis. Mais le coron n'est pas si sale. Les femmes de mineurs ont le souci de la propreté.

Rentrant de son voyage au centre de la terre, le soir, notre père passe à la douche, puis par la « salle des pendus » pour récupérer ses vêtements propres. A aucun prix, comme la plupart des mineurs, il n'eût accepté de montrer à son épouse ou ses enfants un visage noir, poussiéreux jusqu'aux oreilles. C'est un demi-dieu qui nous revient des profondeurs. Nous ignorons tout de sa vie de mineur, mais au travers de ce qu'il laisse entrevoir, nous imaginons l'ascenseur qui descend dans les abîmes, les galeries profondes, le bruit des machines, les petites lumières des lampes qui percent l'obscurité, la chaleur harassante, et le courage de nos pères.

Des esclaves du travail, mais des seigneurs, fiers de descendre. C'est pénible, mais ce n'est pas une punition. Et cette fierté se propage à leurs enfants. Comme mon frère. Pas moi…

— Cela ne m'étonne pas, tu feras poète, toi, déclare Roman avec un haussement d'épaules.

Je n'ai jamais su s'il y mettait une pointe d'envie ou de dédain.

La nostalgie du pays resurgit souvent chez nos parents. Ils oublient la misère et les hivers rudes de la Pologne pour chanter des complaintes de là-bas, et quand notre père, Stefan, interprète ces airs traditionnels repris en chœur par tous les habitants, Maryla se sent transportée dans la plaine polonaise. C'est avec mon père que je prends mes premiers cours de musique et que j'intègre la chorale.

Stefan reçoit un vélo, une autre fois une paire de chaussures neuves. Cadeaux faits aux meilleurs, grâce aux remarques favorables de l'ingénieur des mines qui dirige la fosse, et qui possède une grande autonomie vis-à-vis de la compagnie. Il embauche, organise les postes de travail, sanctionne, prévient les familles en cas d'accident, avec deux exigences : rendement et sécurité.

L'efficacité au travail de Stefan lui donne de l'assurance, il connaît bien le français, et il prend davantage la parole. Il est doué pour cela. Il en paiera le prix plus tard… Il fait partie de la société musicale, puis, dès 1931, de la société de gymnastes polonais, le « Sokol », qui signifie « faucon ». Vêtu de blanc, il défile avec fierté lors des fêtes de mai, sous mes yeux d'enfant qui brillent face à mon héros. Les Polonais ont toujours pratiqué le football, le cyclisme, comme le travail avec opiniâtreté. Nos géants sportifs ne manquent pas.

Lorsqu'il y a un discours, des remerciements, des félicitations au sein de la communauté, Stefan est sollicité pour parler en public, devant ses trois enfants aux yeux arrondis par l'admiration et sa femme, si amoureuse de son beau mari.

Mes parents sont un couple exemplaire. Le respect mutuel, la tendresse qu'ils se portent l'un à l'autre rayonnent sur la famille. Tout semble idyllique. Trop idyllique…

20

Leforest – 1931-1934
Stanislas

La crise mondiale de 1929 se répercute sur le monde. La chasse aux syndicalistes rouges débute dès 1931, et cette année-là, les mineurs de Leforest s'associent à la grève générale.

Dès lors, tout change pour mon père et ses compagnons.

Chaque porion – les contremaîtres qui dirigent une équipe de mineurs –, chaque lèche-bottes ai-je envie de dire, reçoit la mission de traquer les « mauvais sujets » susceptibles de déclencher une grève.

Stefan ne supporte pas ces mesures draconiennes. Les surveillants ont en charge de découvrir les opinions politiques des hommes qu'on leur a désignés, de se renseigner sur leur vie privée, leur famille, jusqu'à noter l'influence d'une épouse coquette ou bavarde. En cas de grève proclamée, ils pénètrent dans les maisons, accompagnés de gendarmes.

— Il n'y a pas de grève. Vos camarades sont déjà à la mine, allez, dépêchez-vous.

Cela se fait sans violence, les propos restent courtois, mais la suspicion est en marche. Des regards glacés, dans lesquels les mineurs captent la méfiance. On accuse bientôt les Polonais de venir manger le pain des Français, d'attiser, voire de provoquer la crise. Le chômage partiel touche Français et Polonais. A la fosse, l'ambiance se dégrade. Et Stefan entend pour la première fois :

— Sale Polak, rentre chez toi !

Il ne comprend pas. Je l'entends, le soir, qui discute avec maman.

— Ils nous ont incités à venir, non ?

Elle tente de le modérer. Mais il semble très contrarié.

— Le rendement, le rendement ! répète-t-il. C'est insupportable, Maryla. On n'entend plus que cela. Les mineurs ne plaisantent plus, ne chantent plus, ne rient plus ensemble. Après une journée aux tâches chronométrées, ils sont épuisés.

— Et toi ?

Il reste un instant silencieux, pour admettre enfin :

— Oui, moi aussi, mais j'ai la chance de t'avoir auprès de moi. Tu me soutiens tellement.

Maman s'inquiète.

— Tu ne t'engages pas trop ?

Papa l'entoure de ses bras.

— Ma chérie, nous ne sommes pas des nègres blancs.

— J'ai peur pour toi, je ne sais pourquoi, mais j'ai peur. Sois prudent.

Il lui ferme la bouche d'un baiser qui me fait rougir jusqu'aux oreilles.

Stefan se rend régulièrement au bureau du délégué. Elu pour trois ans, ce dernier visite les travaux du fond, examine les conditions de sécurité et d'hygiène, reçoit les doléances du personnel.

Après s'être tu pendant deux ans, lors de son arrivée, Stefan n'éprouve plus cette propension à se taire – coutumière aux minorités – face aux brimades. Le délégué l'écoute, consigne sur son cahier les observations du Polonais :

— Les accidents, contusions, luxations, entorses, abondent.

Oui, songe le délégué, tracassé lui aussi. Les billets de malade s'accumulent. En un an, on a dénombré quatre-vingts certificats pour accident de travail… Sans compter la silicose. Certains meurent à trente-cinq ans de cette saleté pulmonaire.

Reposant sa plume, et le regardant droit dans les yeux, le délégué l'avertit pourtant de son manque de retenue :

— Méfie-toi, mon gars, méfie-toi. Les Houillères vous apprécient…

— Ils nous ont appréciés, c'est vrai… Jusqu'à l'arrivée au pouvoir de ce Gaston Doumergue, qui exerce des pressions sur les compagnies.

— Oh, toi ! Tu as entendu les propos des militants. Ceux de l'Internationale rouge décuplent leurs efforts pour vous recruter, je le sais bien. Mais je te déconseille d'adhérer aux syndicats. La législation est répressive envers les étrangers qui adhèrent au parti.

Tu le sais, Stefan. Ce sont des histoires de Français, pas les vôtres !

— La situation en bas devient insupportable !

— Tu n'as pas tort, Stefan, mais…

Il prend un temps pour hausser les épaules, soupirer et avec un geste d'impuissance, conclut :

— La crise est là… Il faut produire !

Punitions, licenciements, diminutions de salaires… Vient le temps de la peur, du repli sur soi, de la méfiance, des expulsions massives. Et une hantise : le renvoi en Pologne, lequel signifie la misère au pays. A qui le tour ? se demande-t-on. Les jours de quinzaine deviennent jours redoutés. « La hantise du papier blanc » se communique avec la vitesse d'une épidémie. Lors de leur paye, certains reçoivent un bon pour un convoi de rapatriement.

La compagnie de l'Escarpelle impose à chaque homme chargeant le charbon de rouler à plusieurs berlines, pour augmenter le rendement. Deux herscheurs – c'est le nom de ces ouvriers – refusent de s'y plier et sont congédiés. Les deux cents mineurs de la fosse 10, dont mon père, Stefan, protestent contre cette mesure et font grève le 26 mai, refusant de descendre.

Enfermés dans la salle des lavabos-douches, calfeutrés jusqu'en début d'après-midi, ils exigent que leur cahier de revendications soit examiné par la compagnie, que soit supprimée la règle du roulage à deux berlines, et que cessent les amendes, les déclassements, les mises à pied, toutes ces brimades injustes. Stefan se sent de plus en plus engagé. Les mineurs exigent l'annulation des expulsions, la suppression des punitions et le renvoi d'un porion qui se conduit de façon inhumaine vis-à-vis des mineurs.

Dans ce climat d'incertitude, un soir de juillet 1934, maman et papa nous annoncent qu'un petit frère – ou une petite sœur – est attendu pour le début de l'année 1935.

Les parents ont l'air plutôt heureux. Alors nous le sommes aussi, même si, du haut de ses six ans, Hélène guette avec inquiétude dans le regard de ses grands frères une approbation ou un rejet. Mais à douze ans, Roman, lui, ne songe qu'à l'été. Il doit bénéficier des premières colonies de vacances, et faire partie des scouts polonais qui vont partir quinze jours à Cayeux-sur-Mer. Quant à moi, je rêve d'espaces et de bâtiments qui s'intègrent dans le paysage sans le défigurer. Je crois que j'ai l'audace de tout enfant que l'on ne bride pas.

Je suis loin de me douter des effets pernicieux de la crise sur ma petite famille, loin d'imaginer la suite des événements, mais je n'oublierai jamais cette année 1934.

Si je ne fus pas le témoin direct des événements qui ont suivi, en août, j'en ai récolté le moindre détail. Pour comprendre. Plus qu'un conflit ouvrier et patronat, une véritable guerre entre deux syndicats issus de la CGT, et irréconciliables.

Ce que l'on appela « la guerre des gauches ».

Les choses s'enveniment lorsque la presse syndicale s'en mêle. « Les communistes incitent les Polonais à faire grève, ils les entraînent dans des aventures dangereuses. »

Début août, le ministre de l'Intérieur signe onze arrêtés d'expulsion. La communauté polonaise de Leforest en est horrifiée. La colère gronde. Les démarches des délégations à la préfecture n'aboutissent pas. Le 5, une assemblée réunit les syndicalistes unitaires, proches du parti communiste, mais aussi d'autres mineurs polonais, inquiets comme mon père.

Unc grève des « bras croisés » est votée pour le 6 août, une grève qui doit durer dix minutes.

C'est ce lundi, à l'aube, que l'innocente opération symbolique tourne au drame.

21

Leforest, « la guerre des gauches » de 1934
Stanislas

Ce matin-là, mon père et ses camarades descendent au fond de la fosse 10.

Ils apprennent que deux Polonais, surpris près des portes d'aération, ont été contraints de remonter et livrés aux gendarmes sur le carreau de la mine…

La colère gronde aussitôt. Les mineurs du fond bloquent la cage par une barre placée en travers, malgré les exhortations des porions.

— Nous voilà maîtres de la fosse ! Au fond, ils ne pourront envoyer des gendarmes à cheval et sabre au clair !

Au-dehors, l'ambiance se gâte très vite. La radio parisienne annonce une grève souterraine orchestrée par les Polonais communistes. Certains journaux les accusent d'empêcher les Français de travailler. Ce qui est faux. Ils peuvent gagner le puits n° 6, ou remonter par les échelles de sécurité.

Cent soixante-trois Polonais et onze Français décident de rester au fond, et l'on parle aussitôt de onze otages français, dont de jeunes galibots. Les communistes dénoncent ces manœuvres destinées à dresser les Français contre les Polonais. Quatre porions et un chef porion peu appréciés pour leurs brutalités sont effectivement maintenus prisonniers. Les journaux proches du patronat déclarent les prisonniers victimes de violence.

La rumeur court. Des bruits se propagent.

— Les grévistes, clame-t-on, menacent de jeter un porion dans le puits !

Les esprits s'échauffent. La machine à broyer est lancée, elle ne s'arrêtera plus.

Deux militants remontent mais ne reviennent pas. Il leur a été adressé une contravention. Le lundi, pas de remonte. Sur le carreau de la fosse, maman et d'autres Polonaises attendent, avec des paniers-repas pour leurs hommes. L'inquiétude se lit sur leurs visages. Que se passe-t-il en bas ? Sont-ils sains et saufs ? N'ont-ils pas trop chaud ? Ils n'ont pas à manger… Mais elles sont pourchassées par les gardes mobiles. Et tout s'enchaîne de façon irréversible.

Nous autres, enfants de mineurs, allons aux informations dans la rue, surveillons son effervescence croissante. Roman est furieux car il a pris conscience qu'il ne pourrait pas rejoindre les scouts polonais. Le mardi matin, je suis impressionné par l'importance du service d'ordre, la présence des forces de police, les innombrables képis. Dix pelotons de gardes mobiles surveillent les issues de la cité du bois, qui jouxte la fosse 10. La gendarmerie locale est renforcée par celles de Carvin, Hénin-Liétard, Oignies.

Les familles ont peur, se replient dans leurs intérieurs. Maman nous oblige à rentrer. Les ingénieurs des mines essaient de parlementer avec les grévistes sans succès, la population est de plus en plus agitée. Surexcités, les Français veulent en découdre avec la colonie polonaise de la localité pour leurs compatriotes retenus en otage. On parle même d'assassinats des non-grévistes. La rumeur répand ses tentacules maléfiques…

Le président du syndicat de mineurs confédérés se rend à la fosse pour descendre, remonter avec les Français, les jeunes galibots, et apaiser le mouvement : « La population est indignée contre vous. » Les grévistes parlementent, acceptent de remonter, à condition de ne pas être inquiétés. Legay refuse de leur accorder le paiement des journées de grèves, mais promet qu'ils ne subiront pas de représailles.

Après trente-sept heures de grève au fond, presque sans lumière ni provisions – une première dans l'histoire de la mine –, les cages remontent le mardi à partir de 19 heures. Tout d'abord avec Legay, les Français, et quelques autres, la seconde avec soixante mineurs. Dans la dernière, les instigateurs du mouvement. En haut, un ingénieur s'empresse de noter les noms. Sans être meneur, Stefan est resté avec les derniers, par respect pour ces hommes qui se sont battus, un peu comme le commandant d'un bateau en perdition…

Hors quelques cris hostiles, nous, les familles, les encerclons joyeusement, d'autant que les otages affirment haut et fort n'avoir subi aucune violence. Nous entourons papa, notre héros, jusqu'à la maison où une bonne soupe l'attend, ainsi qu'un repos bien mérité. Tout est terminé, pensons-nous, et bien terminé. Nous nous trompons. Le mal est fait. La rumeur a gagné. Et la fameuse promesse de ne pas subir de représailles, elle, ne sera pas tenue.

Dès le mercredi 8 août, sept arrêtés d'expulsion sont distribués par le garde des mines. Maman respire car papa n'est pas du lot. Mais cela ne dure pas… Et Stefan le sait. On a noté son nom à la remonte.

Ce 9 août, le ministre ferme le puits, le temps pour les ingénieurs de constater l'état impeccable de la fosse. Aucun sabotage n'est à déplorer. C'est rassurant. On annonce la reprise du travail pour le lendemain, mais les sanctions tombent, impitoyables.

Et c'est la consternation !

Dans la journée, cent trente-cinq mineurs sont congédiés des mines de l'Escarpelle.

Par patrouille de cinq, la gendarmerie restée à Leforest signifie aux mineurs polonais les expulsions : quatre-vingt-quatre doivent quitter la France, avec leur famille, dans les quarante-huit heures. Une semaine à peine se sera écoulée entre le début de la grève et les expulsions. Du jamais-vu.

Si le patronat n'a aucun grief contre ces mineurs polonais qui lui donnaient satisfaction, le gouvernement, lui, espère se débarrasser d'éléments perturbateurs : les communistes. Stefan, mon père, ne l'est pas, ou vient-il de s'affilier au parti unitaire ? On ne le saura jamais.

Dans la nuit du mercredi au jeudi, nous entendons des bruits suspects dans la maison voisine. Une arrestation parmi d'autres. Six mineurs polonais ayant participé à la grève seront arrêtés par les gendarmes, conduits à la prison de Béthune, accusés de violence et d'entrave à la liberté du travail, dans l'attente d'être confrontés le samedi à leurs otages.

Au petit matin, Stefan échafaude un plan pour mettre la famille à l'abri. Je ne dors pas. Je me suis posté en haut de l'escalier, aux aguets. Les parents ne sont pas d'accord entre eux. C'est la première fois. La situation doit être très grave pour qu'ils se disputent. Je tends l'oreille.

— Je vais te suivre en Pologne avec les enfants.

— Il n'en est pas question, Maryla. Je ne veux à aucun prix d'un voyage hasardeux dans ton état. Dans quelles conditions allons-nous faire notre retour à partir de la frontière ?

Devant ce refus catégorique, maman proteste, semble-t-il, de plus en plus faiblement. Je comprends. C'est à cause du bébé qui doit venir. Papa parle aussi d'Hélène, trop petite. De ma cachette, je refrène l'envie d'intervenir. J'ai bien voyagé, moi, à deux ans. Si j'interviens, ils vont m'envoyer me coucher. Je reste assis sur la dernière marche. J'entends encore mon père employer d'autres arguments pour convaincre Maryla :

— Nous nous sommes bien adaptés en France, qu'allons-nous trouver là-bas, la misère ? Je n'en veux plus pour les miens. Je me débrouillerai. Je te promets de vous faire venir dès que j'aurai retrouvé un métier. Mais vous ne devez pas rester non plus à Leforest.

Je ne comprends plus. Nous partons ou nous restons ? Ignorant ma présence, mon père satisfait ma curiosité.

— Si vous restez, ajoute-t-il, vous pourriez en pâtir, devenir « la famille de l'expulsé ». Je crains les réactions des Français à votre égard.

— Que vais-je devenir sans toi ?

Je crois que maman pleure. Et cela me fait mal au ventre. Des larmes brouillent mes yeux.

— Tu es forte, Maryla. Tu as vite appris le français. Tu n'es pas obligée comme certaines d'être accompagnée pour faire tes courses. Tu sais t'accommoder de toutes les situations, je t'ai vue à l'œuvre. J'ai confiance en toi. Tu dois quitter Leforest avec les enfants.

Maryla accepte. Nous irons chez la cousine de Waziers. Ce n'est pas loin, dans le département voisin, le Nord. Je n'entends plus leurs propos. Je devine qu'ils se sont réconciliés. Peut-être s'embrassent-ils… Tant mieux, oui, mais mon père va partir. Quand reviendra-t-il ?

Dans la matinée, pour la première fois depuis longtemps, nous prenons notre petit déjeuner tous les cinq. Papa est resté à la maison. Le puits est fermé. On frappe au volet. Nous sursautons. Les poitrines se serrent. Nous regardons Stefan, va-t-il être arrêté ? Mes parents essaient de cacher leur angoisse. Sans un mot, Maryla essuie ses mains dans son tablier et ouvre vaillamment.

Elle fait entrer un homme en noir, chapeauté. Impressionnant. Sûrement bardé de diplômes, chargé de la sécurité dans les mines, il surveille notre famille depuis longtemps. Il n'est pas accueilli avec le sourire. Chacun suspend sa respiration.

Ce que j'ignore encore ce matin-là, c'est que cet homme s'est pris de compassion en entendant Stefan jouer au bandonéon. Pour cet homme qui a du cœur, qui nous a observés vivre dans la simplicité, l'amour et la musique, il ne faut pas que nous repartions dans notre pays de misère.

Grâce à son intervention, l'avis d'expulsion ne vise que Stefan Dabrowski. Sa famille peut rester.

Il sait déjà que sa femme attend un heureux événement. Il sait tout. Nous ne sommes plus obligés de nous enfuir selon le plan élaboré par notre père, avec la peur d'être retrouvés et expulsés à notre tour. Stefan remercie l'homme au chapeau. Mais il devra tout de même partir.

La vie va prendre un nouveau tournant pour la famille.

Stefan tente de nous apaiser, mais je note son visage grave, ses yeux humectés de larmes en dépit de son sourire qui se veut tranquille.

— Ne vous inquiétez pas. Une allocation est versée aux expulsés. Je n'ai pas à payer mon voyage jusqu'en Pologne, et ces trois cents francs me permettront de m'en sortir.

— Au début, remarque Maryla, mais après ?

— Après, j'aurai retrouvé du travail.

Maman extrait d'une boîte métallique des dollars gardés pour un retour éventuel en Pologne. Nous écarquillons des yeux devant cette liasse de billets. Nous avons soudainement l'impression que nos parents sont riches, jusqu'à ce que papa nous détrompe :

— Cela ne représente plus grand-chose. Ils ont perdu de leur valeur avec la crise.

Mais il ajoute vite, un sourire rassurant aux lèvres :

— Cela ne fait rien, c'est toujours ça de plus...

De sérieux remous agitent la communauté polonaise. Des délégations de familles implorent la clémence du directeur des mines de l'Escarpelle, à Pont-de-la-Deûle. En vain. Si les renvois concernent la compagnie, les expulsions dépendent du ministère de l'Intérieur. Les unitaires ont favorisé le mouvement, les confédérés l'ont freiné. Un état d'esprit déplorable entre le parti communiste et le parti socialiste, qui remonte jusqu'aux ministres.

L'un des expulsés de la fosse 10 deviendra quelqu'un d'important en Pologne, monsieur Gierek, secrétaire général du parti communiste polonais. Stefan le connaissait-il ? C'est probable, on ne le saura jamais non plus.

Mais revenons à ce début août. Une grande effervescence règne à la cité du bois. Les voitures passent et repassent sous nos yeux ébahis, effrayés ou excités. Un marché bien particulier se déroule. Une vraie curée...

Les expulsés ont quarante-huit heures pour préparer leur unique bagage. Ils doivent se débarrasser de leur mobilier, de leurs effets. Vendre. Tout liquider ! C'est une aubaine pour ceux qui restent. La cité du bois devient une grande braderie, et le journal, *Le Grand Echo*, encourage la population des alentours à venir s'approprier à vil prix des biens cédés par les familles d'expulsés.

C'est ainsi que des gens du cru entrent dans les maisons, marchandent comme dans un souk, et repartent, leurs voitures à cheval chargées à ras bord d'armoires, tables, bicyclettes, machines à coudre, postes de TSF, garde-robe vendue dix pour cent de son prix d'achat, et même des poules et des lapins…

Dans les rues, je les vois, ces nantis, partir avec des meubles, et parfois ce sont d'autres enfants, comme moi, qui sortent des maisons avec des chaises dans leurs petits bras. La solidarité légendaire du coron a disparu. Des feux apparaissent ici et là. Plutôt brûler que laisser à d'autres le fruit de ses économies.

Ceux qui ne sont pas refoulés sont soulagés. Alors des sourires mitigés se dessinent sur leurs visages. Ce n'est pas toujours volontaire, mais c'est encore plus dur pour les proscrits, car il s'agit bien de rejet, de bannissement à leurs yeux. Stefan doit penser à son propre soulagement lors de son arrivée à Toul, et du retour forcé de certains Polonais. Deux cents personnes environ sont ainsi chassées, des familles entières abandonnent leur maison, leur jardin bien fleuri. On a dit qu'ils obligèrent une femme qui venait d'accoucher à s'en aller… Est-ce vrai ?

Nous, les Dabrowski, n'avons pas l'obligation d'évacuer. Mais une bonne âme a déjà apostrophé maman :

— Vous n'allez pas rester, vous ! Ce n'est pas juste !

— Je pars accoucher dans la famille, on me l'a permis, réplique-t-elle sèchement.

En cet instant précis, elle n'a plus aucun regret de quitter sa cité, si ce n'est le déchirement d'être séparée de son bel amour. Elle en veut au monde entier, à la compagnie, aux syndicats, aux voisins qui restent, aux Français.

Nous ne sommes pas contraints à tout vendre tout de suite, mais papa tient à ce que nous rejoignions Waziers sans tarder. C'est à ce moment-là que Maryla craque. L'armoire de leur chambre à coucher leur a coûté si cher… Un réel sacrifice. Elle ne la cédera pas pour rien aux autochtones. De colère, elle tente de la briser.

Stefan intervient à temps pour l'empêcher de s'épuiser. Dans son état, elle prend des risques. Elle en a pris, elle a mal et doit se reposer. Stefan fait promettre à son aîné, mon frère Roman, de veiller sur notre mère lorsque le bébé naîtra. Mais ajoute-t-il faussement enjoué : « Nous serons déjà réunis. » Désormais homme de la famille, du haut de ses douze ans, Roman garde le vélo du père. Hélène ne veut pas lâcher son lapin. Maryla a beau lui dire qu'on ne peut l'emmener chez les cousins, qu'elle lui en donnera un autre dès que possible, la fillette hurle et ses cris ne font qu'ajouter à la tension ambiante.

Durant cette gigantesque et triste foire, j'assiste à un spectacle inédit et incroyable, dont je me souviendrai longtemps : un cameraman, des actualités Pathé, filme sur le toit d'une automobile. L'œil rivé au viseur, casquette à l'envers sur la tête, il tourne à la main la manivelle de son appareil fixé sur pieds. Il me fascine.

Il a remarqué à quel point je l'observe, et avec un sourire attendri, il me met la casquette sur la tête. J'en suis fier et provoque un peu de jalousie. J'en ai gardé une photo, où je figure avec mon frère et mon père avant le départ. Je ne sais plus qui me l'a donnée, un voisin peut-être. Ceux qui ont un appareil essaient d'immortaliser ces moments cruciaux, le visage de ceux qu'ils ne reverront jamais.

Grâce à ce cameraman qui a filmé les scènes, le cinéma Blondel fera le plein en diffusant les actualités, ce qui ne sera pas le cas des estaminets qui perdent alors de bons clients et devront fermer une heure plus tôt. La population de Leforest descend au-dessous de cinq mille habitants. Les commerçants aussi les regretteront, et resteront avec des dettes impayées. La majorité des Polonais consommaient à crédit et payaient au jour de la quinzaine. Le maire socialiste, lui, est partagé… Il approuve les mesures mais déplore la perte de bons clients. Il tient la brasserie coopérative de Leforest.

Quatre wagons de troisième classe à six compartiments arrivent le vendredi matin en gare de Leforest. Ils sont acheminés vers Pont-de-la-Deûle puis aiguillés sur le carreau de la fosse 10, dans la nuit. Un fourgon y est accroché pour les bagages des expulsés. C'est la première fois qu'un train de voyageurs est amené jusque-là. Vient l'heure du départ, le samedi. Avec les retards techniques, l'attente est longue sur le carreau de la mine.

Les gardes mobiles à cheval barrent les rues de la cité, des pelotons à pied sont amassés en différents points. Comme des repris de justice…

Encadrés par les gardes, ils se rendent sur le carreau et font leurs adieux. La plupart sont en famille. Stefan, lui, part sans nous.

Hélène, sa chère « petite alouette », embrasse papa, s'accroche à lui, refuse la séparation. Les sanglots de maman restent étranglés dans sa gorge. Humilié pour lui, Roman, désemparé, ravalant ses larmes, ne cache pas sa colère. Je ne le quitte pas du regard, et croise celui de mon père. Emu semble-t-il par la lueur ardente, la détermination, la fierté que je tente de mettre dans mes yeux.

Stefan nous demande d'emmener au plus vite notre mère et notre petite sœur. Il monte dans l'un de ces wagons aux banquettes en bois peu confortables. Des familles entières, parfois jusqu'à huit enfants aux petits bérets, et des vieux à charge, s'y placent tant bien que mal, s'y entassent, avec le strict minimum, congédiés de leur maison, comme des malpropres, des malfaiteurs.

Ces mêmes Polonais que l'on avait fait venir, qui se sentaient un peu français, ou tout au moins heureux de vivre dans leur pays d'adoption, arrivés avec des rêves, repartis avec des désillusions, victimes des guerres de syndicats. Devront-ils rester constamment entre deux terres, sur une frontière comme sur le fil tendu d'un somnambule qui tangue entre ciel et sol ? L'inconnu les attend, avec la misère. Retours forcés vécus comme des échecs.

Je n'ai jamais oublié.

Le train s'éloigne vers la gare par l'embranchement spécial des mines. Des gardes mobiles sont postés tout le long de la voie ferrée. Les autorités craignent toujours une réaction hostile des Français de Leforest. La population polonaise de la cité se déplace jusqu'à la gare, mais elle est séparée des rapatriés par les gardes.

Le train ne quitte Leforest pour Lille que vers 15 h 30 ce samedi 11 août 1934. La foule agite des drapeaux blanc et rouge, aux couleurs de la Pologne. Je ne vois pas mon père à la fenêtre. Stefan est assis, tête baissée. Au dernier moment, il jette un coup d'œil, m'aperçoit, met la main contre la vitre en signe d'adieu. Ce paysage familier pour lui depuis dix ans s'évanouit avec les siens. Les reverra-t-il un jour ? Il va traverser de nouveau les frontières, retrouver son pays natal. Mais qu'est-il devenu ? Et lui, Stefan Dabrowski, qu'adviendra-t-il de lui, sans les êtres aimés ?

Je cours à proximité des voies ferrées, derrière le train qui file de plus en plus vite et disparaît au loin. Ma chevelure indisciplinée s'agite comme la crinière d'un cheval piaffeur. Je cours longtemps, trébuche, tombe d'épuisement dans l'herbe, et sanglote à mon tour.

Ils font un court arrêt à Saint-Sauveur, puis ils descendent en gare de Lille, attendent que les quatre wagons soient accrochés à l'express Calais-Varsovie. Ce n'est que vers 21 h 30, que le train des rapatriés quitte Lille pour la Pologne.

Selon leurs opinions, les journaux titrèrent : « Grève héroïque » pour *L'Enchaîné*, « Coup de force » pour *Le Réveil du Nord*, « Incident sans précédent » pour *Le Grand Echo du Nord*, ou « Nettoyage de la cité minière » pour un quotidien de gauche.

La plupart se contentèrent de relater les faits, mais, influencées par des rumeurs, certaines publications furent ponctuées d'inexactitudes. Ainsi *Le Grand Hebdomadaire illustré* évoqua cinquante prisonniers français pendant la grève.

La majorité de ces exilés, comme mon père, Stefan, n'avait fait grève qu'à cause du rendement excessif, et des brimades.

Contre l'injustice…

22

— C’est ainsi, acheva Wanda, que Stanislas me retraça l’histoire de son père et son arrivée dans le Nord. Je le vois encore, me contant les faits. Nous étions à Cracovie, allongés dans l’herbe l’un près de l’autre, main dans la main, après un immense pique-nique organisé pour la Saint-Jean, nous n’étions pas encore mariés.

J’éprouvais le besoin de marcher. Wanda m’accompagna. Elle aussi désirait prendre l’air. Le paysage avait une allure mélancolique, comme vidé de ses couleurs. Durant ce récit, j’étais bien loin de Lille, de Wilhelmine, Jean, Anton. Je les avais oubliés…

— Cette fameuse intégration parfaite n’est donc qu’un leurre !

— Pas un leurre, Hania, mais ce ne fut pas toujours la vie en rose. Entre 1934 et 1936, la situation est complexe. Les licenciements se poursuivent, les injustices aussi. Conscientes du rôle essentiel des Polonais pour faire redémarrer l’extraction, les Houillères vont tenter de limiter les dégâts. Tous ne rentraient pas « forcés » au pays. Des femmes seules, abandonnées, des parents malades, ou le besoin de retrouver leur terre, cela existait.

— Mais tous les retours n'étaient pas volontaires !

— Non. Mais pour ceux qui restaient en France, la crise aura, d'une certaine façon, contribué à les enraciner.

— Comment ?

— Avec la peur d'un rapatriement forcé, les parents vont préférer faire naturaliser leurs enfants nés en France, par déclaration devant le juge de paix.

— L'idée de ne pas apprendre le français était oubliée.

— Oui. Ces naturalisations en chaîne vont provoquer quelques remous dans la communauté. Certains Polonais seront accusés de traîtrise envers « le pays », par d'autres restés sans avoir été naturalisés, qui se verront à leur tour vilipendés et accusés d'être des profiteurs de la France. (Elle haussa les sourcils, soupira.) Ce ne fut pas triste ! Aujourd'hui, nous maintenons notre folklore, notre fête nationale, celles de Noël, nos offices célébrés avec ferveur et discipline, notre goût des alcools forts comme la vodka. Nos traditions sont différentes mais notre culture est la même. Français et Polonais tissaient des liens d'amitié. Le sport, la vie syndicale, les attraits de la vie et de la culture françaises, l'enseignement de la langue, les camaraderies de travail (elle sourit), le vin français, les épreuves communes ont rapproché nos populations. Les Polonais se présenteront au service militaire, serviront la France pendant la guerre, une partie d'entre eux se lancera même dans la Résistance. Non, on ne peut parler de mauvaise intégration.

Nos pas nous emmenèrent vers l'église Notre-Dame-des-Mineurs. En levant les yeux vers l'immense plafond voûté, je songeai au petit Stanislas, qui s'était retrouvé ici, à Waziers, à l'âge de huit ans.

— Je reste toujours impressionnée par cette toiture en forme de galerie de mine.

— Tu ressembles à ton grand-père, murmura Wanda, visiblement émue. Cela me rappelle une anecdote qu'il me raconta un jour. Un jeune de Waziers, un certain Georges, fils du cordonnier bottier, fréquentait le conservatoire de musique de Douai.

— N'est-ce pas Georges Prêtre, le chef d'orchestre de renommée internationale ? Je sais qu'il est né à Waziers.

— Sans doute, tu le connais ?

— Le chef d'orchestre préféré de Maria Callas !

— Ah ! Stanislas l'admirait beaucoup. Si bien que lorsqu'il décida d'être « comme Cordonnier », Maryla pensa qu'il s'était mal exprimé et désirait devenir cordonnier comme le père de ce jeune garçon, ce qui lui paraissait incongru vu son opiniâtreté à l'école. Elle ignorait que son fils aimait se rendre à l'église, à l'heure où il n'y a âme qui vive, pour apaiser le bouillonnement intérieur de son être, et rêver. Comme toi, n'est-ce pas ? ajouta-t-elle avec un léger sourire.

Comment l'avait-elle deviné ?

— Le curé de la paroisse n'avait jamais vu d'enfant venant seul, reprit-elle, sans la moindre obligation de catéchisme ou de confession. Un jour, il s'assit à ses côtés. Stanislas lui demanda, levant les yeux vers le vaste vaisseau :

« — C'est possible de faire une telle merveille ?

« C'est ainsi qu'il apprit que l'architecte de l'église s'appelait Cordonnier, qu'il avait édifié de nombreux monuments comme l'opéra de Lille, la basilique de Lisieux…

« — Oui, des hôtels de ville et beffrois en pagaille, le Palais de la Paix à La Haye et bien d'autres joyaux !

« Maryla fut induite en erreur jusqu'au jour où elle demanda à son fils :

« — Tu veux toujours faire des chaussures ?

« Il éclata de rire.

« — Je n'en ai jamais eu envie !

« — Enfin, tu me parlais toujours d'être cordonnier…

« — Cordonnier est un grand architecte, maman. Je veux être architecte ! »

Nous rentrâmes, bras dessus bras dessous, en riant.

— La suite, demain, ma chérie.

— Je t'aime, ma Babcia.

23

Waziers – 1934-1936

Le lendemain, assise face à ma grand-mère, devant un café et quelques-unes de ses merveilleuses pâtisseries, je songeai qu'à ce rythme-là l'histoire de Stanislas me vaudrait quelques kilos supplémentaires… Wanda reprit le fil de son récit.

Stefan a quitté la France, seul. Sa misère eût été décuplée avec une famille.

Maryla était enceinte de quatre mois. Dès son arrivée à Waziers – les émotions sans doute –, elle fait une fausse couche. Courageuse, énergique, elle dédramatise, et annonce aux enfants, que le bébé ne viendra pas. Pas maintenant. Il s'est envolé avec les anges, en attendant le retour du père.

Maryla envoie du sucre et des vêtements à Stefan, qu'il ne reçoit jamais. Il s'est installé près de Cracovie. Elle lit les lettres de son mari à ses enfants, elle occulte les passages trop déprimants. Il a peiné à retrouver du travail, on lui réclame sans cesse des certificats qu'il ne peut fournir ayant été licencié pour faute. De ce fait, il ne peut prétendre à une aide du Fonds national de chômage. Il accepte les petits boulots, quand, enfin, peu avant la guerre il est employé dans les mines de sel, où il se fait traiter de « Francuz ». Lui le « Polak » des années 1920 !

En tant qu'aîné, Roman a hérité du casque, de la torche, de la lampe de leur père, et il quitte l'école dès 1935, âgé de treize ans, pour rejoindre les mineurs de fond en tant que galibot.

« Il ne sera pas dit, soutient-il à son frère, le cœur plein de colère, que les Dabrowski ont dû quitter la mine. »

Il raconte à Stanislas ses journées. Les galibots courent d'un lieu à l'autre, mais ils ne tirent pas les berlines. Un cheval de trait, de petite taille, s'en charge. Au lieu d'apprécier le travail de son frère, Stanislas plaint le cheval qui passe sa vie au fond. Il s'extasie sur son intelligence, car il sait compter. L'animal attend précisément douze clics, pour tirer non pas neuf, dix ou treize, mais douze berlines.

Stanislas est trop jeune pour la mine, et son tempérament est à l'opposé de celui de son frère. En réaction à l'expulsion de leur père, pour l'honneur de Stefan et celui de sa maman, il excelle à l'école. On ne le mettra jamais à la porte, lui ! Arrivé à l'âge de deux ans, s'exprimant parfaitement en français, il entend l'instituteur, lequel se bat journellement contre le patois, dire aux jeunes Français :

« Stanislas vous dépasse, un étranger, vous n'avez pas honte ? »

Ce genre de déclaration renforce son désir de s'intégrer. Stanislas écrit le français avec élégance, à la grande joie de sa maman. L'un de ses fils sera très instruit pour le retour du père.

Les gamins s'adaptent vite à leur nouvelle cité, à Waziers. Eblouis par les maisons spacieuses et espacées, plus éloignées de la fosse, moins noires qu'à Leforest. Les cousins n'ont pas d'enfants, ils partagent les pièces du bas avec le couple, et dorment à quatre dans une des deux chambres. Le mari, mineur, épaule Roman les premiers temps.

Hélène, la petite alouette, en blouse de couleur et nattes blondes, intègre l'école maternelle Frédéric-Chopin, puis l'école de filles Marie-Curie-Sklodowska, située au dos de l'école primaire de garçons Nicolas-Copernic, où est accepté Stanislas. Comme il est très curieux de nature, ces trois héros polonais n'auront plus de mystères à ses yeux.

Chopin devient son Dieu. Il lit, écoute tout ce qui le concerne.

— Né d'un père français parti en Pologne comme précepteur, Chopin émigra en France où il trouva son inspiration. On parlait de lui comme d'un Polonais. Il passa certes ses vingt premières années en Pologne mais n'y retourna jamais. Son passeport était français, sa nostalgie était slave. Chopin, au langage universel, élégant, qui adorait Mozart et Bach. Il était une figure essentielle du mouvement national polonais, alors que la république de Cracovie était soumise aux trois puissances de la Sainte Alliance, Prusse, Russie, Autriche. Mon Stanislas a toujours rêvé d'aller se recueillir sur la tombe de Chopin au Père-Lachaise. Il n'ira jamais, me dit Babcia.

Grâce au piano de la cousine, laquelle dispense des cours à tout le voisinage, il joue Chopin. Il est également remarqué comme soliste dès l'âge de dix ans à sa chorale enfantine. Tous les Polonais sont plus ou moins musiciens, sinon de façon effective, du moins dans le cœur.

Musicien, l'âme d'un poète, à présent architecte ? Maryla perçoit en son fils des aptitudes, de l'ambition, peut-être trop d'ambition, songe-t-elle. Comment lui faire réaliser de grandes études ? Etranger, il ne peut prétendre à la bourse annuelle des mines.

Maryla se saigne aux quatre veines, met chaque mois de côté un peu de l'argent gagné. Elle répète pour Roman les gestes accomplis jadis pour Stefan. Elle prépare le briquet, casse-croûte du mineur, elle accomplit toutes les corvées domestiques, avec un zèle incroyable, de façon à être libre pour aller travailler dans une maison de maître à Douai, la demeure d'un patron des Houillères. Sans homme auprès d'elle, coudre pour le voisinage ne suffit pas. Mais elle n'est pas obligée de dormir sur place, comme la plupart des jeunes Polonaises employées comme bonnes à tout faire.

Elle n'hésite pas à aider l'épicier polonais qui manque de main-d'œuvre depuis que sa fille a épousé un gars de Lens. En contrepartie, il lui donne des aliments comme les cornichons à la saumure qu'elle apporte à ses cousins. Faute de pouvoir suivre son cadet dans ses études, Maryla recouvre ses livres de papier bleu, met un point d'honneur à ce qu'il ne manque ni de buvard, ni d'ardoise, ni de cahiers.

Stanislas craint de devoir rejoindre son frère à la mine dès ses quatorze ans. Des recruteurs sillonnent la cité en quête de galibots. Il se dispute souvent avec Roman. Son père a été malmené en dépit de ses années au service des Houillères. Stanislas a vite compris que les intérêts priment sur la reconnaissance. Il rêve d'un autre destin. Pour lui, pour sa petite sœur qu'il n'imagine pas au triage, mais plutôt comme demoiselle des Postes, ou dans une autre belle carrière… Ils vont montrer de quoi sont capables les petits Polaks.

Tandis que Wanda me parlait du jeune Stanislas, je regardais une photo de lui, en noir et blanc, les yeux très clairs, sourcils froncés, une bouche ourlée, épaisse, la coiffure un peu en bataille. Son regard pénétrant présageait d'une volonté inflexible. La grâce et la passion. La fragilité et l'insoumission.

Que s'était-il passé pour qu'il disparaisse ainsi de la terre, de la famille, sans qu'il soit devenu musicien ni architecte en France ?

24

Waziers, l'ami Thomasz, 1936-1946

A Waziers, Stanislas a un ami très cher, Thomasz.

Les autres enfants le traitent de « titi parisien », car il a vécu un an dans le 20e arrondissement de Paris lors de son arrivée en France. Avec la montée de l'antisémitisme, le père du jeune garçon n'a plus trouvé d'emploi en Pologne. Les interdictions sont tombées les unes après les autres pour les juifs. Plus d'école pour Thomasz, plus de radio, ni de manteau de fourrure pour sa mère en dépit du froid intense l'hiver, alors ils ont fui la Pologne. La mère est ouvrière à domicile, dans la confection pour dames. Payée à la pièce.

Professeur d'histoire et de géographie en son pays, le père est devenu une espèce de colporteur qui parcourt les cités minières avec sa camionnette contenant des vêtements de travail, et des plumes d'oie pour confectionner la fameuse *pierzyna*, la couette polonaise. En général, les femmes y consacrent, ensemble, des dimanches entiers. Les oies déjà plumées, il ne reste plus qu'à remplir l'édredon avec le duvet. C'est plus simple et plus rapide !

Un jour, Stanislas achète des plumes avec sa mère, et tandis que celle-ci paie ses achats, un jeune garçon qui a sensiblement son âge lui donne le duvet.

Toujours enjouée avec autrui, en dépit de l'absence douloureuse de son Stefan, Maryla entame la conversation avec le commerçant ambulant. Ils viennent, comme eux, de la région de Cracovie. Débarqués à Paris, ils ont rejoint Lille, sans un sou, sans travail en France.

Elle leur propose le café. Thomasz et sa famille vont bientôt s'installer dans une petite boutique à la sortie de Douai, vers Waziers. La France représente pour eux, comme pour Maryla et ses enfants, la douceur de vivre, et bien plus encore. C'est le pays des droits de l'homme, de la liberté, de la révolution, et, ajoute toujours le père de Thomasz, « ils ont blanchi Dreyfus ! ».

Thomasz et Stanislas sympathisent. Lorsqu'ils apprennent qu'ils sont jumeaux, nés le même jour de la même année, ils ne se quittent plus. La famille de Thomasz est juive, mais ils ne semblent pas très religieux, car Stanislas ne voit jamais Thomasz et son père avec une kippa. Les parents de son ami sont nés dans l'empire tsariste et s'expriment mieux en russe qu'en polonais. L'enfant, lui, connaît surtout une expression en yiddish, qu'il apprend à Stanislas : *Gliklekh vi got in Frankraych*, heureux comme Dieu en France.

Ils assistent à un véritable renversement de la situation en 1936. Menaces fascistes, situation internationale angoissante, problèmes sociaux… En mai, le Front populaire remporte les élections. Un grand nombre de

Polonais se syndique. Un vrai raz-de-marée en dépit de leur catholicisme. Roman aurait aimé se syndiquer. Le désir de venger leur père. Mais il est encore trop jeune.

En juin de la même année, la grève est totale, Polonais, Français, tous confondus. L'ambiance n'a rien à voir avec celle de 1934. L'optimisme règne, on espère beaucoup de ce gouvernement qui assouplit les restrictions faites aux étrangers. Les mineurs obtiennent des hausses de salaire, la semaine de quarante heures et quinze jours de congés payés ! Le paradis ! La scolarité obligatoire est prolongée à quatorze ans, il n'y a plus de gamins de treize ans dans les mines.

Mais bientôt, le mot *Wojna*, la guerre, est dans toutes les bouches. Une terrible nouvelle guerre, avec l'annonce à la radio de l'invasion de la Pologne. Celle-ci est dans le camp des Alliés. Ecrasée en quatre semaines, elle attire la compassion.

On craint le pire. Des hordes de Belges, Hollandais et compatriotes du Nord fuient sur les routes, en un chaos, emportant de maigres bagages, et vont se réfugier vers le sud, devenant, à leur tour, des migrants. La France en exode.

En 1940, Les Allemands sont partout. Roman s'engage dans l'armée polonaise française, et rejoint Londres. La région du Nord est en zone interdite. La pénurie se fait sentir. On vit dans la peur, le troc, le couvre-feu. Cent mille « gueules noires » provoquent la plus importante grève française sous l'Occupation, et s'opposent aux Allemands. Malheureusement, la répression sera terrible.

La guerre débute avec ses peurs, ses massacres, ses dénonciations. La propagande nazie tente de récupérer les ouvriers polonais en les persuadant de leurs origines allemandes.

L'été 1942, Thomasz et sa famille sont contraints à porter une étoile jaune, qui anéantit les espoirs du père et sa confiance dans son pays d'adoption, devenu pays ennemi. Les parents du jeune homme sont très inquiets. Stanislas propose à son ami de le cacher chez lui.

« Non, on n'en est pas encore là, mon jumeau ! »

Stanislas le connaît bien, il sent que les injures, la suspicion, tous ces effluves de médisance l'ébranlent. Et il souffre pour lui. Pour un peu, révolté, il réagirait violemment, mais il se contient. Il a compris lui aussi qu'il vaut mieux ne pas se faire remarquer.

Un matin de septembre, Stanislas surprend des commentaires, entend des conciliabules, des chuchotements. On n'ose parler bien haut, on ne sait ce dont sont capables ces nazis. Toujours curieux et à l'affût des nouvelles, il apprend que, dans la nuit, aidés par la gendarmerie de Lens, les Allemands ont tiré les juifs de leur sommeil, à Lille, à Valenciennes et dans toute la région. Maryla ne réussit pas à retenir son fils.

Il roule comme un fou sur son vélo jusqu'à Douai, trouve la porte de la boutique ouverte. Des inscriptions sur la devanture les traitent de sales juifs.

« Non c'est impossible ! »

Il pénètre dans la maison, totalement pillée, il cherche dans la chambre de Thomasz, sous le lit, ouvre l'armoire, il s'y est peut-être caché. Un mot griffonné à la hâte l'y attend.

Trop tard... Rendez-vous au Rynek devant la basilique, notre jour.

Il lit et relit le billet, « notre jour » signifie celui de leur anniversaire. Il espère que son ami s'est enfui avec ses parents, mais des voisins le détrompent, ils ont été emmenés de force. Personne ne connaît la destination.

Les images de son père montant dans le train qui le ramène en Pologne, huit ans auparavant, lui reviennent en mémoire et l'obsèdent. La poitrine oppressée, il éprouve un déchirement analogue, ressent la même incompréhension. Un sentiment de colère le pénètre à nouveau.

Plus tard, il apprendra la sinistre destination de ces centaines d'hommes, femmes, enfants, rassemblés au camp de Malines, le « Drancy belge », pour y compléter un convoi de plus de mille personnes. Destination : Auschwitz-Birkenau, pour y être gazés. Avait eu lieu dans la région Nord-Pas-de-Calais la plus grande rafle depuis la mise en place de la solution finale. C'était le 11 septembre 1942.

Sans nouvelles de Stefan depuis le début de la guerre, Maryla ne dort plus.

Le nouveau régime installé à Varsovie incite ses ressortissants à revenir pour aider à « reconstruire la Pologne socialiste », faisant vibrer la fibre patriotique. Des immigrés polonais se résigneront à vieillir en France, sans pour autant se faire naturaliser par fidélité à la patrie. D'autres partiront, attirés par de belles promesses... C'est le cas de Maryla, Stanislas et la petite Hélène. Ils profitent de cet appel pour rentrer. Le retour pour eux est synonyme de retrouvailles avec Stefan.

Roman est sollicité pour partir avec la famille, pourtant il reste, par amour. Il a rencontré une jeune Polonaise dans un bal, où elle a gagné un concours de beauté. Elle tient avec sa mère une petite coopérette, une CCPM, concurrente de la Coop. Son père, un Westphalien, s'opposait au mariage de sa fille avec un simple Galicien, de surcroît, fils d'un expulsé, mais il est décédé durant la guerre. La mère de la jeune fille accepte leur union.

Stanislas et sa mère assistent, début 1946, au mariage de Roman, dans la plus pure tradition polonaise avec musiciens, filles d'honneur en vêtements de même couleur, pain et sel offerts aux jeunes mariés et bien entendu le partage des gâteaux, les *placek*.

Puis ils prennent le chemin de la Pologne.

25

Cracovie – 1946-1956

— Et c'est ton entrée en scène, Wanda ?

— On y arrive…

A la fin du printemps 1946, nos trois Dabrowski quittent le Nord, parmi treize mille Polonais animés, sinon d'un sentiment communiste, du moins d'un enthousiasme patriotique. Ce premier convoi collectif comprend vingt-quatre trains au départ de Douai, Lens, Valenciennes. Un voyage long, incertain, vers une contrée inconnue pour la petite alouette, Hélène, née dix-sept ans auparavant en France, qui n'a jamais quitté les corons, et pour Stanislas, dont les souvenirs de la Pologne sont ceux empruntés à son frère.

Mais le jeune homme est armé d'une volonté à toute épreuve, et de trois objectifs qui le poursuivront des années : retrouver son père, suivre des études d'architecture et revoir son ami Thomasz.

Roman et sa jeune épouse songent à les rejoindre, l'après-guerre est difficile pour les mineurs. Le bassin minier s'est engagé dans la « bataille du charbon » mais dans le contexte de la guerre froide, les ministres communistes sont évincés du pouvoir, la CGT lancera des grèves monstrueuses en 1947 et 1948.

Les lettres de Maryla et de Stanislas les refroidissent. Les passeports confisqués à l'arrivée, la liberté qui n'est pas exactement au rendez-vous, eux-mêmes considérés comme des êtres à part, entre invités et intrus, entre aura de prestige et regards d'envie, voire de méfiance.

Wanda me sourit.

— Je t'ai raconté notre rencontre devant l'église Notre-Dame en 1948. Comment il me reçut dans ses bras. Ce que je ne t'ai pas dit, est que ce 8 mai, jour de la Saint-Stanislas, je sortais de la célébration en l'honneur du saint.

« Je tombe sur un Stanislas. Un signe du destin. Il est né ce 8 mai, raison de son prénom. Il guette Thomasz, son "jumeau". Sans l'admettre, il ne se fait plus guère d'illusions, et pourtant dix années de suite, il patientera des heures devant la basilique, dans l'espoir de l'apercevoir. Il ignore du reste que ce comportement attirera l'attention des autorités polonaises, et le rendra suspect. Il se renseigne sur l'usine d'Oskar Schindler à Cracovie. Mais Thomasz n'est pas dans la liste du millier de juifs que l'industriel allemand a sauvés.

La Liste de Schindler de Spielberg... Nous étions allés voir le film avec le lycée. Je frissonnai. Ce film qui m'avait bouleversée prenait soudain, avec les recherches de Stanislas, et la personne de son ami, une consistance encore plus dense et effrayante.

— Nous avons entendu parler de la liquidation effroyable du ghetto de Cracovie, des juifs massacrés avec une rare cruauté. Nous avons écouté le procès de Nuremberg, le premier pour « crime contre l'humanité », et qui a révélé au monde entier les horreurs perpétrées par la barbarie, le sadisme de ces nazis, tous prêts à jurer qu'ils avaient les mains propres. Ils n'assumaient rien, heureusement pour la première fois des témoins parlaient de la réalité des camps. Parmi les accusés, le bourreau de la Pologne, Hans Frank, qui s'était installé au château de Wawel, n'échappa pas à la pendaison. Ce nazi, responsable de la création de ghettos, comme celui de Cracovie, de camps comme Auschwitz-Birkenau, avait interdit les universités, la vie culturelle, assassiné des centaines de milliers de Polonais. Stanislas suivit le procès du terrible commandant d'Auschwitz, Rudolf Höss, jugé en Pologne et condamné à mort, sur les lieux de ses méfaits.

« Mon Dieu, ma petite-fille, comment l'homme peut-il être capable d'infliger de telles cruautés aux autres hommes ?

Nous restâmes un moment silencieuses.

— Et son père, Babcia ?

— Un vrai parcours du combattant pour retrouver sa trace. Stefan, souviens-toi, était employé dans les mines de sel. Pendant la guerre, elles furent réquisitionnées pour y abriter une usine d'armement hitlérienne. On l'obligea à surveiller des juifs, employés de force, plus maltraités que les autres Polonais. Et il arriva ce qui s'était déjà produit à Leforest. Il entendit des gémissements d'enfant. Cette fois, ce n'était pas un éboulement. Un autre surveillant maltraitait un jeune juif d'une douzaine d'années. Stefan bouscula l'homme, qui se défendit, mais il reçut le poing de Stefan dans la figure. En représailles, il fut embarqué, avec la plupart de ces ouvriers, vers le camp d'Auschwitz-Birkenau. Stanislas eut vent de cette histoire, grâce à un ancien camarade de son père. Non juif, on pense qu'il fut considéré comme déporté politique, classé *Nacht und Nebel* – Nuit et Brouillard –, c'est-à-dire destiné à disparaître « sans laisser de traces ».

Ma Wanda ne voulut pas rester sur ces notes effroyables. Elle revint à Stanislas.

— Lorsque je rencontrai ton grand-père, je lui posai plein de questions sur la France, ce pays de rêve qui nous fascinait, nous autres Polonais, et que nous ne connaissions pas, ce pays situé « de l'autre côté ». Nous aimions nous promener dans notre ville médiévale, dans les galeries marchandes des halles, ou près de la Vistule. Il me caressait du regard en me contant son histoire, le siècle d'or de Cracovie, le XVIe siècle. Non détruite, elle fut jugée plus conservatrice. Les habitants gardaient leurs opinions vis-à-vis du communisme. Il me parlait de Chopin bien sûr, me citait un Allemand, Heine, je crois : « La vraie patrie de Chopin est le royaume enchanté de la poésie. » Pour moi, cette citation s'adressait à mon homme, lui aussi expatrié, lui aussi poète. Elle les relie tous deux.

Au fil du récit de Wanda, je découvrais une femme cultivée, à qui Stanislas récitait Apollinaire, ou Adam Mickiewicz, grand poète et dramaturge du XIXe siècle, à l'honneur dans les classes polonaises, mais que les jeunes Français, comme moi, ignoraient.

— Nous nous sommes mariés un dimanche de 1949, à la campagne, dans ma famille.

Le visage de ma Babcia chérie rayonnait de nouveau.

— Une fête merveilleuse. Imagine un cortège de demoiselles d'honneur, portant une couronne de fleurs dans les cheveux et leur corselet brodé… Toutes les filles du village s'étaient donné le mot. Quand je me sens triste, je ferme les yeux, et j'entends les chants, les violons, une mazurka qui ne me quitte plus. Je revois la cérémonie préparée dans le recueillement, la sortie de l'église, les pièces de monnaie qu'on nous lance. J'en ramasse davantage que mon jeune époux, signe que je vais diriger le ménage…

« Je revois le village fleuri pour l'occasion, le banquet et la vodka offerte à tous les invités, mon Stanislas, beau comme un dieu, le brasier allumé le soir, et les danses, les airs champêtres, des mélodies simples dans lesquelles résonne l'âme de la Pologne, cette âme que l'on n'a jamais pu noyer dans les ténèbres. Allongés dans l'herbe fraîche, en communion avec l'univers, nous découvrons les constellations, comptons les étoiles filantes. Je fais des vœux. Un moment, il m'arrête en riant : “N'en fais pas trop, vivons ces instants présents.”

Elle murmura :

— Il ne croyait pas si bien dire…

« Et il m'entraîne vers notre refuge. Une petite maison au toit de chaume, aux murs blanchis à la chaux, à proximité de la rivière. Elle nous accueillit pour notre nuit de noces.

Elle s'arrêta, émue.

— Notre premier fils, Frédéric, naquit neuf mois après…

« Nous vécûmes dans une seule pièce en dehors de la cuisine, mais nous étions heureux. Je pensais que Stanislas l'était, il exerçait enfin son métier d'architecte… On avait besoin de bras et d'idées pour la reconstruction. En réalité, il fut très vite sollicité pour la "Nowa Huta" ou "Nouvelle Fonderie"… Cette ville nouvelle, communiste, ouvrière, symbole du socialisme, demandée par Staline, dans la périphérie de Cracovie. Il voulait en faire une ville prolétaire, pour faire barrage au foyer anticommuniste de la vieille ville, jugée trop intellectuelle et bourgeoise. Stanislas n'était pas architecte pour édifier des artères rectilignes, des blocs rationnels conçus sur le modèle soviétique, même si la Nowa Huta est ponctuée de jardins. Son imaginaire le portait à la fantaisie et à des ouvrages plus élaborés, plus inventifs. Il tenta de se libérer de cette emprise, et de revenir à ses projets dans la vieille ville, dont les édifices historiques présentaient des façades grises avec la pollution des complexes industriels.

— C'est ainsi qu'il a son nom gravé sur le mur, avec ceux qui ont réhabilité le château ?

Wanda détourna le regard, de toute évidence gênée.

— Il ne l'a pas eu ?

— Lorsque je l'ai évoqué, l'autre jour, je t'ai menti, j'ai enjolivé la réalité. En nous promenant le long du Wawel, je lui ai dit qu'un jour, il aurait son nom inscrit… J'étais si fière de lui. Pardonne-moi.

— Je comprends, Babcia, répondis-je avec un sourire indulgent.

— Ses grands projets n'aboutirent pas. La désobéissance ne plaisait pas.

« Et la milice…

Elle s'interrompit une nouvelle fois, les yeux humectés de larmes.

— Je ne pensais pas que la parole dispensée à ses amis dans les cabarets puisse le conduire à être soupçonné d'être un sympathisant des Occidentaux. Stanislas n'a pas su se taire. Trop fouineur, trop indépendant, trop cultivé même. Il fut surveillé comme opposant au régime, par le service de sécurité, l'UB, la police secrète du régime communiste de la République populaire de Pologne, qui dépendait du KGB. Les dénonciations pleuvaient, et l'on était fiché.

« Les années 1950 n'étaient pas réjouissantes en Pologne. La peur du voisin, de celui qui est à côté de toi dans les transports. Ne va-t-il pas te livrer si ton allure semble trop libre ? Ah ! Les belles promesses de l'après-guerre !

26

Retour en France – 1956-1958

— Stanislas me quitta un soir, m'embrassa longuement, et me dit ces paroles terribles : « Si nous ne nous revoyons pas, promets-moi deux choses : dis à nos enfants que je les ai tendrement aimés, et… oublie-moi. » Ce que je ne fis jamais.

« Il dut s'enfuir sans me tenir dans le secret de sa destination, de façon à me protéger. Le camp de concentration nazi de Zgoda, une section d'Auschwitz, avait été récupéré pour servir de prison et de chambre de torture pour les opposants du régime. A la suite du décès de Staline en 1953, les procès s'étaient espacés. Plus de trente mille prisonniers politiques restaient toutefois emprisonnés.

« Les dernières semaines avaient été éprouvantes.

« Stanislas adoptait deux comportements différents. En privé, il me témoignait toujours son amour. En public, il s'attachait à paraître plutôt désagréable avec moi.

« Je me posais des questions. A quoi rimait cette mascarade ? Que cherchait-il ? Il ne voulait pas s'expliquer. Nous nous aimions tant jadis. Nous partagions le même appétit de vivre, je m'abandonnais à son amour, je croyais ma vie soudée à la sienne. Jamais n'avait surgi entre nous le moindre embarras, jamais ne s'était dressée l'ombre de la suspicion ou du manque de confiance. Je doutais de moi. Je n'abreuvais pas assez sa demande émotionnelle. Je n'avais pas réussi à modérer ses élans, ce qu'il pouvait avoir en lui d'excessif. Mais en avais-je le droit ? N'était-ce pas sa personnalité ?

« Et puis, peu de temps après son départ, je compris. Je compris tout, répéta-t-elle. Se sachant surveillé, puis traqué, il n'avait pas voulu me compromettre, il n'avait fait que me protéger en simulant l'indifférence en public. Moins j'en savais, moins je comprenais, mieux c'était, pour moi et les enfants.

Ses yeux se mouillèrent. Envahie par l'émotion, elle crispa sa main sur la poitrine et reprit :

— J'ignorais où Stanislas s'était caché, dans les mines de sel, dans un port de la Baltique, en France ?

« De nombreux soirs, je l'ai guetté, là où les yeux portent au loin, je ne vis que des ombres, que des reflets. Je ne sentis que le vent qui soufflait à perdre haleine dans la plaine. Mais je demandais à la brise, aux murmures des feuilles, aux oiseaux de porter jusqu'à lui les mots dictés par mon cœur. Je priais Dieu. Je ne montrais pas mes larmes aux petits. A chaque aurore, l'espoir renaissait. Jusqu'au jour où l'on me fit passer un mot de son frère Roman, succinct, avec l'adresse d'une famille prête à parrainer mon voyage. En France.

« Je fus surveillée à mon tour. Suivie dans les rues. Etant son épouse, je devais savoir où il s'était enfui. Allais-je tenter de le rejoindre ? Je mentis effrontément. Affirmant que ce mari déloyal m'avait lâchement abandonnée. Je le chargeai pour obtenir ma liberté. Je fis appel aux témoins de nos différends en public, tout en remerciant du fond du cœur Stanislas. Il avait manœuvré adroitement. Les voyages à l'Ouest depuis la Pologne étaient encore difficiles dans les années 1950. Parrainage, visas de courte durée… Et lui, risquait gros à son retour. Afin d'obtenir des papiers pour moi et mes enfants, j'insistai, je pleurai, jouai la comédie à mon tour, affirmant que je rendais visite à mes cousins… Un jour, lassé sans doute de ne rien établir, ni déceler de mensonges, on nous laissa partir.

« Au bout de deux ans de tractations, de craintes, pour la première fois de ma vie, je mettais le pied en France, avec mes deux petits garçons.

« Stanislas logeait chez Roman.

« A Waziers, ce dernier, que je ne connaissais pas encore, œuvrait toujours à la fosse Gayant. Il espérait faire entrer son petit frère à la mine comme dessinateur, mais on n'eut pas besoin de lui. Il n'était pas fait pour le fond, contrairement à Roman.

« On ne l'engagea dans aucun bureau d'architecture. Stanislas avait travaillé chez les communistes. Il préféra chercher du travail ailleurs.

« L'intégration était en marche pour ceux qui choisirent de rester après la Seconde Guerre mondiale, et les avantages sociaux étaient plus importants. Comme le jour de la Sainte-Barbe, patronne des mineurs, qui allait être payé dès 1946.

« Mais Roman était devenu sourd. De nombreux mineurs subissaient de graves séquelles auditives. On en parle peu. C'était la rançon du progrès. Au XIXe siècle, tout se faisait à la main avec un pic, et il n'y avait pas ce bruit infernal du marteau-piqueur. Le progrès aidant, avec les machines, les tapis roulants, et tout le vacarme, les mineurs n'entendaient plus chanter le bois de sapin qui craquait et les prévenait du danger.

« Dès son arrivée, Roman offrit à son frère son beau vélo Lucer qu'il venait de recevoir en cadeau pour l'efficacité de son activité au fond. La générosité de Roman permit à Stanislas de faire des allers-retours à Lille, et d'être embauché dans une usine textile.

« Il profita d'être là-bas pour se lancer dans de nouvelles recherches concernant son ami Thomasz. Avant le départ pour les camps, des cheminots résistants avaient caché, à Fives-Lille, quelques familles dans la région, à leurs risques et périls. Il restait peut-être une chance qu'il soit en vie… Mais il n'eut jamais de ses nouvelles. Il était bien mort, gazé avec les siens à Auschwitz. Lorsque nous en reçûmes la confirmation, Stanislas… (sa voix se fit presque inaudible) Stanislas n'était plus là.

— Tu m'as dit que Roman était reparti en Pologne.

— Oui.

« Je débarquai à Waziers, porteuse de mauvaises nouvelles concernant leur mère. Elle les embrassait tendrement mais, souffrante, elle ne croyait pas les revoir. Seule Hélène, l'alouette, redevenue Helena, était restée près d'elle. Elle était plus qu'une amie pour moi, une petite sœur. Durant les derniers mois que je passai à Cracovie dans l'attente de mon visa, elle m'inculqua les premiers rudiments de français. Elle vit toujours, au pays, et je corresponds avec elle.

« Les deux frères étaient très inquiets pour la santé de Maryla. Roman décida de repartir avec les siens. Dès son retour au pays, on voulut l'employer en Silésie ex-allemande, mais il réussit à se faire embaucher dans les mines de sel. Pour être plus proche de Maryla, et d'Helena, et sans doute par fidélité à leur père Stefan qui y avait travaillé. Un besoin de se rapprocher de lui… Il nous laissa sa maison. Celle-ci.

« Quelque temps plus tard, Stanislas reçut une lettre de Roman. Maryla, la belle, la tendre, leur merveilleuse maman était décédée. Très malheureux, étant recherché en Pologne, il ne put faire le voyage pour l'enterrer.

Je pris une photo représentant Roman. Il arborait un costume, avec épaulettes et gros boutons.

— Une photo que me fit parvenir Helena, m'expliqua Wanda. Il est en uniforme de gala dans les mines. Il en était très fier. Le pauvre, il ne l'a pas mis bien souvent.

« Il y avait du travail, là-bas, avec les trois cents kilomètres de galeries, un lieu que Roman nous décrivit comme étant incroyable, avec une chapelle de sel qui avait l'air d'une vraie cathédrale, des bas-reliefs, des statues de sel plus vraies que nature, d'innombrables chambres qui servaient parfois de lieu de réunions, de prières, de fêtes… Il paraît qu'on les visite aujourd'hui. Mais il aurait mieux fait de rester parmi nous, en France…

Je pressentis un drame.

— Que lui est-il arrivé ?

— Il semblait heureux d'y œuvrer. Il pouvait rester debout, voire assis, elles étaient tellement grandes ! Et l'air était meilleur que dans nos mines. Plus sec. Comme de nombreux mineurs après leur travail, il s'était attelé à édifier une statue de sel.

— Un autre artiste dans la famille !

— Oui… Mais il y a des éboulements dans les mines, qu'elles soient de charbon ou de sel. Un bloc se détacha sous les yeux d'un camarade, placé plus loin, derrière lui. Le mineur hurla pour qu'il bouge, mais sourd, Roman ne l'entendit pas. Il reçut le bloc sur le crâne et mourut sur le coup.

Je soupirai à mon tour.

— Stanislas ne l'a jamais appris, car il mourut en 1958.

— Le cœur, m'as-tu dit. Mais qui l'a traité de meneur ? Pourquoi ? A quel moment ?

— Des accusations à l'usine de textile. Injustes. Traité de meneur bolchevique, alors qu'il avait fui la milice… Tu te rends compte ? Quelle ironie ! Bouc émissaire, il fut renvoyé. Il revint à Waziers, humilié, abattu, et là, les rumeurs, au lieu de s'étouffer, circulèrent au hasard des conversations. Elles prirent de l'ampleur.

— Mais vous étiez entre Polonais. Tu me parlais de solidarité. Où est-elle ? Ils ne vous faisaient pas confiance ? Je ne comprends pas ces rumeurs.

— Nul besoin de preuve, les rumeurs rongent, elles te marquent au fer rouge. C'est une saleté dont on ne se débarrasse jamais, même si tu es innocent.

— Elles le tuèrent…

Elle hocha la tête.

— Je restai ici, avec nos enfants. Voilà, ma petite Hania. Voilà tout.

Je restai bouche bée.

Après tant de détails, la fin était brutale.

J'articulai :

— C'est tout ?

— Oui.

— Tu es certaine ? m'exclamai-je. Et maman ? Tu ne parles jamais de maman !

— Je t'ai conté l'histoire de Stanislas. Louise n'a pas eu le bonheur de connaître son père.

— C'est vrai. Enceinte à sa mort, tu as dû être malheureuse…

Elle chuchota, et je tendis l'oreille pour entendre ses derniers mots :

— Tout ça fut très triste…

Je n'arrivai plus à prononcer la moindre parole. Il était inutile d'en rajouter, de raviver de douloureux souvenirs. J'avais pris assez de son temps, de son énergie, de son passé. Mon grand-père n'était plus un inconnu. Et pourtant…

27

Lille 2004

Et pourtant, quelque chose manquait au tableau.

Reconstituer le puzzle. Mon intuition me soufflait que les pièces de la vie de mon grand-père ne s'emboîtaient pas correctement. Son renvoi, les rumeurs justifiaient amplement un arrêt cardiaque. Mais Stanislas était si jeune. Un corps d'athlète, d'après ma grand-mère. Cela ne signifie rien, on le sait. Mon imagination me jouait encore des tours. Je doutais malgré tout, et n'avais plus qu'une idée en tête : en apprendre davantage du côté des Lillois.

Des ombres demeuraient. Je sentais confusément qu'ils détenaient « le dénouement de l'histoire », la cause incontestable de la disgrâce de mon grand-père. Jean connaissait ma mère, même s'il n'était pas mon père. Mon oncle Frédéric se méfiait de cette famille. Le récit de Wanda était précis sur les années de jeunesse de Stanislas, mais si succinct concernant son retour, son travail dans le textile, et la raison de son renvoi.

L'impression d'une bobine de film qui s'emmêle de façon brutale. Peut-être n'y avait-il rien à ajouter.

Je me sentais tellement fière de lui. J'avais eu raison de l'aimer sans le connaître. Mon instinct ne s'était pas trompé. Et j'admirais le couple uni qu'il formait avec Wanda, comme celui de ses parents, Maryla et Stefan. Je gardais toutefois le sentiment d'un panachage d'illusions, de mensonges.

Quelque chose clochait. Sur le trajet, par la fenêtre du train, je vis défiler les cités minières. La maison de Waziers ! C'était cela ! Comment Wanda avait-elle pu garder cette maison ? Les veuves de mineurs elles-mêmes, chargées de jeunes enfants, se voyaient intimer l'ordre de quitter les lieux à la mort de leur époux. Parfois de façon très brutale et expéditive. Les Houillères ne faisaient pas dans la dentelle. L'avis d'expulsion ne traînait pas.

Et Stanislas n'était pas mineur.

Je repris le chemin de la rue Royale. Le portail de la demeure princière de Jean Van Dyck était ouvert. Je m'attendais à être mise à la porte et n'en menais pas large. Noël m'ouvrit, un sourire triste sur les lèvres. Sans un mot, il me dirigea vers son maître. M'attendaient-ils ? Au moment de me laisser entrer dans le salon, il murmura :

— Ne le retenez pas longtemps. Monsieur est très fatigué.

Celui-ci était assis devant son jeu d'échecs. Il fixait les pièces sans bouger. Il s'adressait à un adversaire imaginaire. Il marmottait des mots incompréhensibles au premier abord. En m'approchant, je les déchiffrai :

« Le fou… C'est ça… Tu ripostes avec le cavalier, oui, je te battrai en six ou sept coups ! »

— Ai-je interrompu votre partie, Noël ?

— Non, mademoiselle, répondit le majordome. Je ne peux plus jouer avec lui, son cerveau travaille trop vite pour le médiocre joueur que je suis ; il est si fin stratège.

J'eus la sensation qu'il venait d'excuser son maître. Jean me semblait plus exalté que fatigué. Brusquement, il laissa échapper un rire d'excitation. Puis son corps se détendit. Sans lever les yeux, il s'adressa à moi, de façon déconcertante :

— Mademoiselle Anne-Sophie.

— Je…

— J'aurais aimé que vous soyez ma fille. (Il me toisa.) Vous avez du cran.

J'étais soufflée. Son regard de défi avait changé. Il révélait à présent un homme en souffrance. Anton ne mentait pas lorsqu'il évoquait son étrangeté. Toute trace d'agressivité avait disparu. Je n'y décelais plus aucune animosité ni mépris à mon égard. La soudaine gentillesse de ce personnage hautain et dédaigneux produisit son effet. Désorientée par son changement de comportement, je balbutiai :

— Je suis désolée… Pour…

— Je l'ai rencontrée en 1975, votre mère. J'arrivais chez ma tante. Je me souviens précisément de la date, et pour cause.

Il ferma les yeux.

Se concentra sur ses souvenirs.

Ce jour-là, Jean n'est pas revenu chez sa tante et son oncle depuis de longues années. Son père, Paul-André, lui a interdit d'y remettre les pieds, sous prétexte qu'il n'est pas le bienvenu. Pourquoi est-il exclu de la famille ? Qu'a-t-il fait de mal ? Petit, il était heureux d'aller chez sa tante, elle lui montrait de l'affection. Jusqu'à ce jour où il a insisté auprès de son père pour aller au cirque avec son cousin Charles et sa tante Wilhelmine. Son père s'est mis dans une colère folle. A déversé un flot d'injures sur la tante qui veut le pervertir. Mauvaise influence. Mauvaises intentions. Mauvaise femme. Il doit la fuir. D'ailleurs elle ne veut plus le voir. Sans trop savoir pourquoi, il a écouté son père. Il n'est plus revenu. Il aurait aimé qu'elle le garde chez elle, avec son cousin. Une mère lui manquait. Oui, il aurait aimé. C'est peut-être une méchante femme, comme l'insinue son père. Peiné, il s'est enfermé dans son ressentiment, mais aujourd'hui, il a un enfant, un petit garçon, il veut faire la paix. Dissiper tout malentendu.

Son fidèle Noël l'accompagne.

« Pourquoi suis-je là, monsieur Jean ? C'est une grande nouvelle, une naissance. Mais une nouvelle familiale. Je devrais vous laisser entre vous.

— Je suis trop heureux, Noël ! J'aime vous savoir à mes côtés. »

Noël n'ajoute rien. Il a deviné son malaise. Son jeune maître a besoin de sa présence. Enfant solitaire, mal aimé, un père trop autoritaire et rigide ; le manque de mère ; l'interdiction d'aller jouer avec son cousin Charles, chez sa tante. Il a fait un grand pas ce jour. Il a le trac, tout simplement.

Au moment de sonner au portail, ils croisent une jeune fille assez frêle, le regard éperdu. On refuse de la recevoir.

« Vous êtes ?

— Louise, Louise Dabrowski.

— Mademoiselle Dabrowski. Et vous venez pour…

— Je dois absolument voir madame Berriez. »

Ses yeux le supplient. Le déstabilisent.

« Cela a l'air urgent. On vous a demandé la raison de votre venue ?

— Oui.

— Et ?

— …

— La raison ?

— Monsieur… ?

— Jean Van Dyck. Comme l'illustre peintre, mon ancêtre. »

Pourquoi ajoute-t-il cette précision ? Pour se donner de l'importance, et parce qu'il se sent très fier d'avoir un fils.

« Je suis le neveu de Wilhelmine Berriez », précise-t-il.

Il est de trop bonne humeur ce matin-là, très excité par la naissance de son fils Anton. On lui a ouvert le portail. Il décide de la faire entrer avec eux dans le hall d'entrée.

Il se prend de compassion à l'égard de la jeune fille, lui saisit la main, la trouve jolie dans son désarroi, ne peut s'empêcher de tester sa séduction en lui parlant, et se met à s'épancher au lieu de l'écouter. Il dresse un portrait de sa tante peu flatteur, difficile d'accès, refusant de recevoir son propre neveu. Du reste, c'est son oncle Pierre qui descend l'escalier. Dès qu'il apparaît, la jeune Louise se précipite vers lui, elle doit voir madame Berriez. C'est urgent. L'oncle semble furieux devant cette intrusion. Son épouse ne peut la recevoir.

« Ne peut, ou ne veut pas ? insiste-t-elle, agressive.

— Elle ne veut pas ! Sortez d'ici ! »

Il se tourne vers Jean, interdit. Noël est resté en arrière. Pierre les toise tous deux, le visage glacial, sans un mot. Et pivote sur ses talons.

— Voilà, mademoiselle Anne-Sophie, conclut-il en soulevant les paupières.

— C'est tout ?

Il hocha la tête.

— Nous nous sommes retrouvés dehors. J'étais déçu, humilié. Rien n'avait changé. Pire, on m'avait fait attendre comme un étranger. On ne m'avait même pas donné la possibilité d'annoncer la nouvelle dont j'étais si fier. Je n'ai plus fait attention à la jeune fille, je l'ai laissée sur le pavé, et suis reparti comme j'étais venu, pressé comme à l'aller, mais mortifié, Noël à mes basques.

Son regard se modifia à nouveau. Comme un somnambule, les yeux hagards, il retourna à ses pions. Hypnotisé par le jeu. Isolé dans ses pensées, ou dans une inaccessible contrée. J'eus soudain la vision de ma mère. Il m'avait oubliée.

— Il faut partir, mademoiselle, intervint Noël. Monsieur est fatigué.

Je sursautai. Je ne sais s'il était resté, ou revenu, sans bruit, comme à son habitude. Il ajouta, la voix lasse :

— Ce que monsieur vous a confié sur votre maman est vrai, j'en fus le témoin.

Née en 1978, trois ans après leur brève rencontre, je n'avais plus de doute. Jean n'était pas mon père.

— Je suis désolé, mademoiselle… Ce jour-là, tandis que je courais pour suivre monsieur Jean, je l'entendais appeler mon maître : « Revenez, ne m'abandonnez pas ! Je vous en prie ! » Je faillis faire demi-tour, je poursuivis mon chemin. Jean aussi avait besoin de moi. Je me suis senti lâche, mais qu'aurais-je pu faire pour elle ?

— Noël, articula Jean avec peine, je crois que la fièvre me guette.

Son corps tressaillait, ses mains étaient crispées. Dans son regard, je crus distinguer une lueur inquiétante, celle de la folie.

— Pourquoi ces pions s'agitent tant ?

Je pris congé, peu rassurée, mais avant de quitter les lieux, je me retournai vers le majordome.

— Qu'a-t-il, Noël ?

— C'est la tête… (Il soupira.) Sa santé s'est fragilisée peu à peu.

Je n'osai le questionner davantage sur son maître.

— Noël, ma mère avait-elle un ouvrage, de la broderie, dans les mains à remettre à madame Berriez ?

— Je l'ignore, mademoiselle. C'est si loin…

— L'interdiction faite à Jean d'approcher sa tante est-elle en lien avec le passé de son père ?

— C'est-à-dire ? demanda Noël, avec méfiance.

— Il était écuyer dans un cirque, n'est-ce pas ?

Devant son air consterné, je murmurai :

— Mon Dieu ! Vous l'ignoriez ? Jean l'ignore ?

— Non, rassurez-vous. Monsieur l'a appris en grandissant. Son cousin Charles, qu'il rencontrait de temps à autre en cachette, le lui a dit. Eduqué de façon très stricte, il fut choqué d'apprendre que son père avait été un saltimbanque. Monsieur Paul-André le cachait bien. Pire, il tentait de mater son fils Jean dès qu'il voyait poindre en lui un peu de fantaisie.

— Et Jean s'est donné le peintre Van Dyck comme ancêtre…

— Oui, il s'était renseigné pour savoir si la filiation était possible. Pas en ligne directe, mais il pouvait descendre d'un frère du peintre.

D'où le faux qui trône dans le salon, pensai-je, pour en convaincre ses visiteurs.

— L'enfant du saltimbanque, honteux de son père, devenait un descendant du célèbre peintre. Pour Paul-André, ce fut aussi une épreuve. Tous ses efforts pour dissimuler ses véritables origines balayés. Les altercations se succédèrent, houleuses, durant des années entre le fils et le père, jusqu'au jour où ce dernier claqua la porte, abandonnant sa belle demeure à son fils Jean. Anton n'avait pas quinze ans. Il en a souffert. Il aimait beaucoup son grand-père. Il aurait achevé sa vie dans une lointaine maison de retraite.

— Mais pourquoi Wilhelmine repoussait-elle son neveu Jean ?

— C'est une longue histoire…

— C'est décidément un leitmotiv…

— Je suppose que madame Berriez vous a parlé de sa sœur, décédée en le mettant au monde ? Monsieur lui en veut de ne pas l'avoir recueilli chez elle… comme elle le fait aujourd'hui avec tous ces vagabonds, ajouta-t-il avec une moue de contrariété.

Je partais lorsque Noël me rappela…

— Votre grand-père était quelqu'un de bien.

— Vous l'avez connu ?

— Oui, à l'usine textile.

— Vous y travailliez vous aussi ?

— Oui. Au revoir, mademoiselle, s'empressa-t-il de conclure, le visage légèrement congestionné et rougissant – il en avait trop dit.

— Et…

Le portail s'était bruyamment refermé.

Je ne m'étais jamais interrogée sur cet homme discret, silencieux, aux petits soins pour son maître. Cela m'importait peu. Pour la première fois, la personnalité de ce Noël prenait de la consistance. Je me promis de l'interroger davantage sur mon grand-père. Ses confidences me confortaient dans mes convictions. Stanislas était bien employé chez les Berriez.

Wilhelmine et Wanda occultaient certaines vérités.

28

Wilhelmine lisait dans la bibliothèque. Très souriante, elle posa son livre et, comme soulagée, m'accueillit avec sa chaleur habituelle.

— Ne vous levez pas, Wilhelmine. Je vais m'asseoir près de vous, cela ne vous ennuie pas ?

— Au contraire ! Je frisais la solitude. Deux de mes locataires ont achevé leurs partiels. Ils sont repartis jusqu'en septembre. Vous me manquiez !

Je commençais à la cerner. Enfant spontanée, jeune fille coquette et capricieuse, des années discrètes auprès de son mari, avant de récupérer de la liberté, semblait-il.

Mais que recélaient ses prunelles complaisantes ?

— Vous allez mieux, Hania ?

— Pourquoi ?

— N'étiez-vous pas souffrante ?

— Ah oui… Enfin… pas exactement, avouai-je. Je dois vous parler, Wilhelmine.

Elle hocha la tête sans répondre. Se cala dans son fauteuil.

— J'ai revu votre neveu, Jean. Il éprouve de la rancune à votre égard. D'après lui, vous n'auriez pas voulu l'accueillir chez vous.

— C'est faux. Il refuse mes invitations. Je n'ai encore jamais pu lui expliquer que son père et mon époux se sont concertés pour lui interdire la porte de notre maison.

— Pourquoi, Wilhelmine ? Je sais que tout cela ne me regarde pas, mais je sens un lien avec ma propre famille, un lien très fort, je me trompe ?

— Mon mari a refusé de le prendre chez nous, uniquement pour contrer mon désir.

— Il était si odieux, votre époux ? demandai-je sans états d'âme.

Elle ne répondit pas, mais j'avais touché une corde sensible. Je pressentais un inquiétant secret. Une larme perla au coin de ses paupières.

— Il voulait me faire payer…

— Quoi ?

Elle haussa les épaules.

— Oh rien… C'est loin, tout ça. Alors, parlez-moi de votre travail, où en êtes-vous ?

Je n'allais pas réussir à lui extorquer la vérité, à moins de mentir effrontément, de prêcher le faux pour savoir le vrai. Allait-elle enfin étancher ma soif de vérité ? Je fis un énorme effort sur moi-même pour l'affronter et lui lancer en plein visage :

— Je ne sais ce qu'il voulait vous faire payer, mais… Jean est mon père, n'est-ce pas ?

Elle me regarda, abasourdie, entre les larmes et le rire.

— Votre père ? Non, Hania, mon Dieu, non ! C'est ridicule ! On vous a induite en erreur. Qui ? Mon neveu Jean ?

— Non… Maman. C'est maman.

Elle pâlit.

— C'est impossible, murmura-t-elle, la voix blanche. Impossible qu'elle ait insinué des choses pareilles.

Elle ferma les yeux :

— Ludwika, ma petite Ludwika…

Elle les rouvrit, s'aperçut de ma présence, se mordit les lèvres, émit un douloureux soupir, et lâcha dans un souffle, la voix blanche :

— Louise est ma fille.

Je secouai la tête, interdite.

— Je suis votre grand-mère, Hania.

Je lui offris sans doute un regard incrédule, car elle répéta son aveu.

Plantée, sans un geste, je la fixai avec sidération. Soudain, une colère indescriptible monta. Mon regard se brouilla. Un poignard dans le cœur n'eût pas fait plus amples dégâts. Mon petit monde partait en vrille. Je hurlai que je ne la croyais pas, que tout était faux. Que Wanda, seule, était ma grand-mère.

Je me précipitai dehors en claquant violemment la porte.

29

Les confidences de Wanda sur sa rencontre avec Stanislas et leurs années à Cracovie laissaient présumer un grand amour. Une merveilleuse histoire, un grand-père exemplaire. Il était inconcevable qu'il ait tout gâché avec Wilhelmine Berriez. Mais était-il si exemplaire ? Des rumeurs couraient sur lui. Tout le monde mentait-il autour de moi ? Ebranlée, je restai quelques instants le dos collé au mur, de l'autre côté de la bibliothèque.

Elle était silencieuse elle aussi. Wilhelmine sentait ma présence. Je l'aurais juré.

Puis j'entendis ses pas s'éloigner vers le piano à queue du salon. Et pour moi, pour Stanislas, ou pour elle, elle interpréta le *Nocturne n° 1* de Chopin. Mon préféré. Comment le savait-elle ? Elle ne le savait pas. Mais Chopin me fit pousser la porte…

Elle était une excellente pianiste. Je l'écoutai, incapable de prononcer la moindre parole. Appuyée sur le chambranle de la porte, encore interdite par cette nouvelle, j'attendis qu'elle achève le morceau.

On n'interrompt pas Chopin. C'est elle qui prit la parole, des larmes dans les yeux, dans la voix :

— Ta grand-mère (elle me tutoya) est une femme extraordinaire.

— Je le sais, répliquai-je d'un ton brusque.

— Plus que tu ne crois. Je t'ai invitée après avoir reçu une lettre de Wanda.

— Vous vous connaissez…

Elle quitta son tabouret, et s'avança vers l'un des deux fauteuils.

— Viens t'asseoir près de moi.

Je m'exécutai, et très droite au bord de mon siège, j'attendis.

— Je ne sais par où commencer. Je ne peux modifier le passé. Mes remords ne me quittent pas, son visage non plus. De toutes les ombres du passé, Stanislas est celle qui me hante le plus.

Un long silence s'ensuivit. Je retins mon souffle. Songeai précisément en cet instant que les secrets invisibles dans lesquels j'avais grandi allaient être dévoilés. Il était grand temps de faire tomber les murailles. L'enjouée, la conviviale et élégante femme de soixante-treize ans, au sourire malicieux, laissa place à une femme âgée et vulnérable, qui d'un ton grave, se lança, dans une terrible confession.

— Je t'ai conté mon enfance dans la soie, la rencontre avec Paul-André au cirque, et mon mariage avec Pierre Berriez.

— Le même jour que votre sœur.

— Exactement.

Ses yeux se perdirent au loin, très loin dans le passé.

— J'ai alors dix-huit ans. Dans notre milieu, on nous dénichait des fiancés qui correspondaient à notre monde, de façon à cumuler les alliances et les affinités. On nous disait qu'un mariage de raison débouche plus souvent sur de l'affection qu'une passade amoureuse. Ai-je épousé Pierre par dépit ? Pour ne pas être en reste ? Sans doute, et je n'en suis pas fière. Ma famille, elle, en est heureuse. Il vient de me faire une cour assidue durant un an, et j'ai fini par être très flattée qu'un héritier du textile me porte aux nues. Nos doubles noces sont éblouissantes. Mon père bombe le torse. Notre jolie maman et ses filles lui font honneur. Il achève sa carrière avec panache, entouré de ses deux poulains, ses successeurs et gendres au regard victorieux. Ce sera la dernière grande fête familiale. Mon père s'écroulera un an plus tard, encore jeune, terrassé comme son père par une crise cardiaque. En ce qui me concerne, les noces passées, les « satisfactions d'alcôve », comme disait ma grand-mère, elles, tardent à venir, et c'est à chaque fois une épreuve. Je n'éprouve aucun désir pour Pierre, et j'avoue que je « m'exécute » de très mauvaise grâce. Ma vie s'écoule, morne et tiède, jusqu'à l'apparition de Stanislas, le Polonais.

Je regardai les vases en porcelaine de Chine bleue, et réprimai une folle envie de les jeter à terre. Je fis un gros effort afin de me contenir. J'étais revenue pour connaître toute l'histoire.

— Je vis bien, poursuivit-elle, semblant ignorer mes désirs de destruction. J'ai tout pour être heureuse, n'ai aucune excuse, et l'on m'envie. La première année se déroule plutôt bien. Fier de m'avoir épousée, Pierre me montre de l'attention, n'est pas avare de compliments sur ma beauté, je le sens amoureux de moi, et je me sens toujours flattée. Cela ne suffit pas. L'ego ne fait pas le bonheur. Pierre a de la prestance, en dépit d'un visage froid, d'une bouche dédaigneuse. Je m'habitue à vivre sans joie, à accomplir ce que l'on attend de moi : soirées de bienfaisance, bals, devoir conjugal… J'ai conscience depuis le début d'une incompatibilité de caractère, l'un ou l'autre doit céder. Je fais les concessions et vis de frustration.

« Mais oui, ajouta-t-elle, en voyant mon air ahuri, j'étais bien dans la lignée des femmes du XIXe siècle. Irréprochable à la maison, exemplaire en société. Connaissant mon caractère, tu devines que je piaffais d'ennui et de désillusions. Ce monde ne s'accordait pas à mes aspirations. Quelques années auparavant, je m'imaginais encore funambule, écuyère, artiste de cirque. Alors vivre entourée de guéridons, de vases et de conventions… Oui, tu peux casser les potiches (je sursautai). Je ne sais pourquoi je les ai gardées. Un cadeau de mariage encombrant.

Elle reprit sur le même ton, m'oubliant à nouveau :

— J'ai gardé cette envie de croquer la vie à pleines dents, et j'ai conscience, un peu tard, d'avoir fait la bêtise de ma vie. Pour sauvegarder les apparences et notre belle image, je donne le change. On doit laisser croire à la réussite de notre mariage. Nous sommes dans les années 1950, tout va changer avec la décennie suivante. Mon mari est parfaitement à l'aise dans notre milieu. Je suis sa chose, sa propriété au même titre que le château ou les usines.

« Le mariage convient bien à ma sœur, plus sage, comblée par un mari qu'elle adore. Mon beau-frère, Paul-André, s'est mué en homme d'affaires. Le bel écuyer arbore col blanc et costume cravate avec l'aisance et le sourire satisfait d'un parvenu. Qui est le vrai Paul-André ? L'artiste d'antan que j'aimais séduire à l'âge de seize ans, auprès duquel je testais une sensualité que je sentais poindre, ou le nouveau patron du textile ? Je remarque toutefois quelques œillades significatives, qui m'indisposent. Je ne ressens plus rien pour lui, il ressemble trop à tous ces hommes "du monde" que je côtoie. En 1952, deux ans après nos noces princières et communes, ma sœur meurt en accouchant. Elle n'a que vingt-cinq ans, n'a eu droit qu'à deux ans de bonheur, j'en ai vingt et un, et regrette amèrement mon mariage. Le décès de ma sœur est une terrible souffrance. Notre mère ne s'en remet pas, elle décide de se retirer au bord de la mer, en Belgique où elle est née. (Des larmes montent à ses yeux.) Je comprends à quel point je fus capricieuse avec ma sœur. Je la pleure, je déplore ma jeunesse trop insouciante, je me repens de ne pas lui avoir assez manifesté ma tendresse. Peu après, je suis enceinte à mon tour. L'excuse est toute trouvée pour fuir les étreintes de Pierre, et j'accouche dans la terreur de perdre la vie comme ma sœur. J'ai plus de chance qu'elle, j'ai toujours eu plus de chance. Tout se déroule au mieux et… (elle s'arrêta un instant et sourit) la naissance de Charles me redonne de la joie de vivre.

Je propose alors à Paul-André d'élever son fils avec le mien, mais il refuse de façon catégorique. Il doit déjà craindre ma "mauvaise influence", après tant d'efforts prodigués pour rejoindre les rangs de la grande bourgeoisie. Il procurera à son fils Jean une éducation stricte.

« Très vite, Pierre devient jaloux des regards que l'on me porte. Il me suit, me fait suivre, guette des faux pas, comme aux abois. Je ne sais pourquoi j'ai accepté cet état de choses. J'aurais dû divorcer avant que tout n'arrive. Mais dans ma famille, on ne divorce pas. Un jour, rassuré sans doute par ma conduite exemplaire, il arrête de me juger, de m'observer. Et me considère à nouveau comme une icône qu'il offre en spectacle à son entourage. J'en éprouve du soulagement sinon de l'amour, c'est alors que je rencontre Stanislas.

Elle se tourna vers moi.

— Il fut l'unique amour de ma vie. Je n'imaginais pas que l'on puisse ressentir un tel bouleversement. Il m'apporta la sensation d'exister réellement pour quelqu'un et aux yeux de quelqu'un, loin de cette image figée désirée par mon mari.

— Mais il aimait ma grand-mère ! m'exclamai-je avec candeur.

Wilhelmine émit un pâle sourire.

— Bien sûr, mais quand jaillit l'imprévisible... Tu connais l'histoire de Stanislas, je suppose ?

— Oui.

J'omis d'ajouter : depuis peu.

— Après les mines, le textile de Lille-Roubaix-Tourcoing attirait les étrangers. Ils cherchaient là où on pouvait les embaucher.

Effectivement.

— Ce matin-là, je suis exceptionnellement au bon endroit, au bon moment. Pour lui, pour notre malheur. Parmi des postulants, je le repère. Sans réfléchir, je fais signe à Noël de l'embaucher.

— Noël, le…

— Oui, le majordome de mon neveu Jean. Il travaillait à l'usine à cette époque, en charge du personnel. Il a vite grimpé, celui-là, deux ans plus tard, il était le bras droit de mon mari et mon beau-frère. A la retraite, il demeura aux côtés de mon neveu. Il s'était beaucoup attaché à l'enfant qu'il était alors, sans mère, avec un père qui bientôt allait disparaître. Mais c'est une autre histoire…

« Je reverrai toujours le sourire de Stanislas lorsqu'il fut accepté dans l'entreprise, sa gratitude envers moi, un regard profond empreint d'amour.

— D'amour ? C'est un peu rapide, non ?

Elle remarqua mon agacement, mais n'en dit mot.

Elle rejoignit le passé et ses souvenirs, qu'elle évoqua sans ambages.

— Le jeune Polonais de trente ans rayonne. Sa démarche, sa façon de bouger, son sourire, le voile de mélancolie devant son beau regard. J'ai vingt-cinq ans, je rougis, une émotion inconnue palpite en moi ; je me sens enivrée, envoûtée, mon cœur bondit, j'ai la sensation de vivre un rêve je me mets à aimer brusquement la vie, je lui tends la main et murmure : « Bienvenue. »

« Le bonheur vient de m'apparaître sous les traits de ce bel étranger. Sa présence devient obsédante. J'oublie tout. Le reste, mon mari, mon mariage, mon enfant.

J'ai peur, j'ai envie, besoin de lui. Je ne vois que lui, je vis par lui, pour lui. Je suis engagée et pourtant je me sens libre. Inventant mille prétextes, je viens fréquemment dans l'enceinte de l'usine. Le vertige nous gagne à chaque entrevue. Il n'ose me scruter, mais ses regards reviennent sans cesse sur moi. Une femme ne se trompe pas. Notre attirance, nos relations restent platoniques. Notre amour est impossible.

« Je ne suis pas de celles qui se vengent par l'adultère, crois-le. Cet amour m'est arrivé, non, m'a assaillie par inadvertance. Oui, ce fut de la folie, une sombre folie, je sais, Hania, j'étais inconséquente. En proie à un tumulte inouï… Jamais je n'aurais pensé qu'en si peu de temps un être jusqu'alors ignoré puisse exercer une emprise si profonde, qu'il occuperait dorénavant chaque instant de ma vie, de mes pensées.

« Cet homme au regard pénétrant et mélancolique, au charme enveloppeur, est marié, fidèle à sa femme restée à Cracovie. Il a deux petits au pays, mais il est seul aussi, triste, désemparé. Et je ressens pour lui une impulsion brûlante, irrépressible, rien ne peut m'empêcher de l'aimer, de le vouloir. Nos mains se frôlent, nous recherchons tous deux l'ombre dans les chemins autour de l'usine. Mon désir est limpide, j'éprouve une irrésistible envie de me jeter dans ses bras, de sentir ses caresses, de bousculer les convenances, de céder à ma passion et de me donner tout entière à ce bel homme sensible et fragile. Oui, je brûle du désir insensé d'être sa maîtresse. Suis-je imprudente ? Sans doute. Je ne vois pas les regards scrutateurs et méfiants de Pierre.

« Plusieurs mois se sont écoulés depuis l'embauche de Stanislas. C'est alors qu'il m'annonce l'arrivée imminente de sa femme et de ses enfants. Il me dit adieu, trois fois, cinq fois, dix fois, je reviens sans cesse vers lui. L'un de ses camarades l'a mis en garde : "Ne touche pas à celle-là. Méfie-toi. On parle. Elle n'est pas pour toi, tu vas te faire expulser."

L'amour de Wilhelmine, refoulé depuis si longtemps, ne demandait qu'à déborder et déchirer les voiles du passé. Je contenais mon sentiment croissant d'exaspération afin de ne pas freiner ses révélations.

— Je vois ton regard désapprobateur, Hania, je crois savoir ce que tu penses, oui, je le harcelais. Je me suis imposée. Je l'ai provoqué. Je ne pouvais et ne voulais pas abandonner mon grand amour. Je ressentais dans tous les pores de ma peau qu'il me désirait. Il aimait Wanda mais ce que nous éprouvions l'un pour l'autre était irraisonné, magnifique et terrible.

« Sa femme est arrivée à Waziers, il revient vers moi pour me dire adieu. Il n'est pas question qu'il abandonne sa famille, je le sais, et je ne l'en aime que davantage pour sa droiture. Après des semaines de tergiversation, il cède à ma demande. Il nous faut aller au bout de notre histoire, nous devons être ensemble, seuls, une petite fois, une dernière fois. Nous partons un week-end. Je prétexte une visite à ma mère en Belgique, et nous nous échappons vers la mer du Nord, mais en France, à Stella-Plage. Le soir, il joue des ballades polonaises et Chopin sur le piano d'un bar de plage, dans la nuit naissante. Pénétré de musique, l'œil fiévreux, il est superbe. Nous nous étendons sur la plage. Une lumière surnaturelle nous enveloppe. Des milliers d'étoiles se sont donné rendez-vous. Je suis emplie de gratitude pour ces moments exceptionnels…

Je crus entendre ma Wanda au soir de ses noces. Je me crispai sur mon siège, interrompis son monologue amoureux, et lâchai, avec dureté, sans l'avoir prémédité :

— Vous n'avez fait que récidiver… Prendre le mari d'une autre, comme le fiancé de votre sœur. Vous n'aviez pas changé, au fond !

— Tu as raison, Hania, répondit-elle d'une voix éteinte. A la différence près que j'ai réellement aimé Stanislas. Réellement. Sans frein.

« Tu devines ce qui s'est ensuite passé : après un long silence entre nous, il m'a soulevée dans ses bras, a posé sa main sur mes cheveux, les a caressés avec une telle douceur… puis, impétueux…

Elle rougit, s'excusa, et m'épargna les détails.

Elle ne dit rien de leur étreinte haletante, de la vague brûlante qui montait en elle. Elle ne me décrivit pas leurs gestes fiévreux, sa poitrine offerte, ses cuisses frémissantes ouvertes à l'amour, le corps tiède de Stanislas qui se pressait contre le sien. Je devinais. Et j'eus mal pour Wanda. Wilhelmine sentit mon malaise, baissa les yeux comme une enfant en faute.

— Oui, nous nous sommes aimés avec une rare intensité. Un plaisir viscéral, presque trop violent, nous savions qu'il ne se reproduirait pas. Ce fut pourtant le plus beau moment de mon existence. Et j'ai créé le malheur autour de moi.

« En cette fin d'été 1957, de nombreux Polonais sont venus chercher leurs enfants à la colonie de Stella-Plage, ou profiter des derniers beaux jours à la mer.

Lors de son petit concert improvisé, ils applaudissent Stanislas chaleureusement. Certains l'ont reconnu. Ils appartiennent au monde de la mine, du travail où la paresse et l'infidélité sont méprisées. Ils remarquent sans doute la jeune femme qui l'accompagne. C'est ainsi que Wanda l'apprend.

— Elle fut au courant ?

— Oui. Et le mal était fait.

30

— Je n'étais pas une icône, Hania, mais une simple mortelle, avec ses faiblesses, ses erreurs, ses torts.

Les fines et longues mains de Wilhelmine tremblaient.

— Dans le train qui nous ramène à Lille, serrés l'un contre l'autre, nos mains s'étreignent, nos bouches se cherchent, je m'accroche désespérément à ses bras. Nous ne disons rien, pas un mot, nous savons. En me quittant, il va rejoindre sa femme. Je les imagine heureux et cela me fait mal. Je ne veux pas que le train s'arrête. Bonheur de l'instant et peur de l'avenir cohabitent.

« Au retour de Stella-Plage, je n'ai qu'une envie, quitter le domicile conjugal, suivre Stanislas au bout du monde. J'en oublie parfois mon petit garçon. A d'autres instants, je songe à l'emmener avec nous. La femme a besoin de l'autorisation du mari pour disposer de l'argent mis en banque. Nous sommes encore considérées comme des mineures, au XXe siècle, après les deux guerres mondiales.

« Je fais des plans insensés. Désespérés. Notre escapade amoureuse, fulgurant miracle de la vie, a eu le goût de l'adieu, notre passion, celui de l'éphémère, du jamais-plus. Aucun serment ne nous lie. Pourtant, je donnerais n'importe quoi pour me blottir une dernière fois contre son épaule. Ne suis-je pas devenue sienne l'espace d'une nuit ? L'épouse de Stanislas est en France, et il n'y a aucun avenir pour nous deux. Je dois arrêter de fantasmer. Retour à la grisaille.

« Et puis, en quelques jours, ma vie bascule…

« Mes seins grossissent, me font mal, je suis sans cesse fatiguée. A l'angoisse d'avoir perdu Stanislas à tout jamais, s'ajoute une évidence, que j'accueille avec sidération : j'attends un enfant. Il n'existe pas de contraception fiable à l'époque. Et l'interruption de ce processus, si elle est possible, si elle se pratique en cachette, reste interdite et inconcevable en 1958. Je plonge dans le remords, ressens peut-être pour la première fois l'effroi de mon indignité, et pressens que je vais payer le prix de ma passion. Tous les matins, je vomis ma faute, le gâchis créé autour de moi. Je retarde le moment de l'annoncer à mon mari, je tremble, je suis terrifiée, je recule sans cesse. Partagée entre le désir de me sauver et celui de faire passer l'enfant de Stanislas pour celui de Pierre, mais nous n'avons pas eu de rapports depuis longtemps.

« Un soir, je tente le tout pour le tout. Je m'offre à mon mari mais il faut croire que je joue mal la comédie, il me repousse. Son regard froid, inquisiteur, ne me lâche pas. Je suis pétrifiée. Ce mensonge du corps, Pierre l'a détecté. Il m'assène, d'un ton condescendant, soupçonneux, que je ne suis pas sincère, qu'il m'a fait suivre à nouveau. Je ne suis pas allée en Belgique, dans la famille de ma mère. On m'a épiée. On m'a vue avec un homme, un émigré, un… Il ne trouve pas de mots assez méprisants pour le qualifier. Il tremble de rage. Pierre me harcèle de questions. Son énervement croît. Il éructe sa haine, me frappe jusqu'à ce que, épuisée, j'avoue.

Je ne pus m'empêcher de l'interrompre.

— C'est lui, ce Pierre Berriez, qui a aidé des gens pendant la guerre ?

— Oui. Aujourd'hui, je me dis que sa violence fut peut-être à la hauteur de sa souffrance, Hania. Et nous avons tous de multiples facettes.

Elle ferma les yeux, souffla, pour évacuer une sensation pénible.

— Cette soirée m'oppresse encore. Sans forces, je me suis laissé cribler d'insultes et de coups. Mais ses accusations étaient justifiées.

— La colère a ses raisons, mais la violence n'a pas d'excuse. Vous ne croyez pas ? Vous lui avez pardonné… L'a-t-il fait, lui ?

— J'attends l'enfant d'un autre, qui plus est, un ouvrier, un moins que rien à ses yeux. Il n'est pas de notre milieu, il est étranger, et cela renforce son humiliation. Cet émigré a franchi une frontière interdite.

« L'aveu de mon état donne le signal de l'implosion de notre couple, si couple il y eut. Tétanisée, je reçois un flot d'injures, des gifles, il halète, je ne l'aurais jamais cru si vulgaire, si cruel, mais n'a-t-il pas raison ? Je suis une traînée. Je l'ai trompé, humilié de la pire façon qui soit. Mais je ne m'en tirerai pas à bon compte. Il jure de me le faire payer. Puis disparaît.

« Le lendemain, il reparaît. Je tente de le persuader, de sauver les apparences, je ne lui demande pas d'aimer l'enfant. Il semble hésiter entre l'idée de le faire passer pour sien, et la répugnance que je lui inspire dorénavant. Je crois y mettre pourtant suffisamment de charme, de séduction, de conviction, je me trompe. J'ai tout faux.

« Je voudrais revoir Stanislas, pour lui annoncer ma grossesse, toujours prête à m'évader avec lui. J'apprends qu'il est renvoyé de l'usine, que mon époux l'a menacé de le faire expatrier, lui et sa famille. Et il m'enferme dans notre "château".

« Pierre et moi vivons tous deux dans la colère. Pour lui, celle d'avoir été trahi, il a tant pensé que je lui appartenais. Pour moi, celle de me prêter à cette mascarade devant nos relations, de devoir étouffer mon trop-plein d'amour pour un autre que lui. Personne ne devine les affres traversées.

« Il refuse d'annoncer la nouvelle à ma mère. Va-t-il me faire interner ? Les idées les plus folles me viennent en tête. Il reste imperturbable. Je parais peu en société, et toujours en sa compagnie, prétextant, recouverte d'une chape de honte, la fatigue. Je suis un peu moins gaie, plus pâle, plus apathique et indifférente. Pierre passe son bras autour de mes épaules, en un geste protecteur et amoureux, m'excuse auprès de notre entourage qui s'en inquiète, invoque un état de santé fragile.

« Quand je ne peux plus cacher mon ventre proéminent, mon mari me confine dans ma chambre. Je tente de sortir, en vain. Il me fait monter les plats. Il ment à nos relations, voile la vérité avec un aplomb et une jovialité étonnants. Chacun le glorifie. S'occuper de sa femme malade avec une telle patience, quel époux prévenant ! La consigne est de ne pas ternir sa réputation, quoi qu'il advienne.

« L'isolement m'oppresse. Parfois, dans les ténèbres et le silence, le miroir reflète le visage blafard, les lèvres livides d'un fantôme. Mais je supporte mon bannissement durant toute la durée de ma grossesse. Je me dis naïvement que tout va rentrer dans l'ordre à la naissance. Qui résiste à un nouveau-né ?

« Pierre veut éviter le scandale à tout prix, semble ruminer une vengeance. Je ne le croise plus que le front soucieux, le regard assassin. Parfois, le soir, les pupilles dilatées par l'excès d'alcool et la virulence de sa haine. Le nombre de domestiques a été réduit de façon à ce qu'ils ne laissent rien filtrer. De toute façon, les malheureux ne respirent plus face à un maître intransigeant, qui leur fait endurer toutes les humiliations. L'atmosphère est devenue si pesante qu'ils ne demandent pas mieux que de plier bagage.

« Mon enfant bouge dans mes entrailles, une vie pousse en moi, et je me sens mère à nouveau. Je lui parle. Ce nouvel amour irradie dans mon corps, j'éprouve de la curiosité envers ce petit être qui va naître. Je me dis avec crédulité que Pierre va craquer lorsqu'il verra apparaître le petit, ou que je vais revoir Stanislas. Je rêve encore…

« Arrive le jour de l'accouchement…

« Le pire moment de mon existence. (Wilhelmine vit mon expression horrifiée.) Non, rassure-toi. Pas pour la naissance de cet être si beau, si fragile, fruit de mon amour pour Stanislas. Non, pour la suite… Durant les heures de travail, je me mords jusqu'au sang, pour éviter de crier. Je crois qu'il m'aurait tuée. Je n'ai droit ni à une sage-femme ni à une parente. Mais nous sommes courageuses l'une et l'autre. Ma Ludwika est vaillante.

— Ludwika ?

— Oui, Stanislas aimait ce prénom. C'est celui de la sœur de Chopin.

— Oui, je sais.

— Mon mari ne lui donne pas de prénom. Quand Wanda accueillera l'enfant, elle l'appellera Louise, son prénom français, en songeant elle aussi à Chopin, et à son mari. Sans se concerter, nous avons choisi le même prénom. Pour Stanislas.

« Et la condamnation tombe. J'ai gâché sa vie, Pierre détruit la mienne. A peine sortie de moi, le cordon ombilical coupé, je n'ai que le temps d'embrasser son petit crâne, de toucher sa peau douce. Avec toute la virulence de sa haine, Pierre me l'arrache des bras. Les mimiques extraordinaires de ma fille se transforment en hurlements. Je me défends, je crains de la faire tomber, de la blesser, je suis faible, il en profite. Je n'entends que les mots : intolérable, déshonneur… Je ne lui inspire que du dégoût. Je crois qu'il va me tuer, la veine de son large cou palpite de façon insensée, une fureur glacée s'est répandue dans ses veines. Mes gémissements n'ont pas raison de son inflexibilité. J'essaie de m'accrocher à lui, je veux le suivre, reprendre mon enfant, mais il l'a déjà installée dans la voiture sans ménagement, et démarre à vive allure. Je m'écroule, ne pouvant qu'appuyer de toutes mes forces sur mon ventre pour faire sortir le reste du placenta et éviter l'infection.

Wilhelmine prit sa tête dans les mains, et refoula des sanglots. Je sentis qu'il n'était ni jour ni nuit où elle ne revivait cette scène, inlassablement. J'éprouvai tout à coup un intense sentiment de compassion à son égard. Je me levai et l'entourai de mes bras.

— Merci, murmura-t-elle. Je n'ai pas tout à fait fini, Hania.

Les yeux constellés de larmes, elle repartit quarante-six ans en arrière.

— Ce jour-là, en m'arrachant mon bébé, il m'arrache le cœur. J'ignore ce qu'il en a fait. Tétanisée dans mon lit, j'écoute l'horloge murale tictaquer au fil d'heures interminables. Angoissantes. Dès son retour, il ne me cache rien.

« Il ne l'a pas tuée, ne l'a pas confiée à un orphelinat, il l'a déposée sous le porche de la maison de Wanda et de Stanislas.

« — Je l'ai rendue aux Polaks, m'assène-t-il.

« Le chagrin peut tuer, le sentiment de la faute aussi. Je pense me tuer, ne suis-je pas déjà morte ? Mais je dois être lâche. Je n'en ai pas la force. Exsangue, désemparée, je n'ai la force de rien. Tout souffle de vie s'est enfui de mon corps, et pourtant il ne veut pas s'éteindre. Elle est loin la jeune fille frivole et pétulante. Des jours et des jours, alitée, j'aspire aux ténèbres d'un sommeil sans rêve, dormir, ne plus me lever, ne plus penser, ne plus bouger ni ressentir, ne plus vivre. Egoïste dans ma souffrance, oubliant jusqu'à la présence de mon petit Charles. Vais-je réussir à traverser ce cauchemar ?

« Quand j'apprends la mort de Stanislas…

Elle s'arrêta, serra les dents, refoula un sanglot.

— L'ai-je provoquée ? A-t-il vu sa fille ? Pierre ne me dit rien. J'ai tout perdu. Avec Stanislas, je n'ai connu que les prémices d'un amour qui n'a pas eu le temps de croître, de s'enrichir. Nous n'avons pu écrire notre roman. Etait-ce un mirage ? Un amour durable aurait-il pu naître ? Nul ne le saura. Mes souvenirs avec lui se résument à quelques moments précieux, ce jour où je l'ai rencontré, sa silhouette dressée devant moi, son visage doux et fier, son regard profond et mélancolique, irradié par son charme, la nuit de Stella-Plage où il a osé m'aimer et me le dire. Me revient aussi l'écho de nos balades interdites…

Je la sentis dévastée, la douleur persistait, inscrite sur son visage, sans doute anesthésiée par le temps, mais sa voix se brisa pour murmurer :

— Mon Dieu, son souvenir reste si brûlant, je l'aime comme au premier jour…

Elle se reprit.

— Je ne peux crier à l'injustice. J'étais la fautive. La dégénérée. L'immonde personnage. J'erre dans la maison. Un soir, dans la pénombre de ma chambre, je vois la silhouette de Charles devant moi. Arrivé sans bruit. Son visage trempé de larmes. Je me lève, le prends dans mes bras, lui demande pardon. A partir de ce jour, je retrouve une existence quasi normale. Pierre m'oblige à paraître belle, sereine, parfaite. Je peux au moins faire ça pour lui ! Je le fais uniquement pour Charles.

Je l'interrompis :

— Mais vous n'avez pas eu envie de vous révolter ? Ce n'est pas vous, ça, Wilhelmine !

Elle arbora un sourire triste.

— A moins de le faire périr à petit feu… Il m'avait ôté ma raison de vivre, il m'enferma dans un enfer, celui de la culpabilité. Moins vis-à-vis de mon mari pour lequel j'éprouvais surtout du ressentiment, que de Wanda, dont j'avais certainement détruit le bonheur. Recevoir l'enfant d'une autre, de l'amante de son mari. Ce dut être une épreuve incommensurable.

« Un mur s'était érigé entre Pierre et moi, un mur invisible aux yeux de notre entourage, un rempart silencieux. La vie s'était arrêtée pour moi. Le poignard planté dans le cœur, je cessai de pleurer face à mes proches, et m'évertuai à exécuter les gestes du quotidien, remplir mes devoirs, manger sans goût, fuir dans les plaisirs, danser sans regarder mon cavalier, sourire parce qu'il le faut, affecter d'admirer, de rire, éviter de penser… Tu sais, cette sensation de vivre dans la torpeur, de se noyer dans le silence, de se mouvoir de façon automatique, sans que rien ne vibre en toi. Non, pardon, tu ne sais pas, enfin, je l'espère…

La rebelle était soumise, pensais-je.

— Rien ne doit percer, reprend-elle, « l'enfant du Polonais » est une erreur du passé, qu'il a gommée.

Pierre me l'a fait payer, c'est fini, et la vie doit reprendre ses droits, ses usages, ses apparences. Pour lui, le temps mène à l'oubli. Il ne faut donc pas en parler. Je me force à le croire, à enfouir mon secret pour le faire disparaître. Le silence. Rien d'autre. La comédie de la félicité pour satisfaire aux apparences. Et le fantôme que je suis devenue respecte ces conventions. En l'épousant, j'ai gâché ma vie, en le trompant, j'ai détruit des vies. Je survis avec une sensation d'oppression dans la poitrine, de boule coincée dans la gorge. La tête régit le corps, mais pas le cœur. Au moins n'ai-je plus, hors de ses soirées de beuverie où, l'haleine fétide, il me force à supporter le contact de sa peau, son poids sur le mien, son…

Elle s'interrompt brutalement, met la main sur sa bouche, rougit comme une enfant.

— Pardon, Hania. Mes confidences manquent de décence, tu es la première à les recevoir, et je crains de t'avoir…

— Vous ne me choquez pas. Poursuivez…

— Notre monde n'était pas tendre. Impitoyable, devrais-je dire. Nous étions dix ans avant 68. La femme restait encore sous le joug du mari, elle devait lui obéir. Des années plus tard, il ne comprenait pas mes tristesses, ma froideur. Le temps devait avoir fait son œuvre… J'en ai toujours voulu à mon mari, on m'a volé ma fille, il me l'a volée. Le décès de Pierre me délivra. Oui, je suis dure, concéda-t-elle en croisant mon regard, que sais-je de sa souffrance ? Mais c'est ainsi. J'ai commencé à respirer à sa mort après avoir passé toutes ces années à vivre dans la culpabilité et la rancœur, et lui à me contraindre, lui le mari autoritaire qui m'avait enlevé mon enfant.

« J'envisageais enfin de renaître. Après son décès, j'ai mis un terme aux relations issues de notre rang. J'ai fait voler en éclats la carapace des faux-semblants. Un matin, le voile s'est déchiré, il s'est dissous dans l'aube qui naissait… J'ouvris les yeux à la vie. Ce qui m'a amenée à recevoir des musiciens de l'Est.

— Le jeune chanteur dans le métro…

— Oui, j'eus le cœur brisé lorsqu'il interpréta l'air favori de Stanislas.

— Mais vous n'avez jamais cherché à rencontrer votre fille ?

— Oh si ! Je suis allée souvent à Waziers, toujours au même endroit, où je pouvais la voir entrer et sortir de chez elle, sans être repérée. J'attendais, j'épiais, des heures et des heures. Dès qu'elle arrivait, je me dissimulais et me faisais l'effet d'être une voyeuse. Un jour, j'allai jusqu'à la porte. Au moment de sonner, je me suis enfuie. Que ce serait-il passé si elle avait ouvert en cet instant ? C'était une petite fille. Je ne me sentais aucun droit. Elle avait sa famille, cette Wanda, cette femme admirable, ta grand-mère, ta vraie grand-mère de cœur. Elle a fait une chose remarquable : recueillir l'enfant de feu son mari, en l'élevant comme sa fille. Ses autres enfants n'étaient pas dupes, ils ont vu cette adoption d'un œil plus critique, surtout l'aîné paraît-il.

Frédéric, songeai-je.

— Un autre jour, je pris mon courage à deux mains, je sonnai, attendis un peu. J'allais repartir presque soulagée qu'il n'y ait personne lorsque Wanda m'ouvrit la porte. Nous nous sommes regardées, longuement. Elle a souri en premier, et m'a fait entrer. Elle m'avait repérée, et avait deviné qui j'étais. Nous ne nous étions jamais vues. En pleurant, je l'ai remerciée de prendre soin de Ludwika, enfin, Louise.

« — Dès que je l'ai reçue dans les bras, me confia-t-elle, j'eus envie de protéger cette pauvre petite qui n'avait rien demandé.

« Elle l'aimait, c'était une enfant très gaie, très attachante. Au début de notre entretien, Wanda restait sur la défensive, elle croyait que je venais la rechercher. Soutenue par la communauté des mineurs, Wanda avait réussi à garder la petite, la faisant passer pour sa fille. L'époque était différente, c'était plus facile. Je lui avouai que mes déplacements se faisaient en cachette de mon mari et il ne pouvait être question que je la reprenne. Elle fut rassurée.

« Avec l'aide inopinée de Noël, témoin involontaire de notre amour, je m'étais débrouillée pour qu'elle puisse garder sa maison, c'était la moindre des choses. Elle me remercia à son tour. Et nous avons parlé longtemps, nous avons pleuré ensemble. Elle me révéla avoir eu vent de notre histoire dès son arrivée en France. Comme des sangsues accrochées à leur proie, les clameurs nocives étaient parvenues à Waziers : Stanislas s'était affiché avec une femme mariée, une dame de la haute société.

J'interrompis Wilhelmine.

— Je comprends mieux l'effet de ces rumeurs sur la famille, elles étaient plus pernicieuses que les accusations de meneur.

— Oui. Il demeurera à jamais cet homme jeune que nous aimions toutes les deux. Nous vivions et vivons encore dans son souvenir. De certaines amours, on ne se remet pas…

« Avant que Louise ne revienne de l'école, je suis repartie. Je ne suis plus allée la guetter, ces moments ne me procuraient que de la souffrance, je ne pouvais lui avouer que j'étais sa mère. Elle avait la sienne… J'avais accepté la sentence, sachant qu'elle était heureuse. Heureuse avec une mère formidable, avec une fratrie… Et moi, plus tard, bien plus tard, après le décès de Pierre, je retrouvai force et vie en allant vers les autres, des autres dont j'allégeais, certes, le poids de l'isolement, mais qui me rapprochaient égoïstement de Stanislas et de son monde.

— C'est ainsi que vous avez gardé des contacts avec Wanda ?

— Aucun. Elle m'avait promis de m'écrire pour me tenir au courant de l'évolution de Louise. Je n'ai jamais rien reçu, jusqu'à cette lettre il y a trois mois pour m'annoncer ta venue à Lille. Comme un appel au secours. Elle n'avait jamais rien demandé pour Louise, mais pour toi, elle a osé, me confiant tes aspirations, tes dons. Elle ne savait à qui d'autre s'adresser pour aider « notre » petite-fille. Comme je lui en suis reconnaissante !

Elle me prit la main.

— Wanda tient toujours ses promesses. Elle vous avait écrit.

— Certainement. J'ai pensé d'abord qu'en me donnant régulièrement des nouvelles, elle craignait que je ne désire reprendre ma fille. Je sais aujourd'hui que Pierre brûlait ses lettres. Je n'ai jamais pu oublier mon enfant. La déchirure est toujours présente dans mon cœur, la douleur dévore toujours mes entrailles, il ne se passe pas un jour sans que je pense à elle… J'aurais tant aimé le dire à ma petite fille.

— Vous n'étiez pas là, Wilhelmine, toutes ces années. Qui l'a bercée dans ses bras depuis son enfance, qui l'a consolée, l'a écoutée pleurer, qui l'a dorlotée comme toute maman le fait ? Ce n'est pas vous, mais Wanda.

— Je sais, Hania. Je le sais. Louise fut élevée vaillamment par cette femme courageuse, étonnante, qui a éduqué ses enfants dans le respect de leur pays d'accueil. Mais Louise reste mon enfant dans mon cœur, dans mes entrailles. Elle est un enfant de l'amour.

— Mais elle ne le sait pas ! Vous l'avez abandonnée !

— Justement, elle ne le sait pas, Hania.

— Alors pourquoi est-elle venue vers vous lorsqu'elle avait dix-sept ans ? Pourquoi lui avoir fermé votre porte ?

— Je ne l'ai jamais mise à la porte ! répondit-elle, ébranlée.

— Demandez à Jean. Il s'est trouvé à votre porte en même temps qu'elle et vous n'avez voulu recevoir ni votre neveu ni votre… fille !!!

— Oh non ! s'écria-t-elle affolée. Mon Dieu !

Ses yeux baignaient dans l'eau de ses larmes. Quand elle reprit son souffle, un tremblement imperceptible affectait ses lèvres :

— Je l'ignorais, je te jure, Hania, que je l'ignorais !

— Wanda a dû vous prévenir. Mais si votre mari ouvrait le courrier…

— Le courrier, et la porte dès qu'il était présent dans la maison, et il y était de plus en plus fréquemment pour me surveiller. Il me faisait un chantage odieux.

— Vous étiez prise au piège.

— Wanda n'a pas dû comprendre pourquoi je refusais de recevoir Louise, mais pourquoi lui a-t-elle dit ?

Wanda ou… ? L'image de mon oncle me traversa l'esprit. Frédéric si mal dans sa peau à l'école. Enfant, il a dû voir arriver le bébé chez eux. Frédéric qui gardait une animosité contre cette famille. C'était sans équivoque.

— Wanda a dû s'apercevoir du bouleversement de Louise à son retour, sans doute vous a-t-elle écrit de nouveau.

— La seule lettre qui me soit parvenue est celle qui m'avertit, en mars, de ta présence.

Elle s'affaissa dans le fauteuil :

— Tu vois, Hania… souffla-t-elle. Encore aujourd'hui, en dépit de ce qu'il a fait, j'entends le murmure de sa voix, j'écoute ses mots d'amour qui animaient mes sens, je me souviens du bonheur de le voir, de mon abandon à ses côtés, un bonheur d'une année, une petite année qui a bouleversé toute ma vie. L'amour traverse le temps, l'espace, il ne meurt jamais. Plus de quarante ans ont passé. Tant de saisons ! Je frémis toujours à son évocation. Les cicatrices s'ouvrent à la moindre occasion. Mes sanglots sont muets aujourd'hui, mais le temps ne guérit pas de son amour, comme il ne m'a jamais guérie de la perte de ma petite fille.

Je l'apostrophai sans ménagement.

— Pourquoi dites-vous : « en dépit de ce qu'il a fait » ?

— Il était un meneur de grèves, un communiste agitateur. Je ne voulus pas le croire, il a bien fallu que je me rende à l'évidence. Le Polonais s'était joué de ma candeur.

— Qui vous l'a dit ? Votre mari ? Encore des mensonges ! Stanislas qui avait fui le régime et la milice de son pays communiste, considéré comme un rouge provocateur ? Ma grand-mère Wanda m'en a parlé. C'est absurde. Comment avez-vous pu le croire, Wilhelmine ? Il n'est guère étonnant que son cœur ait lâché… Quelle humiliation !

— C'est ce que l'on t'a dit ?

— Il a été terrassé par une crise cardiaque.

— Non, Hania. On l'a retrouvé noyé dans la Deûle. Il avait bu. Il est mort dans une rixe d'ivrognes.

Je restai un instant sans voix. Au-dehors, la pluie s'abattit sur les vitres, jetant une lueur blafarde.

— Je ne veux pas le croire.

— Moi non plus, murmura-t-elle, je n'y crois pas, je n'y ai jamais réellement cru.

— Alors ! Et que vous sachiez, Wilhelmine, votre fille n'est pas heureuse ! Ce n'est pas vous, la victime ! La victime, la malheureuse, l'innocence brisée dans cette histoire, c'est Louise, ma mère !

Je la quittai de façon brutale et surpris Charles. Figé derrière la porte, blême, il avait tout entendu.

— Je le savais… Je l'avais deviné… Vous ressemblez à ma mère.

— Je suis désolée, Charles.

31

Désolée ? Je suis désolée ?

Dois-je toujours m'excuser ? En cet instant, je l'étais, pour lui, pour ma mère, ma grand-mère…

Dans ma chambre, je tournai en rond. Le vent soufflait en rafales et s'accordait à mon humeur. Je regardai la pluie frapper aux fenêtres. Rien ne venait sauver cette soirée détestable. Je commençai à préparer mes affaires, avec le désir de quitter cette maison. Je m'assis sur mon lit. Tentai de me raisonner. J'avais déjà fui mes parents. Allais-je fuir sans cesse ? Le roman d'amour de mes grands-parents s'effritait. Mon héros en prenait un coup. Stanislas mort dans une bagarre et non de crise cardiaque, Stanislas qui avait cédé à l'attrait de la belle Wilhelmine. Charles devait être avec elle, exigeant des explications. Aucune envie de m'immiscer entre eux. Quelques éclats de voix me parvinrent, puis une porte claqua, et j'entendis la voiture de Charles démarrer en trombe.

J'appelai Juliette. Elle répondit à la première sonnerie.

— Enfin ! Tu es à Waziers ou à Lille ?

— A Lille. Jean n'est pas mon père.

— Bonne nouvelle, non ?

— Wilhelmine est ma grand-mère.

Je devinai son air consterné.

— J'arrive… Ne dis rien. J'apporte de quoi dîner dans ta suite royale.

Elle raccrocha.

Je restai un moment étendue sur mon lit. Il n'y avait plus aucun bruit dans la maison. Je me levai et descendis dans la bibliothèque. Wilhelmine était immobile, tassée dans son fauteuil, les yeux fermés. Dormait-elle ? Je pris place en face d'elle, en silence. Cette femme qui m'avait immédiatement séduite par son allure jeune et élégante, son sourire malicieux et énigmatique, sa convivialité proche de celle de ma grand-mère Wanda, était aussi ma grand-mère. Derrière toute cette brillance se cachait une face sombre et angoissée. Ces mensonges avaient perduré trop longtemps, freinant la vie de Louise. Ma mère avait assez souffert. Elles devaient se retrouver. Chaque être ne fait-il pas des erreurs dans sa vie, ne se laisse-t-il pas porter par ses sentiments, ses passions, ou par quelques instants de folie ? Wilhelmine les avait payés cher. On ne dirige pas son cœur et ils s'étaient rencontrés trop tard. C'est tout. Elle me parut tellement fragile, et vieillie, qu'une infinie compassion s'empara de moi et je l'embrassai, doucement, sur la joue. Je lui parlais à mi-voix, ne savais si elle m'entendait, peu importait. Elle ouvrit les yeux.

— Tu sors ou tu restes ? me demanda-t-elle, le visage altéré par une détresse perceptible.

Sa voix m'implorait.

— Je reste, Juliette vient dîner avec moi.

Son regard me sourit légèrement.

— Comment va-t-elle, ton amie ?

Elle se redressa, reprit son ton conciliant.

— J'ai appris par Michal qu'elle quittait son poste. Elle va rester à Lille ?

— Juliette reste fidèle à sa grande ambition. Michal lui a même facilité les démarches à Paris, elle a de sérieuses recommandations pour commencer une carrière nationale.

— Tant mieux, je n'en attendais pas moins de notre Michal. Tu vas le revoir demain, si tu es là. Je sais que tu as apprécié son talent.

— Tout à fait.

Pourquoi me suis-je mise à rougir ?

— Lui t'apprécie beaucoup, m'a-t-il semblé…

Ses yeux se plissèrent, mi-énigmatiques, mi-interrogatifs.

Elle me questionna avec une certaine volubilité, de choses innocentes comme une parente à qui l'on offre le thé. Je finis par me demander si je n'avais pas rêvé ce terrible aveu. Je lui répondis sur le même ton apparemment anodin. Il est tentant d'enfouir les drames, de se confiner dans un rôle, se réfugier dans l'anecdotique. Risible, ou à pleurer.

Je m'arrêtai et la regardai fixement. Non, je n'étais pas prête à une conversation de midinettes.

— Anton et son père, Jean, sont-ils au courant pour maman ?

— Non. Tu es la première à connaître mon passé. (Elle jeta un œil autour d'elle.) Mais Charles nous a entendues.

— Je l'ai croisé. Il avait deviné…

— Il était si petit à l'époque. Il m'a avoué qu'il se doutait d'un malaise, sans analyser son trouble, mais la nuit, il rêvait d'une petite sœur. Il me sentait coupable de quelque chose qu'il ignorait. Je suis restée sans voix. Me l'a-t-il fait payer à sa manière en étant si capricieux enfant ?

— Vous ne lui en aviez jamais parlé…

Ce n'était pas une interrogation, mais un reproche. Elle ne me répondit pas, porta sur moi pendant quelques secondes un regard apeuré, parut plongée dans une intense réflexion et sa voix vacilla :

— Quoi qu'il en soit, un sentiment de solitude l'accapara toute sa jeunesse, une tristesse sans fondement apparent, qu'il mit sur le compte des interdictions de jouer avec son cousin. Lorsqu'il t'a vue lors de la soirée, toute son enfance et les non-dits, les silences, la tension entre mon mari et moi-même, tout est revenu.

Elle s'interrompit, nerveuse, jeta un coup d'œil à sa montre.

— Que fait-il ? Je l'ai laissé partir trop vite, et Dieu sait où, avec ce temps ! Cela fait plus d'une heure. Je te remercie, Hania, ton désir de vérité m'a incitée à dévoiler cette part d'ombre de moi-même. Je pensais que se confesser, c'était se soulager. En ne se souciant que de son bien-être à soi. On partage le fardeau avec quelqu'un qui ne l'a pas forcément désiré. Une façon égoïste de se décharger. Mais il n'est pas bon de traîner un secret toute sa vie. On croit protéger son enfant en camouflant ses peines. Ils transpirent par tous les pores. On ne fait qu'accroître un malaise, on laisse un venin se répandre en chacun, insidieux, un venin qui peut tuer à petit feu.

Je crois bien que nous sommes restées toutes les deux silencieuses durant de longues minutes. Ses dernières paroles me faisaient mal. En sortant de cet enclos de silence, la vie de maman, celle de Charles, la mienne aussi, eussent été différentes.

Elle émit un soupir bruyant et contagieux. Fut sur le point d'éclater en sanglots, et se domina.

— Parle-moi de ta mère, s'il te plaît, Hania.

Les pièces du puzzle étaient emboîtées les unes aux autres, me semblait-il, enfin. Le comportement de maman s'éclaircissait. Je discourus longuement sur sa petite Ludwika, qui ne trouvait sa place ni chez les Polonais ni chez les Lillois. Sa honte en classe, avec les rumeurs qui circulaient à propos de son père. Un silence s'était établi autour de lui dans la communauté polonaise, s'était propagé jusqu'au sein de la famille. Un silence qui donnait l'impression qu'on l'avait oublié, voire rayé de la carte. Puis Louise jeune fille, mal dans sa peau depuis son adolescence, lorsqu'elle avait appris de la bouche de Frédéric que Wanda n'était pas sa mère.

— C'est ainsi qu'un jour, elle sonna chez vous.

— Pierre me tenait sous sa coupe.

— Oui, et seul, ce jeune Van Dyck dont le fils Anton venait de naître lui montra un peu d'intérêt, Jean renvoyé lui-même comme un malpropre, qui l'a laissée tomber, lui aussi, comme une quantité négligeable. Enfant pleine de vie comme je l'avais remarqué sur la photo du salon, élevée avec amour, elle s'était alors repliée sur elle-même puis s'était éteinte. Son pauvre mari n'a pu la sauver, dans l'ignorance qu'il était du vrai drame. Elle n'eut pas la force de m'élever, et laissa sa mère, Wanda, s'occuper de moi. La dépression était apparue, et ne l'a plus lâchée.

Wilhelmine se leva, se mit au piano. Interpréta des airs de Chopin. Au moment où elle achevait un *Prélude*, elle s'arrêta, et la souffrance accumulée se noya dans les sanglots. Je me levai, la ramenai dans le fauteuil.

C'est en cet instant que l'on sonna. Son étudiant avait la clé.

— Ce doit être Juliette !

Je me précipitai à la porte. Je découvris Juliette avec un sac de provisions.

— Je crois que je tombe mal…

— Mal ? Jamais de la vie !

Elle s'effaça. Devant moi, se tenait ma grand-mère Wanda, suivie par ma mère, au côté de Charles qui lui tenait la main. Charles, son grand frère.

32

Charles avait osé cette chose incroyable, imprévisible de la part de cet homme à l'allure débonnaire et indolente. Il avait effectué un aller-retour vers les mines sous la tempête et la pluie, avec le risque d'être renvoyé. Il les avait embarquées sans tarder dans sa voiture. Durant le trajet, il leur avait tout raconté, puisqu'il avait tout écouté. Pardon, Charles, si je t'ai cru faible de caractère.

Les retrouvailles furent incroyables. Nous étions sans voix. Passé le moment de stupéfaction, Wilhelmine murmura :

— Merci, mon Dieu, merci !

Sa fille était silencieuse, pâle et visiblement angoissée. Wilhelmine s'avança vers elle, lui ouvrit les bras. Louise lança un regard démuni de petite fille à Wanda dans l'attente de son agrément. Ma grand-mère l'encouragea d'un signe de tête. L'expression de maman se modifia. La crainte disparut avec ce geste affectueux. Elle déploya enfin un sourire pudique, et vint se blottir dans les bras de Wilhelmine. Les mots furent inutiles, entre apaisement et émotion. Un moment de pure beauté. Un sortilège emplissait le salon.

Un vent de griserie soufflait sur la famille. Louise et Wanda furent invitées à séjourner quelques jours chez Wilhelmine. Elles acceptèrent. J'en étais folle de joie. Elles allaient apprendre ainsi à se connaître davantage. Une véritable affinité s'affirma entre les deux « grand-mères », piliers de nos deux cultures. Stanislas les reliait. Je sentais son âme près de nous. Il ne nous quittait plus.

Depuis plus de quarante ans, les deux femmes s'étaient comprises d'un accord tacite, d'une complicité silencieuse. Le bonheur leur avait échappé, leur existence s'était altérée, leur insouciance envolée, et chacune avait gardé son jardin secret. Incarnation même de la bonté, Wanda avait accepté puis dépassé ses souffrances, transmué ses blessures en un amour apaisant et apaisé, trouvé une paix et une joie intérieures. Elle observait la vie au travers d'un prisme bienveillant, elle transmettait ce rayonnement à son entourage. En dépit de sa quête d'un mieux-être, sous ses dehors avenants et son accueil chaleureux, Wilhelmine avait survécu dans l'enfouissement, affiché une façade dissimulant sa nostalgie et ses douleurs. Douleurs qu'avait ressenties, sans les comprendre, son fils Charles. Depuis ses révélations, et les retrouvailles avec Louise, son sourire énigmatique avait mué en un sourire franc. Son regard bleu laissait entrer la lumière. La reconnaissance. Et le soulagement s'épanchait dans tout son être. Quant à ma mère, si elle paraissait toujours aussi fragile, son visage s'était détendu… Un sourire venait souvent l'éclairer, son air désarmé devant l'inattendu me touchait, et je la découvrais si jolie. Sa colère tant réprimée s'était dissoute pour laisser place à la quiétude. Mon père, que nous appelions tous les jours, était on ne peut plus heureux et me remerciait sans arrêt d'avoir traqué les mensonges. Aujourd'hui, Louise préférait la vie. Je m'en sentais moi-même totalement revigorée. Je me réjouissais de ne plus voir ces ombres de morosité troubler son visage. Elle me semblait enfin en sécurité. Je me levais le matin avec une alacrité qui m'étonnait. La mélancolie engrangée depuis des années s'envolait pour laisser place à un sentiment de gratitude. Une nuit, je quittai ma chambre, et m'allongeai près d'elle. Elle m'ouvrit les bras. Nous nous sommes endormies l'une contre l'autre, réunies douillettement dans un cocon de douceur.

Tout allait pour le mieux. J'emmenais maman se promener dans Lille. Depuis combien de temps ne l'avions-nous pas fait ? Je me souvenais d'une seule fois, pour la rentrée des classes, mon père nous accompagnait. Je n'étais encore qu'une enfant.

La vie est étrange, elle peut être suave et âpre, déroutante, tout s'y succède et s'infiltre dans la moindre fissure sans que l'on s'y attende : douleurs, bonheur, chagrins, attentes, instants précieux, nostalgie, frayeurs, angoisses, soucis et insouciance…

Elle allait encore nous surprendre…

Anton vint nous rendre visite, il m'avait donné « congé » pendant le séjour de ma famille.

Il tomba des nues en apprenant que nous étions parents, sauta de joie comme un enfant. Plaqua deux baisers sonores sur mes joues en m'appelant « ma petite cousine », et me tutoya. Il restait à convaincre Jean d'accepter l'invitation de Wilhelmine. Invitation et révélations.

Anton me confia que la santé de son père s'était détériorée.

— Je ne comprends pas ce qui lui arrive. Ses nerfs lui accordent peu de répit et il devient de plus en plus atrabilaire. Il se plaint de bruits qu'il est le seul à entendre. Il mange à peine. Il voit parfois les gens s'agiter comme des pions. A moins que ce ne soient les pions de son jeu qui se personnifient. Il ne veut plus sortir, ne voit personne hormis Noël et moi, il s'intoxique avec les échecs. Il s'enferme peu à peu dans une prison sans barreaux ni serrure. Il reste parfois prostré des jours entiers, me dit Noël qui s'inquiète. Sa folie devient son refuge.

— Folie ? Le mot est un peu fort, non ? contestai-je alors. La dernière fois que je l'ai vu, il semblait juste un peu fatigué.

— C'est cela qui est étrange, Anne-Sophie.

— Hania.

— Oui, Hania, cela te va très bien. Il a des moments de lucidité où il paraît normal, et de plus en plus souvent, comment dirais-je ?, il entre dans son monde. Non, crois-moi, Hania, c'est pathologique.

Sous son habit optimiste et léger, Anton souffrait de voir sombrer son père.

— Mais je ne désespère pas de l'amener, ajouta-t-il, l'œil malicieux. Revoir sa famille ne peut être qu'un bienfaisant électrochoc.

Nous décidâmes de préparer une petite fête, laquelle devait se dérouler uniquement entre membres de la « famille ». Seuls à n'en pas faire partie Juliette et Michal étaient conviés. L'une étant ma meilleure amie, l'autre allait accompagner notre soirée par un récital Chopin. Je dois avouer que j'en étais ravie. Mon père et mes deux oncles étaient attendus. Anton et Noël devaient nous amener Jean « de gré ou de force ».

Le matin de ces joyeuses retrouvailles déjoua nos prévisions.

33

Anton déboula en trombe à l'étage de son père, lequel avait fini par accepter, non sans mal, de se rendre ce soir à la fête de Wilhelmine.

— Pouvez-vous, père, me rendre la copie du Van Dyck que je vous ai montrée ? Vous l'avez gardée, je ne la trouve pas et je viens de la vendre ! s'écria-t-il, l'air enchanté.

Décidément cette journée, ensoleillée qui plus est, s'annonçait rayonnante.

Son père prenait son thé. Il ne leva pas les yeux, et répondit, la voix monocorde.

— Je ne l'ai plus.

Un silence pesant s'installa entre les deux hommes.

— Mais… balbutia Anton. Je n'avais pas apposé l'estampille de conformité !

— Justement, c'est parfait.

— Comment ça ? Parfait ? Vous ne l'avez pas vendue comme un vrai Van Dyck ?

Jean s'essuya avec soin les lèvres et leva un regard dédaigneux à son fils.

— Comment crois-tu vivre si bien ? De tes œuvres ? ajouta-t-il avec sarcasme.

— Oui, j'en vis parfaitement, rétorqua Anton, froissé.

Jean éclata d'un rire condescendant.

— Un argent de poche conséquent ! Mais les charges de ta galerie, et de cet immense hôtel particulier où tu dors et dînes coûtent horriblement cher. Tu ne t'en es jamais préoccupé ! Tu en as bien profité, non ?

— Mais c'est de l'escroquerie ! du vol !

— Tu n'as pas dit non pour celui du salon.

— C'était différent. C'était le nôtre ! Il restait chez nous. Et vous étiez si heureux ! Vous avez vendu d'autres toiles ?

— Assez pour nous assurer de vivre douillettement. Ne suis-je pas le descendant de notre illustre ancêtre, Anton Van Dyck ?

— Allons, c'est absurde ! Combien ? répéta Anton, en colère.

— Deux. Ce n'est rien. Une goutte d'eau… ajouta Jean d'un air faussement modeste en reprenant du thé. Tu en veux ?

Anton était atterré.

— J'ai aussi décidé de ne pas venir ce soir, des gens que je ne connais pas, des…

— Père ! Vous n'avez pas fait ça, dites-moi ?

— Juste deux Van Dyck. C'est plausible avec notre nom. Et à des Chinois. Ils fabriquent et vendent assez de faux, non ?

— Vous allez les contacter dès aujourd'hui, et leur dire que vous devez les leur reprendre, il s'avère qu'ils ne sont pas ce que vous croyiez, mais…

— Tu plaisantes ? le coupa-t-il sèchement. Ils n'étaient pas dupes. Les amateurs de faux se multiplient et paient parfois extrêmement cher… (Il ne maîtrisait plus le tremblement de sa voix.) Quoi ! J'ai fait quelque chose d'insensé ?

— J'ai assez de talent comme copiste. Vous devenez fou, ma parole !

Jean ricana méchamment.

— Ton talent ? Où il est ton talent ?

Il se déplaça dans le salon, s'assit à sa table d'échecs, et commença à déplacer des pions, l'air ombrageux.

— Pourquoi ce mépris ? Que vous ai-je fait ?

Anton était révolté de s'être laissé manipuler par ce père rigide, soit, mais qu'il admirait profondément. Il était inutile de le questionner davantage. Il ne le reconnaissait plus. Jean balançait son corps d'avant en arrière au rythme de ses pensées morbides, du tourment qui le hantait.

— Des secrets ! Il n'y a pas que Wilhelmine qui en ait ! Je sais des choses, moi aussi !

— Monsieur ! s'écria Noël. Calmez-vous !

Il s'approcha d'Anton, et murmura :

— Il vaut mieux le laisser, monsieur Anton. Vous voyez bien qu'il n'est plus lui-même.

— Je ne suis peut-être plus moi-même, mais je vous entends, Noël ! tonna Jean, les yeux injectés de sang.

Il était un autre homme, qui ne se contrôlait plus.

Il tapa un poing rageur sur son jeu, envoya valser les pions aux quatre coins de la pièce, tira sur la nappe damassée qui recouvrait le guéridon, le renversa.

— Vous êtes qui, vous ? Les hommes sont comme les pions, interchangeables ! (Son corps tremblait.)

Un pion ? (Son regard de fou se détacha d'eux.) Non, ces ombres, ce sont des masques grotesques, ils me dévisagent…

Les deux hommes étaient abasourdis. Jean était en pleine crise. Il ne les reconnaissait plus. Soudain son visage s'altéra.

— Les pions, les pions me poursuivent !

Il ne criait plus mais devait entendre des hurlements, car il se prit la tête dans les mains et murmura :

— Assez !

Epuisé, blême, il leva enfin le visage vers Noël et son fils ; se frotta le front et dit, dans un souffle :

— Je ne suis que le bouffon de moi-même.

— Venez vous reposer, monsieur Jean, ici, sur ce canapé.

Anton le recouvrit d'un plaid.

— Monsieur Anton, reprit Noël, je dois vous montrer quelque chose. Y a-t-il longtemps que vous n'êtes entré dans sa chambre ?

— Des siècles !

Noël soupira.

— Eh bien, venez.

Anton ne put réprimer un sursaut d'effroi en y pénétrant.

— Lui aussi, s'est mis à la peinture, en secret. Il a peint des visions effrayantes.

Les murs de sa chambre étaient recouverts d'immenses pions noirs à visages humains.

— Je l'entends souvent, il parle tout seul, on dirait un adversaire invisible.

— Qui ?

— Je ne sais pas. Lorsqu'il se confie, il me dit qu'une force le retient, lui tourne autour. Je ne peux lui ôter de la tête l'impression trompeuse de ces apparitions.

— Il a des hallucinations. Du dédoublement. Il est temps d'appeler un médecin.

Le médecin lui fit une piqûre pour le calmer, et conseilla une prise en charge immédiate à l'hôpital.

— Non, docteur ! On va m'enfermer comme ils ont enfermé Nietzsche, Baudelaire, et je vais mourir sous les camisoles. Je ne suis même pas un artiste fou. Le génie peut s'enfermer dans les transes de l'inspiration. Je ne suis pas génial. Anton, sauve-moi, je suis perdu !

La détresse perçait dans sa voix. Il s'accrocha à la chemise de son fils.

— Père, vous avez besoin de soins !

Anton était blême, mais résolu.

— Ne craignez rien, monsieur, le rassura le médecin. Nous ne sommes plus à l'époque de Charcot. Les praticiens sur place vont vous aider et vous soulager avec les produits adéquats, puis vous reviendrez chez vous.

— Des neuroleptiques ? demanda Anton, tandis que Noël préparait son maître rassuré, à présent obéissant, malléable comme une poupée de chiffon.

Le fils du saltimbanque, l'enfant rejeté, l'adolescent honteux de son père et en colère contre sa tante, l'orgueilleux qui s'était créé une ascendance glorieuse, le solitaire devenu agoraphobe, puis schizophrène, avait trébuché dans un gouffre. Il était vaincu.

— Il lui faudra faire ensuite un séjour en maison de repos, et vous récupérerez votre père dans la meilleure forme possible.

Aussi inquiets l'un que l'autre, Anton et Noël accompagnèrent l'ambulance à l'hôpital. Ils restèrent, assis côte à côte, dans la salle d'attente.

— Qu'a-t-il voulu dire, Noël, vous qui le connaissez depuis son enfance ?

— C'est-à-dire ?

— Qu'a-t-il voulu dire par : « Des secrets, il n'y a pas que Wilhelmine qui en ait ! Je sais des choses, moi aussi ! » ?

Noël baissa la tête. Anton ne vit pas son expression apeurée. Il soupira. Ce n'était plus qu'un vieil homme fatigué. Qui avait tant porté Jean à bout de bras. Il semblait épuisé, il ne répondit pas. Anton n'osa insister.

Nous verrons plus tard, demain ou après-demain, songea-t-il.

Sur un signe de l'infirmière, ils le rejoignirent dans la chambre, et ne la quittèrent que lorsque Jean se fut endormi paisiblement, sous l'effet des calmants.

— Il est tard, et c'est la fête chez Wilhelmine !

— Allez-y seul, monsieur Anton.

— Il n'en est pas question. Vous êtes de la famille, Noël !

Le vieux majordome était très pâle.

— Qu'avez-vous, Noël ? Tranquillisez-vous. Nous étions anxieux depuis des semaines. Il ne peut qu'aller mieux, il est entre de bonnes mains. Et cela vous fera aussi du repos, vous le méritez amplement.

— Non, je suis… Enfin… c'est ce que vous m'avez raconté, à propos du Polonais.

— Je comprends que cela vous fasse un choc, car vous l'avez connu, Stanislas Dabrowski, n'est-ce pas ? Vous vous rendez compte, Anne-Sophie est ma petite-cousine !

Noël observa Anton à la dérobée ; son « gamin » semblait tellement soulagé. Devait-il gâcher sa soirée ? Il avait tenté de protéger « ses petits », comme il les appelait dans son cœur, de soustraire Jean à ses douleurs d'enfance. Son travail était achevé. Une page était tournée avec l'internement de son maître, qu'il n'avait pu sauver de lui-même.

— Allons prendre un verre en famille, cela nous fera du bien, non ?

Ils sonnèrent chez Wilhelmine à 20 h 30, on n'attendait plus qu'eux. L'ambiance était chaleureuse.

— Ah ! enfin ! Et Jean ? Oh ! Il n'a toujours pas voulu venir ! s'exclama la maîtresse de maison, désappointée.

— Non… Ce n'est pas ça…

Après la stupeur engendrée par l'annonce de l'état critique de Jean, ils trinquèrent tous ensemble, pour sceller les liens de la famille agrandie. Wilhelmine avait l'art de mettre ses invités à l'aise. L'un près de l'autre, main dans la main, mes parents étaient trop mignons.

Seul, Noël restait silencieux, assis sur le bord de sa chaise, à l'écart de la fête.

— Voyons, Noël, ne vous en faites pas, j'irai voir Jean dès demain, tout ira bien, tenta de le rassurer Wilhelmine.

— Ce n'est pas ça…

— Vous me paraissez exténué. Prenez soin de vous, vous le méritez.

— Je ne sais… Non…

Et brusquement, il se leva, prit son courage à deux mains pour annoncer à voix haute :

— J'ai un aveu à vous faire, qui me ronge depuis plus de quarante ans. Il est plus que temps, je n'en puis plus…

Il était trempé de sueur. Son visage était décomposé. Le silence était intense.

Et là, je compris, nous comprîmes tous, avec effroi, que la plus grave révélation n'était pas encore venue.

— Ce dont je fus le témoin, dit Noël, se déroula en 1958…

34

Un soir de printemps 1958 – Lille

C'est cette heure de clair-obscur… Brume dorée couvrant le ciel, couleurs ternies, lumière crépusculaire étendant son voile, grignotant la clarté du monde… Cette heure appelée communément « entre chien et loup ».

Stanislas marche dans Lille. Au-delà du canal se profile la haute cheminée qui domine la masse sombre des murs de la filature, l'un de ces châteaux d'industrie flanqués de tours de brique. Les machines se sont tues, les engrenages arrêtés, les ateliers désertés.

C'est l'heure où les nantis se parent pour la sortie du samedi soir, où les ouvrières, harassées, achèvent le ménage, préparent le souper, tandis que leurs maris se relâchent et consomment dans les bistrots.

Stanislas est venu au rendez-vous imposé par Pierre Berriez et son beau-frère, Paul-André Vandyck, les deux patrons de la filature. Ils l'ont renvoyé de l'usine, l'ont traîné dans la boue. Il est rentré à Waziers, digne de mépris. Il n'a plus de travail. Il ne sait comment faire vivre sa famille.

Le visage de Wilhelmine trotte encore dans sa tête, il ne l'oubliera jamais, même s'il se reproche d'avoir cédé à ses attraits. Il aime sa femme. Profondément. Wanda lui a pardonné. Elle n'a rien exigé. Il aime ses enfants plus que tout. Il ne désire pas rompre avec sa famille. Il sait que la confrontation avec le mari de Wilhelmine risque d'être houleuse, mais il garde confiance en l'homme. Il sait qu'il ne peut plus espérer la revoir, il aimerait juste savoir comment elle se porte. Il va s'excuser, faire profil bas. Il va endosser toute la responsabilité. Elle ne doit pas être blâmée, ni condamnée.

Il ignore que les deux associés, qui ne s'apprécient guère, ont reporté leur haine sur lui. Il ignore la rage de Pierre Berriez face à la trahison de sa femme avec le Polonais. Il ignore encore davantage celle de Paul-André, le beau-frère jaloux. Il ignore surtout qu'elle attend son enfant.

Depuis des semaines, Pierre a martelé à Paul-André qu'il fallait flanquer une bonne leçon à l'étranger. Il lui a mis en tête des pensées putrides. Paul-André se dit qu'une bonne dérouillée n'est que justice. Ces émigrés, pense-t-il depuis que Pierre lui a intoxiqué le cerveau, sont dangereux. Ils s'installent sur une terre qui n'est pas la leur, ils réclament du travail, ils se servent, abusent de l'hospitalité, ils ont des prétentions sur nos femmes, violent nos filles, et finissent par nous jeter dehors. La preuve, celui-là, il a osé prendre leur femme. Il songe « leur », car il a toujours caché à son beau-frère son attirance pour Wilhelmine, il a gardé de l'amour. Lui, Paul-André, l'enfant trouvé des baladins sans frontières, l'artiste qui a trahi sa vraie nature, oublié sa passion pour les chevaux en se déguisant en bourgeois, n'a pas encore conscience qu'il peut se métamorphoser en monstre.

Le lieu du rendez-vous n'est pas un bureau, ni un café ni une maison.

Quelque chose cloche, présume Stanislas.

Tout est silencieux aux alentours.

Soudain, il les voit, Pierre Berriez en cravate, son associé en costume trois pièces. Il est intimidé. La crainte de s'être fait piéger lui traverse l'esprit. Mais il est rassuré par leurs injures xénophobes. L'étranger a pris une de leurs femmes, après tout, ce n'est que justice, se dit-il.

Il ne s'attend pas à ce que Pierre va lui asséner brutalement :

— Tu lui as fait un mioche, oui, un gosse, tu entends ! Mais tu ne vas pas t'en tirer comme ça !

Hébété, il n'arrive pas à sortir un son.

« Un mioche… Un enfant… mon enfant. »

Les deux associés profitent de sa stupeur. Pierre l'empoigne par-derrière.

— Allez, vas-y ! crie-t-il à son beau-frère.

Il n'a que le temps de voir une pierre se lever. Il sent sa tête exploser. Il plonge dans le noir. A demi conscient, un voile devant les yeux, il tente de se relever, mais Pierre a bousculé le beau-frère, tétanisé par son geste meurtrier.

— Chiffe molle.

A son tour, il le frappe, encore et encore.

— Tiens pour ma femme, tiens pour ton sale bâtard !

Pris d'une folie furieuse, il ne s'arrête plus.

Stanislas entend ces dernières paroles avant de sombrer :

— En voilà un qui ne volera plus nos femmes !

Tachée de sang, la chemise amidonnée de Pierre est sortie de son pantalon. Ses joues sont en feu. Il lâche l'arme du crime, se tourne vers son compagnon qui suffoque dans son costume trois pièces et vomit dans la rivière. Pierre émet un soupir teinté de soulagement. Il vient d'assouvir sa soif de vengeance. Avec une froide jouissance, il allume sa cigarette à l'aide de son briquet en or.

Soudain, l'atmosphère semble s'imprégner de vibrations lointaines. Une voix féminine les alerte.

— C'est la speakerine de Télé-Lille. Une des maisons du vieux Bois-Blanc. La fenêtre doit être ouverte. Allez ! on se dépêche, ordonne-t-il à son beau-frère.

— Il est mort, bien mort, nous l'avons tué, constate Paul-André, l'air halluciné, la voix blanche.

Des gouttes de sueur lui emperlent le front. Les jambes flageolantes, il contemple la tête fracassée à coups de pierre, le visage ensanglanté, tuméfié, méconnaissable, sa propre main qui a frappé et son beau-frère qui l'a achevé. L'acharnement bestial.

— Pourquoi ? répète-t-il. Pourquoi m'as-tu donné la pierre ?

— Je t'interdis de flancher, tu entends, Paul-André ?

Il articule chaque syllabe avec autorité.

— Qu'est-ce qu'on en fait ?

— Une rixe entre ivrognes.

Il sort un petit flacon d'alcool de sa poche, en arrose la victime.

— Ils sont nombreux à finir dans la Deûle.

— Il s'était endimanché pour nous rencontrer… ajoute son associé.

— Ce n'est pas le moment de s'émouvoir. On se dépêche !

Il a raison. Ne pas hésiter ni céder à la peur, tente de se raisonner Paul-André qui envie la décontraction de son beau-frère.

Ils alourdissent le corps de quelques pierres, le font basculer dans l'eau noire et visqueuse de la rivière lilloise. La victime disparaît. La nappe glauque se referme sur lui.

— Le beau-père nous attend à son cercle.

Pierre émet un gloussement d'allégresse.

— Parfait alibi !

— J'ai bien besoin d'un fauteuil capitonné et d'un bon whisky, émet Paul-André figé dans un état semi-léthargique.

Ses yeux se glacent subitement. Un homme de condition plus modeste, un homme qu'ils connaissent bien, leur fait face.

— Vous m'en offrez un ?… Ou vous préférez me tuer, moi aussi ?

35

Lille 2004

— Ils ne m'ont pas tué, achève Noël. Ils ont acheté mon silence.

Un calme insupportable succéda à ces ultimes révélations.

Nos cœurs cognaient fortement dans nos poitrines vrillées de douleur. Une stupeur sans bornes devait se lire sur nos visages. Muets, tétanisés, la bouche sèche, le souffle coupé, nauséeux, tous autant que nous étions. Ma grand-mère Wanda était d'une pâleur cireuse. Je me précipitai vers elle, craignant qu'elle ne chancelle et tombe, happée par le chagrin. Et brusquement on entendit un hurlement. Un cri rauque, bestial, sorti de la gorge de Wilhelmine et jailli du plus profond de ses entrailles.

Je m'en souviendrai toute ma vie, l'horloge murale sonnait 22 heures précises.

— Maudit sois-tu, Pierre !

Les pupilles de Wilhelmine étaient démesurément agrandies.

— J'ai cru aux mensonges de mon mari, et je vivais avec un criminel. Oh, mon Dieu ! Pardon, Wanda, pardon !

A la suite de l'assassinat, les deux beaux-frères craignirent de se fréquenter. Ils furent obligés de cohabiter car aucun des deux ne put racheter les parts de l'autre. Après ce crime déguisé en rixe, dont il avait été le témoin, Noël demeura lui aussi à la filature, son poste évolua très rapidement. Saisi du remords de s'être laissé acheter, il prit le jeune Jean en pitié, et s'installa près d'eux, quittant la filature pour endosser le costume et le titre de majordome. Paul-André dissimulait son crime sous une couche de mauvaise humeur, de dureté, avec lui-même comme envers son fils. De son côté, Pierre ne regrettait rien. Sans états d'âme, il affichait sa superbe comme toujours. Le Polonais n'était qu'une erreur. Il l'avait corrigée.

Noël eut le temps de recueillir les aveux de Paul-André avant son départ. Ses profonds regrets de s'être laissé envahir la tête de pensées néfastes et dangereuses. D'avoir franchi un point de non-retour.

— Oui, un homme normal peut devenir un complice, voire un meurtrier. Quelques instants de déraison suffisent à un homme honnête. « Non, m'avoua-t-il, cela fait longtemps que je ne suis plus un homme honnête, mais de là à devenir un salaud… »

Son sentiment de s'être trahi lui-même. D'où venait-il lui-même ? Lui, l'enfant du voyage ? De quelle contrée lointaine ? Par quelles errances étaient passés ses parents dont il ignorait tout ? Son sursaut de conscience intervenait trop tardivement. Le mal était fait.

Son fils Jean écoutait derrière la porte. Il entendit ces confidences. Un écœurement sans fin le saisit. Ce fut la goutte d'eau. Tous ces secrets dévoilés agirent comme une bourrasque dévastatrice dans l'esprit de l'enfant fragile, altérèrent la santé du jeune homme. Noël le protégea du mieux qu'il put, agissant comme un tuteur à son égard. Ce ne fut pas suffisant.

Paul-André n'eut jamais le courage de se confesser à Wilhelmine. L'aurait-elle cru ? De bonnes relations semblaient s'être instaurées dans le couple Berriez. En apparence tout au moins. Lui n'était qu'un pauvre type bourré d'orgueil et d'ambition, qui n'avait pas su élever son fils, sinon dans la rigueur. Qui avait quitté sa liberté pour l'enfermement de l'argent et de la notoriété. Il aurait dû rester auprès des chevaux. Ceux-là au moins étaient sensibles et doux.

— Les chevaux ! Il n'est pas mort, n'est-ce pas, mon grand-père ? demanda Anton.

— Non.

— Je le savais. Ce cirque, je me souviens, il m'y avait emmené : « C'est ici que je finirai ma vie », m'avait-il confié.

36

De nos jours, Lille

Cher grand-père, je te parlais en ignorant tout de toi. Tu existais dans le cœur et les souvenirs de Wanda et de Wilhelmine, jusqu'à ces jours de printemps 2004. J'imaginais déjà une démarche, un regard d'artiste, une âme de poète, à présent, tu es parmi nous. Tu as pris corps.

« On ne peut modifier le passé », tels sont les mots de Wilhelmine. Ton existence n'aura été malheureusement qu'une œuvre inachevée, Stanislas.

Toute vie est si précieuse, on te l'a ôtée, dérobée, de façon tellement cruelle. Odieuse. On a brisé ta lanterne magique, celle de tes rêves et de tes espoirs, on t'a fait passer pour celui que tu n'étais pas. Broyé par l'injustice. On n'a pu t'aider, t'accompagner dans ton agonie, engranger ta bénédiction. Les rumeurs se sont amplifiées, la folie de ceux qui t'ont tué s'est accrue parce que tu étais un étranger. Il n'y eut aucune enquête à l'époque parce que tu étais un étranger. Combien de nationalités sont venues se fondre dans la société française ! Combien d'exodes ! Nous sommes tous des déracinés. En retraversant ton histoire, j'ai découvert toute cette émigration que j'étudiais dans les livres. Au récit de ta vie, confiée par Wanda, j'ai frémi avec toi, pour toi.

Toute vie est si fragile. Elle est comme le bonheur, on ne s'en aperçoit que lorsqu'il a disparu. Les regrets nous inondent alors, inutiles, effroyables, jusqu'à ce que l'on surmonte et se répare, laissant des cicatrices plus ou moins profondes. Sans oublier. Sans perdre l'amour.

Tu étais une énigme, jusqu'à ce que le voile se lève sur la brume qui t'entourait, te sorte des méandres de l'oubli, que l'on te fasse revivre aux yeux de toute la famille. Une famille de cabossés, comme toute famille peut-être. Nous parlons beaucoup de toi. Je sens palpiter ton cœur au milieu de nous tous.

Certains mettent des années à recoudre les pans disparus de leur histoire, il aura suffi d'une saison, celle du printemps, de la renaissance, la tienne, Stanislas. Mais il aura fallu du temps encore pour accepter cette mort odieuse. Un second deuil.

Plus tard, c'est Wilhelmine qui a décidé de nous emmener toutes les trois, Wanda, maman et moi.

« Il faut redonner une culture à ta maman, Hania. Je vous emmène toutes les trois à Cracovie, je n'ai jamais vu le pays de Stanislas, si toutefois Wanda n'y voit pas d'inconvénient. »

Pour ce séjour, Wanda avait tenu à remettre son fichu et son tablier brodé. Une vraie grand-mère polonaise, qui reconnut avec peine son village natal. La modernisation l'avait atteint, et Wanda avait changé, elle aussi. Tant d'années d'éloignement, un si long enracinement en France. En revanche, elle retrouva des cousins, et surtout sa « petite sœur », celle de Stanislas et de Roman. La petite alouette. Une vieille dame charmante, qui parlait encore le français, et devait être un ovni dans son village. Nous sommes allées chez les parents de mon père, ces grands-parents paternels que je n'avais plus vus depuis ma petite enfance. Mon père avait promis de faire le voyage pour les revoir, mais pour celui-ci, il avait préféré nous laisser entre femmes. Un signe de sa délicatesse.

Cracovie, une cité magnifique, et notre guide, Wanda, rajeunissait au fur et à mesure de la visite. Que d'œuvres admirées ! La culture polonaise, je m'en doutais déjà, est bien plus riche que le folklore traditionnel. Les artistes actuels vont de l'avant. Peintres, comédiens, sculpteurs, musiciens sont polonais mais aussi européens et se produisent fréquemment à l'étranger. Depuis notre retour, toutes les trois, maman, Wanda et moi, nous sentons encore plus riches de nos deux cultures.

Wilhelmine fut plus d'une fois au bord des larmes, découvrant dans l'éclat des yeux de Wanda le flux de vie qui l'unissait à Stanislas. Elle murmura de nouveaux pardons que ma grand-mère refusa, un sourire compréhensif aux lèvres. Plus elle se reprochait son coup de foudre, sa griserie, et le fait d'avoir empêché leur couple de se construire, de se fortifier dans la durée, plus Wanda comprenait l'attirance de son mari, sa passion pour cette femme qu'était Wilhelmine.

« L'amour n'est pas seulement un état de désir, de séduction, mais un talent qui se cultive, et tu l'avais ce talent, Wanda. »

Elles se tutoyaient à présent.

Le temps a passé depuis ce printemps 2004. Jean-Paul II est mort. Les mines sont inscrites au patrimoine mondial de l'Unesco depuis 2012 – l'extraordinaire pari est réussi. Ainsi que notre église Notre-Dame-des-Mineurs, qui reçut le grand honneur de recevoir une relique de notre pape polonais. A l'heure où j'écris ces mots, son cousin, François Wojtyla, est toujours à l'œuvre dans notre église, officiant chaque jour, en polonais, pour quelques fidèles.

Après avoir travaillé à Paris, et m'avoir emmenée au Père-Lachaise sur les tombes de Chopin et d'Apollinaire, Juliette est devenue reporter spécial à l'étranger. Je travaille au Louvre-Lens où je restaure des tableaux, tout en m'adonnant à la peinture, et parfois à la création de costumes de théâtre.

Maman est métamorphosée. Je crois qu'aujourd'hui elle est enfin rafistolée. Elle reste parfois maladroite ou timorée, des gaucheries s'enchaînent et m'émeuvent. Elle se sent belle et femme. Sa silhouette même a changé, plus affermie. Elle est réceptive à accueillir, à s'extasier sur la vie. Je n'ai plus à quémander son attention. La muraille infranchissable des secrets, des non-dits, s'est écroulée autour de nous. Abandonnée, elle s'était crue un fardeau pour Wanda, une erreur pour Wilhelmine. Et elle accentuait sa détresse, pour s'en persuader. Elle n'erre plus dans sa vie. Nous essayons de rattraper le temps perdu, et mes approches, mes câlins – on en a toujours besoin – ne se perdent pas dans le vide. Elle n'est plus avare de grandes bouffées de tendresse. J'éprouve à chaque fois un immense soulagement. De la fierté qu'elle ait surmonté ses égarements, balayé ses années à vivoter. Moi aussi, je devais être un peu cabossée.

Elle aurait pu, comme Jean, sombrer dans une forme de déraison. Elle y a échappé grâce à notre amour. Le cousin, lui, s'est renfermé avec ses objets, ses affabulations. Effrayé par le monde, et peu à peu, seul avec sa solitude, assailli par des persécuteurs fantômes. Il est plus ou moins rétabli aujourd'hui. Il tient bon, avec un traitement à vie, et des visites régulières à l'hôpital.

Wilhelmine est âgée, mais elle lui tient compagnie toutes les semaines.

Ma merveilleuse Wanda n'est plus. On meurt de tant de raisons. Je crois qu'elle s'est éteinte, à quatre-vingt-dix ans, de fatigue, tout simplement, pour avoir tant donné aux autres. Lumineuse et tendre Wanda. La beauté de son âme transparaissait dans son regard, son sourire, ses gestes. Et j'avais enfin compris que ce n'était pas le bonheur qu'elle dispensait autour d'elle, elle avait eu son lot de souffrances, non, c'était bien plus, c'était l'amour. Je ne l'ai jamais vue larmoyer ni se plaindre. Elle s'est éloignée à pas feutrés, légère et diaphane, sans débordements intempestifs, comme elle avait vécu. La douleur fut immense, je peux la sentir vriller au fond de mon cœur, par intermittence, et la brise, parfois, charrie mes sanglots. Mais je la devine près de moi, je lui parle, comme je te parle, Stanislas. Elle a rejoint son grand amour. J'ose croire que vous êtes ensemble.

Lorsque je me rends à Waziers, je retrouve des parents réconciliés, apaisés. Je vais au cimetière, je pose un petit caillou sur votre tombe, geste symbolique et ancestral, qu'accomplissait Wanda pour toi, pour la mémoire, pour la tendresse. Je vous parle, je ferme les yeux et me souviens de votre parcours, de votre vie, de mon héritage polonais. De tout l'amour dispensé autour de vous, de toi, ma Wanda. Magnifique et incandescente. Je vois ton sourire, je t'écoute, je puise en toi la paix et la force de ton amour incommensurable que tu parsemais sur ton entourage. Toi qui disais encore la veille de ta disparition : « Je ne regrette rien. Le soleil brille pour tous, et l'orage de même, le temps a passé et la vie est toujours là. »

Je sens qu'un fil invisible vous a toujours liés, vous deux. Un amour simple, qui a survécu sous les décombres.

J'écoute la *Barcarolle* de Chopin. Les notes salvatrices du compositeur, interprétées par Michal. Pour moi… Mais ceci est une autre histoire, mon jardin secret…

ÉPILOGUE

Il y a un autre petit voyage dont je ne t'ai pas parlé, Stanislas. C'était après Cracovie, à la fin de l'été... Le cirque, tu sais, Paul-André y était. C'est Anton qui y a emmené Wilhelmine et Noël.

Sur une plage de la mer du Nord...

La fin de l'été est assez chaude. Au bord de l'eau, les mouettes piaillent. Au-delà de la digue et des petites cabines de bain, en bordure des dunes blondes, se dresse un chapiteau. A l'extérieur, un homme de quatre-vingts ans, encore svelte, à la chevelure blanche, à la carrure étonnamment aérienne pour son âge, donne des conseils à de jeunes écuyers en herbe. Autour d'eux, assis sagement en tailleur, des enfants écoutent, attentifs, aspirant à monter à leur tour.

Il est bien avec eux. Dépouillé de ses oripeaux de riche, et de ses certitudes. Il serait presque heureux, il a besoin de ces innocences pour calmer la blessure du cœur qui continue de suinter, ce sentiment d'infamie qui le hante. Il ne se passe pas un jour où il ne repense à son fils Jean, à Anton, à Wilhelmine, et surtout à cet homme si jeune, si beau. Cet homme à qui Pierre et lui ont ôté la vie. Pas un jour où il ne mesure la fragilité de l'existence, et la vanité, l'insignifiance de la sienne. Pas un jour où il ne voudrait revenir en arrière.

Soudain, ses yeux se plissent sous le soleil. Peu à peu, il reconnaît les trois silhouettes qui avancent vers lui, poussées par un souffle de brise. Ces silhouettes, qu'il n'a pas revues et qu'il espérait depuis des années. Celle, unique, élancée, magique, de Wilhelmine qu'il reconnaît en premier, puis celle du vieux Noël qui s'est courbé peu à peu sous le poids de leur secret, et le gamin à l'allure de parfait cavalier, Anton. Son cœur bat très fort. Le temps des explications, de l'expiation ou de la délivrance, enfin, est venu.

Et voici que se profile une autre silhouette. Moins familière. Comme baignée dans une luminosité opaline. Ses pas ne laissent pas de trace sur le sable. Il semble bercé par le bruit du ressac. Oui, ce ne peut être que lui. Son regard pénétrant, sa chevelure blonde qui s'agite dans le vent. A-t-il atteint son rivage ?

— Pardon, Stanislas, murmure-t-il, les larmes aux yeux.

PETITE NOTE DE L'AUTEURE

Cette histoire, vous l'avez compris, est un roman. L'intrigue et les personnages sont totalement fictifs.

Les faits historiques concernant les mineurs et l'émigration polonaise, sont eux, bien réels.

Je me suis appuyée sur des archives, des récits d'historiens et spécialistes du monde polonais en France, et je tiens à remercier Nicolas Lewille, des archives municipales de Leforest, qui me procura les documents concernant les événements de 1934.

Des témoignages de lecteurs dont la famille est originaire de Pologne me sont parvenus, et je les remercie sincèrement.

J'ai pu enfin effectuer quelques « repérages » sur place, afin de me pénétrer de certaines atmosphères, comme dans les mines de sel de Wieliczka et à Cracovie.

Merci à mes amies Nathalie de Broc, Dominique Dhennin, Liliane Watbled-Guenoun et Charline Rasse, laquelle m'emmena sur les pas d'une partie de son enfance...

A vous tous...

Composition et mise en pages
Nord Compo à Villeneuve-d'Ascq

POCKET – 12, avenue d'Italie - 75627 Paris cedex 13
S28693/01